魔女の原罪

THE ORIGINAL SIN OF WITCH

五十嵐律人

文藝春秋

目次
contents

第一部　異端の街　7

第二部　魔女裁判　141

カバー写真
Selim Aydin
装幀
征矢武

魔女の原罪

主な登場人物

和泉宏哉《いずみこうや》　鏡沢高校二年一組。文芸部所属。週に三回人工透析を受けている。

水瀬杏梨《みなせあいり》　宏哉とはクラスと部活が一緒。宏哉と共に人工透析を受けている。

宇野涼介《うのりょうすけ》　中学二年から宏哉と同じクラスの友人。

久保柚葉《くぼゆずは》　鏡沢高校一年で文芸部所属。宏哉と杏梨の仲を羨ましく思っている。

八木詩織《やぎしおり》　鏡沢高校二年。女子硬式テニス部窃盗事件の被害者。

柴田達弥《しばたたつや》　鏡沢高校一年。女子硬式テニス部窃盗事件の犯人。

佐瀬友則《させとものり》　鏡沢高校二年一組担任。元弁護士。

和泉静香《いずみしずか》　宏哉の母。臨床工学技士。夫・淳のクリニックに勤務。

和泉淳《いずみじゅん》　宏哉の父。医師。透析クリニックを経営。

第一部

異端の街

0

「魔女と魔法使いの違いを知ってる？」

なぞなぞを出すような軽い口調で、水瀬杏梨《みなせあいり》は僕に訊いた。

魔女、魔法使い――。僕が知る限りでは、どちらも現実世界には存在しない。架空の存在だからこそ、好き勝手に想像を膨らませることができる。

「杖を振って呪文を唱えるのが魔法使い。大鍋で薬を煮るのが魔女」

まどろみから目覚めて、真っ白な天井を見上げたまま答えた。

箒《ほうき》に跨《また》がって飛び回る老婆を思い浮かべた。とんがり帽子、大きな鉤鼻《かぎばな》、風にはためくローブ。

そのシルエットは、魔女と呼んだ方が適している気がした。

「和泉《いずみ》くんらしい答えだね」

「どの辺が？」

「地に足がついている」

「魔女も魔法使いも、浮かんでるイメージだけど」

「だから、そういうところ」

正解ではないらしい。そもそも、模範解答が存在するのかも怪しい。

病室には、消毒用エタノールの匂いが染みついている。呼吸をする度に、清潔な空間が吐息で蝕まれていく気がする。

「魔女は悪者で、魔法使いは味方?」

「うーん、惜しい」

「惜しいんだ」

「黒魔術とか白魔術みたいに、魔法の中にも善悪はあるよね」

僕と杏梨は、隣同士のベッドの上に寝ている。仲良く昼寝を楽しんでいるわけではなく、透析治療の真っ最中なのだ。機械に血液を循環させて、体内に溜まった老廃物や不要な水分を除去する。要するに、血液を人工的に浄化する治療である。

血液を浄化……。何だか物騒な響きだ。

実際、僕たちの血液は透析治療のおかげで清潔さを保っている。この病室に撒かれている消毒液と同じように、体内の異物を取り除く役割を担っているらしい。

これが僕たちの日常。融通が利かない治療の日々である。

同じ時間にクリニックを訪れ、同じベッドに通される。体重の測定、消毒、穿刺《せんし》、脱血、返血。治療という実感も希薄で、寝る前に歯を磨くのと同じように、ルーティンの一つとして生活に組み込まれている。

四時間の治療を週に三回。一ヵ月後も、一年後も、十年後も。適応する腎移植のドナーが見つからない限り、僕たちは透析治療を受け続けなければならない。

終わりが見えないマラソンみたいだ。一度転んだら、簡単には立ち上がれない。

杏梨が隣にいない日は、スマホばかり見てしまう。たいして興味もない芸能人に恋人がいるのかを調べたり、炎上しているニュースのコメント欄を遡ったり――。チューブの中を通る血液を眺めながら時間を潰すしかない。

退屈すぎて、注射針を抜きたい衝動に駆られることもある。

今日みたいに杏梨と言葉を交わしていると、あっという間に時間が過ぎていく。

僕たちが通っている鏡沢《かがみさわ》高校の噂話。部活や授業の話。近況報告は一時間もあれば済んでしまう。そこから先は、雑学を披露する時間になる。僕はネットニュースやＳＮＳで収集した芸能ゴシップを脚色して伝え、杏梨はオカルティックな知識を好んで話す。

ときには、魔女の話だって繰り広げられる。

しばらく考えてから、「なぞなぞではないんだよね」と確認した。

「うん。理屈の通った答えを求めてる」

「お手上げ」注射針が刺さっているので左手は上げられない。

モニターの表示や僕たちの体調を確認するために、濃紺のシャツを着た母さんが近づいてくる。

周りに人がいると、杏梨は口を閉ざしてしまう。

母さんが立ち去った後、再び杏梨の声が聞こえた。

「魔法使いの中にも善人はいる。でも魔女は、存在自体が悪なの」

「存在が、悪？」

「世界を穢《けが》す存在なんだよ」

その答えの本当の意味を、僕は忘れかけた頃に知ることになる。

1

「皆さん、おはようございます」

狸のような顔立ちとフォルムの校長が壇上に立っている。突き出たお腹の中には、どれくらいの量の脂肪が詰め込まれているのだろう。一部の生徒からマスコット的な人気があり、狐顔の教頭と並んだときのバランスもいい。

マイクのハウリング芸を披露してから、校長は演台に手をついた。

「さて、遂に新学期が始まります。有意義な夏休みを過ごすことができましたか？　一年生にとっては最初の夏休み、二年生にとっては二度目の夏休み、三年生にとっては最後の夏休みだったわけです。残念ながら、時間を巻き戻すことはできません」

当たり前だろ、と後ろに立つ宇野涼介《うのりょうすけ》が呟く。

学校っていうのは、当たり前のことを偉そうに語って学費を巻き上げるアコギな商売だ。以前に涼介が、そう悪態をついていたのを思い出す。その日の透析治療中に〝アコギ〟の語源を調べて、アコースティックギターは無関係だと知った。

僕たちは二年生なので、まだ最後の夏休みが控えている。これまでと同じように、透析治療のルーティンを繰り返す退屈な時間を過ごすことになるだろう。

「時は金なりという諺《ことわざ》は――」

緑色のセンターライン、赤色のフリースローライン、青色は……、何に使っているテープなのか忘れてしまった。カラフルなラインテープで彩られた体育館で、緩やかに弧を描くスリーポイントラインにつま先を乗せながら、校長の長話に耳を傾ける。

三年間の高校生活はあっという間に過ぎ去ってしまう。振り返ったときに楽しい思い出で満たされるように、一期一会を大切にかけがえのない日々を送ろう。

なるほど。確かにありふれたメッセージだ。

「まだまだ暑い日が続きそうですが、新たな気持ちで再スタートを切りましょう。とはいえ、涼し気な服装の皆さんは平気そうですね。私はセンスがないので、スーツばかり選んでしまうのですが……。豊かでカラフルな髪の毛も羨ましい限りです」

涼介が、僕の襟足《えりあし》を軽く引っ張る。首を動かして抵抗すると、すぐに放してくれた。

半年くらい前から思い付きで髪を伸ばしているが、鏡沢高校の中にいるとまったく目立たない。黒髪の生徒の方が少ないし、ハイトーンのメッシュやグラデーションカラーといった派手なヘアスタイルもちらほら見かける。

凝ったカラーに挑戦できるのは、美容院で一万円近くを支払える生徒だけだ。ほとんどの生徒は、市販のカラー剤を使い友人同士で染め合っているのでムラが目立つ。

「無視すんなー」

肩をつつかれたので振り返ると、赤く染めた髪を無造作に立ち上げている涼介が、にやりと笑った。細い眉毛も脱色済み、ビッグサイズの黒シャツと四分音符のデザインのピアス。十人に尋ねれば、二人が今時の若者と答えて、八人が不良と答えるだろう。

「佐瀬《させ》セン、睨んでるぞ」

担任の名前を出したが、涼介は「女子しか見てないだろ」と鼻で笑う。壁に寄りかかっている我らが担任は目を閉じているので、男子も女子も視界に入っていない。

僕に用事があるわけではなく、校長が話している最中でも臆せずにちょっかいを出せるというアピールだろう。それを本人に指摘するのは野暮《やぼ》だ。

「校長の話、僕は好きだけど」

退屈な時間に耐性があるだけで、正確には好きでも嫌いでもない。

「さすが優等生」

「不良認定されるよりはマシだと思う」

「アウトサイダーの精神だよ」

「ああ、そう」

会話を打ち切って、壇上の方に向き直る。

「金髪、アロハシャツ……。大いに結構です。好きなファッションで、ありのままの自分を表現してください。私服通学を認める高校は増えてきましたが、ここまで個性豊かな全校集会を開けるのは当校くらいでしょう。とても誇らしく思っています」

耳にピアスホールを開けてもいいし、サンダルを上履きに使ってもいい。仲良し女子グループやペアルックのカップルを除けば、服装の統一感はまるでない。僕は、古着屋で買ったジャージばかり着ている。この伸縮性は、何物にも代えがたい。

一般的な全校集会の光景と乖離していることは、知識として知っている。

ツーブロックすら禁止されていたり、地毛証明書を提出しないと茶髪が許されない高校があるらしい。多様性が尊重されるのが、令和の時代のはずなのに。

ネットニュースのコメント欄では、『時代遅れ』、『思考停止のルール』などと批判の言葉が並んでいたが、そういった校則の存在自体に僕は驚いた。

「鏡沢高校には校則が存在しません。日本でもっとも自由に学生生活を送れる高校だと自負しています。自由闊達《かったつ》という校訓に嘘偽りはありません」

短い間を置いてから校長は続けた。

「そもそも、ルールは何のために存在すると思いますか？」

また始まった——、という空気を感じる。いや、僕自身がそう思っただけか。全校集会が開かれる度に、校長はルールについての持論を展開する。

「自由を守るために、自由を制限する。それがルールの本質です。信号を設置したり制限速度を決めることで交通事故を防ぐ。窃盗を禁止して個人の財産を守る……。このような交通ルールや刑法が違和感なく受け入れられているのは、それらがなくなったときの混乱が簡単に想像できるからだと思います。交通事故や窃盗が多発するような社会では、安心して生活できませんよね。それでは、服装や髪型を指定する校則を定めることで、どんな自由が守られるのでしょう」

マイクが渡されることはないので、答えを思い浮かべる必要もない。

「校内で着ていいのは制服と体操着だけ。化粧、染髪、アクセサリー、全て禁止。このように細かくルールを決めてしまえば、例外に頭を悩ませる心配がなくなります。例えば……、皆さんからタトゥーを入れても良いかと相談を受けたとき、校則があれば楽に説得できるのかもしれません。不適切な表現かもしれませんが、学校側にとって自由を制限できるルールは便利なものです。ですが、例外的なケースは、その都度検討すれば済む話でしょう。楽をするために生徒の自由を奪うのは本末転倒だと、私は考えています」

学校の創立から携わっている校長は微笑を浮かべた。

鏡沢中学校と共に中高一貫校として創立された鏡沢高校は、六年の歴史しか刻んでいない。校則を定めず〝自由闊達〟な学生生活を送るという校訓も、初年度から維持されているらしい。きっと校長が発案者だったのだろう。

「校則を定めないと、一体感が損なわれて風紀が乱れる。知り合いの教師から、そのような助言を受けたことがあります。ですが、制服の着用を義務付けて髪の長さを決めるだけで、見せかけではない本物の一体感が得られるのでしょうか。皆さんの様子を見ていても、風紀が乱れていると感じたことはありません。先生方の話をよく聞いてくれているし、夏休み中に校外で問題を起こした生徒は一人もいません」

鏡沢高校では、あらゆる選択において生徒の自主性が尊重される。

部活も委員会も加入は義務付けられていない。一方、新たに団体を設立すれば、活動内容に応じて補助金が支給される。文化祭や体育祭といったイベントも、実施するか否かの判断から具体的なプログラムの決定に至るまで、毎年一から検討を重ねていく。

「生徒を信頼していれば、細かいルールを定める必要はありません。解釈の余地が残されていても、自分の頭で考えて結論を導けるはずだからです。そして私は……、皆さんのことを信じています。おそらく、他の先生方も同じ気持ちでしょう」

狸親父――、と涼介が呟いた。同感である。

「校則を定めなかったからといって、学校が無法地帯になるわけではありません。タピオカミルクティーの持ち込みは認めていますが、飲酒は禁止です。派手な格好をするのは認めていますが、全裸で廊下を歩き回るのは禁止です。煙草、シンナー、覚醒剤……、もちろん、全て禁止です。法律に違反しない範囲で、自由を謳歌《おうか》してください」

入学式が終わった後、僕たちは生徒手帳と共に分厚い六法を受け取った。

一人一冊。そこに鏡沢高校のルールが書かれていると、担任に告げられた。中学の入学式後に受け取った簡易版の六法より、ページ数が倍近く増えていた。

法律に違反しなければ、自由が保障される。その代わり、違法行為を行った場合は厳重に処罰される。過去には退学処分を下された生徒もいるらしい。

「せっかく始業式の日なので、新学期に向けた明るい話で締め括ろうと思っていました。ですが、夏休み中に起きてしまった事件について、お伝えしなければなりません。先ほど私は、校外で問題を起こした生徒は一人もいなかったと言いました。間違った事実を伝えたわけではなく、この事件は校内で起きたのです」

夏休みモードが抜け切っていないからか、校長の話が始まっても私語を交わしている生徒が、少なからずいた。けれど、今の前置きによって体育館の空気が張り詰めた。

定期テストの順位を掲示板に貼りだして勉強のモチベーションを高めるように、鏡沢高校では不祥事を起こした生徒の名前が公表される。何をして、どんな処分を下されたか。

不祥事とは、犯罪行為を意味している。

「犯した罪と向き合い、立ち直ってもらいたいと願っています。晒《さら》し者にするために事件の内容を明らかにするわけではありません。自分が同じ立場だったら、どのような選択をしたか。どうして思い留まることができなかったのか。一人一人が考えてください」

もっともらしい理由を並べ立てたところで、犯人が後ろ指を指される事実は変わらない。犯罪者のレッテルを貼られ、白い目で見られる。それが正しいことなのか、僕には判断がつかない。

演台に手をついたまま、校長は続けた。

「二週間の停学処分を下されたのは、一年一組の柴田《しばた》達弥《たつや》くんです。女子硬式テニス部の部室に侵入して、二年生の部員の財布を抜き取りました――」

後方に並ぶ一年生の列に視線を向けた生徒が、大勢いた。

2

ぞろぞろと教室に戻った後も、クラスメイトは窃盗事件の話題で盛り上がっていた。

頬杖をついて、その様子をぼんやり眺める。

「柴田って一年も硬テニなんだってさ。家がめちゃくちゃ貧乏で、いつも同じ服ばっか着てるらしい。それにしたって、先輩の財布に手出すのは度胸ありすぎ」

それなー、と間延びした相槌。

被害者については、まだ学年と部活しか明らかになっていない。部員数は限られているので、すぐに特定されるだろう。

「てか、財布パクっても二週間の停学で済むんだな。十万とか入ってたら……、日給八千円超えるぞ。バイトよりコスパいいじゃん」

日給約七千円のはずなので暗算を間違えている。

「いやいや、このド田舎で、十万も持ち歩いてる高校生なんて絶対にいないって。女子の部室に侵入したってことは、制服でも盗んで転売するつもりだったんじゃないか」

「うわ。ガチの変態じゃん。引くわー」

「変態窃盗犯。人生終了だろうな」

「ご愁傷様《しゅうしょうさま》です。この前ヒトカラ行ったら、五百円しか財布に入ってなくてさ」

「夏休みにヒトカラ？　残念すぎるだろ。俺は原付の免許取って——」

あっという間に窃盗事件の話題はフェードアウトしていった。いや、本題が存在しないのが雑談だとすれば、脱線するのは当たり前なのだけれど。テレビのチャンネルを切り替えるように他のグループの会話にも耳を傾けたが、窃盗事件の話題は雲散霧消していた。

遠ざかる意識を追うように視線を天井に向ける。等間隔に並んだ蛍光灯。その中央辺りには、クイズの解答ボタンを裏返したような形状の装置が取り付けられている。

半透明のドーム状のガラス。赤外線のランプと巨大なレンズ。

防犯カメラが、教室の様子を記録している。

「なーに見てんの？」

涼介が、僕の椅子の背もたれを引きながら話し掛けてきた。重心が後ろに寄っていたので椅子の前足が浮いて倒れそうになる。

「カメラ。相変わらず監視されてるなあって」

「悪だくみなら手伝うよ」

わざとらしく声を潜めて涼介は言った。

「悪だくみ？」

「死角を探してたんじゃないのか」

「いじめもカンニングも、今のところ予定なし」

「品行方正に生きるのが一番だしな」

教室、廊下、体育館、昇降口……。校舎に設置された防犯カメラの総数は、おそらく三十個を超える。そして、記録された映像が分割再生されているモニターが、職員室の片隅で異質な存在感を放っている。

全ての映像を追っていけば、登校から下校までの行動の大部分を把握できるだろう。

「生徒を信頼してると言いながら、カメラで行動を記録してる。矛盾してない？」僕が訊くと、

「監視下では大人しくするだろうっていう、条件付きの信頼」涼介が答えた。

なるほどと納得しかけたが、それを信頼と呼んでいいのだろうか。

「普通の高校だと、防犯カメラは設置されてないらしいよ」

「久しぶりに聞いたな。宏哉《こうや》の〝普通の高校〟情報」

「ネットで調べれば、鏡高が普通じゃないのは一目瞭然《りょうぜん》だよ」

校則、生活指導、イベント、カリキュラム――。学校運営の根幹に関わる多くの事項が、少し

ずつ〝普通〟からズレている。

「カメラで記録しなかったら、どうやって校則違反を発見するわけ？」

「教師とか生徒の目撃情報で判断するんじゃない？」

へえ、と涼介は雑に相槌を打つ。

「よそはよそ、うちはうち。俺は、監視されてても、赤髪が許される方がいい。後ろめたいことがなければ、撮られても困らないし」

天井のカメラに向かって、涼介は舌を出した。

コンビニやスーパーに防犯カメラが設置されているのは、見慣れた光景だ。その必要性に疑問を抱いている者は少ないと思う。どうして学校では原則と例外が入れ替わるのだろう。部外者が訪れる機会が限られているからか。

「いじめ対策にも有効みたいだしね」現国の教科書を開きながら話す。

「ボコってる映像を突き付けられたら、言い訳もできない」

一見しただけでは気付かない小型カメラも設置されているという噂が、生徒の間で流れている。それがただの噂であっても抑止力にはなる。

「部室の中にもあるのかな」

「いや……、更衣室を兼ねてるから、さすがに盗撮はまずいだろ」

僕は文芸部なので、部室が着替える場所という発想がなかった。涼介はバスケ部に所属していて、赤髪は有名なバスケ漫画のキャラクターを真似しているらしい。

「じゃあ、今回も窃盗の瞬間は記録されてないんだ」

「ああ。それを考えてたのか」

女子硬式テニス部の部室で財布を抜き取ったと、校長は話していた。

夏休みがちょうど折り返しを迎えた頃で、時刻は十八時前後だったらしい。部活動のために登校していた生徒も、後片付けを終えて帰宅する時間帯だろうか。

「どうやって犯人を特定したんだろう」

「相変わらず細かいことに拘《こだわ》るな」涼介は苦笑した。「財布を手に取ったタイミングで、部員が戻ってきた。そんなところじゃないか」

足りない情報は脳内で補完しつつ想像してみる。

夕暮れ時、スポーツバッグを肩から下げた女子部員がドアを開く。驚いて振り返る犯人。右手に持っていた財布が床に落ちる。

「拾った財布を届けに行っただけかもしれない」

「わざわざ女子の部室に？」

「仲が良くて出入りが認められていたとか」

「さすがに苦しいだろ。それに家が貧乏らしいじゃん。つまり……、それっぽい動機もある」

「人の物に手を出さない善良な貧乏人もたくさんいるよ」

「でも、金持ちに比べたら暴走する確率は高い」

ニュースや推理小説で見かける動機は、もっと輪郭がくっきりしている。家が貧乏だからというのは、ぼんやりしているし言い掛かりのように聞こえた。

「だからこそ、あらぬ疑いをかけられたのかも」

議論を楽しむように、涼介は椅子の背に体重を預ける。

「そういう微妙な状況だったら、全校集会で晒し者にしないと思うけどな。現場を押さえられたとか、本人が認めてるとか……、きっとそんなところだよ」

窃盗事件の概略は校長の口から説明があったが、犯人を特定するに至った経緯までは言及されなかった。事件の再発防止には、直接的に関係しない事項だからだろう。

予鈴が鳴った。立ち上がっていた生徒も自分の席に戻り始める。

「多分、今回の件で警察は動いてない」

「警察？」涼介に訊き返される。

「学校が調査して、停学処分を下した」

夏休み期間中に停学になった場合、その日数はいつからカウントされるのだろう。休日も停学期間に含まれるなら、柴田達弥は既に登校を認められている可能性がある。それが本人にとって得なのか損なのかは、微妙な問題のような気がするけれど。

「警察沙汰にされるより、学校の処分で済ませてもらえる方がいいだろ」

腑に落ちない様子で涼介は言った。

「本当に財布を盗んだなら、そのとおりだと思う」

「まじ？　そこまで疑ってるわけ？」

涼介の声が少し大きくなる。隣の席に座る女子が目を細めていた。

「可能性の話。警察が調べた事件に比べたら、間違いが生じる確率は高くなりそうじゃん。それこそ、家が貧乏っていう先入観もありそうだし」

「豊かな発想力に驚きを隠せないよ」

茶化すように、涼介は口元に手を当てた。

「あり得ないと思う?」

「俺の表情が物語ってるだろ」

「疑り深い性格なんだ」

「眠ってる彼女の指でスマホのロックを解除して、浮気チェックするタイプ?」

やけに具体的な例を涼介は口にした。

「小野さんに忠告しておく」

バスケ部のマネージャーで涼介の恋人の名前を出すと、「おい、それは反則」とシャツを引っ張られた。図星なら、今後の付き合い方を考え直す必要がある。

男性教師が教室に入ってきたので、何事もなかったかのように涼介との会話を打ち切る。休み時間モードと授業モードの瞬時の切り替えは、高校生の必須スキルだ。

「いつまでも夏休み気分でいるなよー」

朝から、第一声はこれにすると決めていたのではないか。

教科書を読み上げるだけの退屈な授業を聞き流し、窃盗事件について考えた。

柴田達弥は、本当に財布を盗んだのだろうか。

お金に困っていたとしても、部室への侵入をそう簡単に決断したとは思えない。高校生の財布に大金が入っている可能性は低い。それに、異性の先輩という関係性は、失敗した場合のリスクが高いことも容易に想像できる。

部活、上下関係。どちらも高校生活においては重大な意味を持つ。

被害者を個人的に恨んでいた。万引きや学校での窃盗を繰り返していたので、リスクに対する感覚が麻痺していた……。前提を加えれば、違和感の多くは解消される。言葉を交わしたこともない後輩であり、人間性を擁護《ようご》するにも情報が不足している。

——そこまで疑ってるわけ？

先ほどの涼介の啞然とした表情を思い出す。

柴田達弥の無実を確信しているわけではない。むしろ、実際に財布を盗ったのだろうと内心では考えているくらいだ。それでも、有罪前提で話すクラスメイトの雑談に交じることを躊躇《ためら》い、涼介にも拙い反論を試みた。

どうして、こんなに気になるのだろう。上手く言葉で説明できず、じれったさを感じる。

今回だけの気まぐれではない。他の生徒は当然の前提として受け入れているのに、正しさに疑問を抱いて思考の泥沼に沈んでいくことが、これまでにも何度かあった。

校則や防犯カメラの有無もそうだ。〝普通の高校〟とは異なるルールが設定されている理由を知りたいと言ったら、教師や友人から奇妙な目で見られた。

よそはよそ、うちはうち。本当に、その一言で片づけてしまっていいのか。

校則がない代わりに、法律が厳格に適用される。

口うるさい生活指導の代わりに、防犯カメラで記録されている。

自由なのか不自由なのか。わからなくなる瞬間がある。

どうして、あれこれ考えてしまうのだろう。僕が神経質なのか。

二つ前の席の田村が、教科書を持って立ち上がる。どこを読み上げているのか見失ってしまった。あと数分で僕に順番が回ってくる。隣の女子の教科書を見てページ数を確認した。想像以上に読み進めていたようだ。

そろそろ、授業に集中しよう。後ろの席からは、涼介の寝息が聞こえてくる。

新学期が始まったのだと、ようやく実感した。

3

放課後――。ずしりと重いバックパックを背負って地学室に入ると、読書を楽しんでいる生徒が五人ほどいた。この特別教室が文芸部の部室に割り当てられている。木製の椅子には背もたれがなく、本棚も設置されていないため、快適な読書空間とは言い難い。

お疲れさまでーす、本に視線を落としたまま後輩が口を開く。

小説、詩、俳句などの創作活動を行っている部員は、少なくとも僕が知る限りではいない。各々が本を持ち合って読み漁り、定例会で感想を共有する。それだけでは補助金を求める活動内容として心もとないので、書評の真似事のような部誌を文化祭で配布している。きちんと目を通しているのは、部員とその家族くらいだろう。

受け取った補助金のほとんどは、新たな書籍の購入費用に充ててきた。

誇れる活動実績はないが、全員が現状に満足しているはずだ。

部活動に多くの時間や体力は割きたくない。けれど、帰宅部で三年間の高校生活を終えるのも物足りない。そんな生徒の受け皿として文芸部は機能している。

「おお、和泉さんだ。一学期以来ですね」

ノートに猫のイラストを描いていた久保《くぼ》柚葉《ゆずは》が、僕に気付いてペンを回した。黒髪が多い文芸部の中で、柚葉は髪を明るく染めているため目立つ。本人いわく柚子色らしい。

「日焼けした？」

「第一声ランキングがあったら、ワースト四位くらいです。いきなり日焼けに触れるんじゃなくて、旅行に行ったの？　って訊けば好印象なのに」

ワーストスリーは何なのだろう。『丸くなった？』がランクインしている気がする。

「日向ぼっこで焼けた可能性もあると思って」

「そんな女子高生いませんよ。メルヘンすぎます」

数少ない一年生部員の柚葉は、入部当初から先輩にも気さくに話しかけてきて溶け込んだ。部室で本を読んでいる姿はほとんど見かけず、お絵かきやお喋りに興じている時間が多いが、他の部員への気配りもできるので邪険に扱われていない。

「どこか行ってきたの？」今さらながら訊いてみる。

「はい。お母さんと沖縄に」

ミルク味のちんすこうを受け取る。インパクトがある名前のお菓子だけれど、どうやって作っているのかは知らない。サーターアンダギーと併せて調べてみよう。

「ありがとう。だから日焼けしたんだね」

お菓子の持ち込みを校則で禁止している学校では、こういったやり取りも生活指導の対象になるのだろうか。それとも、お土産の場合は見逃すといった暗黙の合意が存在するのか。きっと、例外はそう簡単に認められないはずだ。

「自然な会話の流れです」柚葉は微笑《ほほえ》む。「和泉さんは、楽しい思い出を作れました?」

「いや、退屈な夏休みだったよ」

「校長に怒られちゃいますね」

「充実した高校生活を押し付けてくるのはやめてほしい」

「確かに、そんな法律は聞いたことがありません」

週に三回も治療を受けなければならない透析患者にとって、二泊以上の旅行のハードルは高い。旅行先の透析施設を探して、事前に紹介状や診療情報を送付する必要もある。両親の負担を考えると、泊りがけの旅行に行きたいとは言い出せない。

「おいしい」

ちんすこうを口の中に入れると、ほろりと解けて独特な風味が広がった。

「飲み物がほしくなりません?」

「確かに」口の中の水分が一気に奪われた。

僕の返答を待ち構えていたように、ペットボトルが机の上に置かれる。

「沖縄のお茶?」

「いえ、廊下の自販機です」

「全員にセットで配ったら、財布か自販機が空になるんじゃない?」冗談まじりに訊くと「和泉さんは特別扱いです」柚葉は口元を緩めた。

この笑顔に騙される男子は多くいると思うが、僕は身の程をわきまえている。

「何と交換？」柚葉が好意を安売りしないことは知っている。

「杏梨さんとのお喋りに交ぜてください」

「ああ。そういうこと」

黒板に近い最前列の窓際――。いつもと同じ席で、杏梨は全員に背を向けて読書に没頭している。まっすぐ伸びた背筋、ショートカットの黒髪。本のページを捲る指先以外、身体はほとんど動かない。

「なんか怖そうな本を読んでるんですよ」

「オカルト好きは前からじゃん」

誰とでも仲良くなろうとする柚葉と、内側に入り込まれるのを嫌う杏梨。

矛と盾の故事のように、勝敗がつかないまま一学期が終わった。いや、距離を詰められていない時点で、柚葉の負けなのかもしれない。

「魔女の本を机に積んでます」

――魔女と魔法使いの違いを知ってる？

透析治療中に杏梨に訊かれた質問を思い出す。魔女は存在自体が悪だと、杏梨は言った。

「魔女トークを持ちかけたら、いろいろ話してくれると思うよ」

「それは和泉さんが相手だからですよ。私には、まだ心を開いてくれません」

地学室は広く声量も押さえているので、杏梨が気付いて振り向く気配はない。この会話が聞こえていても、気にせずに読書を続けるような気もするけれど。

他の部員と杏梨が話している姿も、ほとんど見たことがない。孤立しているというより、一人の時間を苦にせず、むしろ謳歌している。

調和を重んじる柚葉とは、根本的な考え方が異なるように思える。

「どうして仲良くなりたいんだっけ？」

「柚子と杏子は、酸っぱい果物仲間だからです」

「へえ」

梨の存在が無視されている気もするが、追及するほどではない。

「それに、杏梨さんは自分の世界観を持っているじゃないですか。他人の目を気にしない強さに憧れるわけです」

「ああいう本を堂々と読んでるくらいだからね」

そばかすが散った顔、小さな口や鼻とは対照的に大きな目。教室でも、杏梨はオカルティックな気配が漂う本をブックカバーもかけずに開いている。

「それに対して和泉さんは、要領よく立ち回って先生からの評判もいいけど、一歩引いて本音を漏らさない。どうして二人が仲良しなのか、いまいち理解できません」

「言いたい放題だな」

「同族嫌悪です。私は、自分の性格の歪みを自覚しているので」

柚葉が言いたいことはわかる。僕は、内心で何を思っているのかにかかわらず、周囲の空気に合わせて喜怒哀楽が自動的に切り替わる。それが優れた能力だとはまったく思わない。柚葉の言葉を借りれば、自分の世界観を持っていないということだから。

「じゃあ、さっそく話しにいこうか」

バックパックを席に置いて、柚葉から受け取ったお茶を一口飲んだ。

「交渉成立ですね。何を話すんですか？」

「もちろん魔女トーク」

柚葉はおそらく、僕と杏梨の関係性を誤解している。付き合っているのかと直接訊かれた気もするが、よく覚えていない。同じような質問を大勢にされて、肯定とも否定ともとれる曖昧な答えを返していたら、いつの間にか恋人と認識されていた。

クリニックで治療を終えた後、二人で帰宅している姿を目撃されたのだろう。透析治療を受けていることは、クラスメイトや部員にも打ち明けていない。

杏梨は、病気について説明するくらいなら、誤解されたままで構わないと言った。

僕も同じ気持ちだったので、浮ついた噂を受け入れることにした。

「オカルト界隈では魔女ブームが到来してるの？」

僕の声に反応して、杏梨が視線を上げる。前髪で大きな目が半分ほど隠れている。

読んでいた本の背表紙は見えない。カラーのイラストとその説明文が記載されたページ。群衆の中で、磔《はりつけ》にされた女性が炎に包まれている。

「世界史の教科書みたいなものだよ」

ページの折り目に指を添えて、杏梨が答えた。

「史実ってことか」

机の上に積まれた本のタイトルを確認すると、〝魔女狩り〟や〝魔女裁判〟という単語を含むものが多くあった。聞き覚えはあるが、具体的な光景を思い浮かべることはできない。

「魔女って、漫画とかアニメでしか見たことがありません」

先ほどの僕との会話よりもさらに声を落として、柚葉が言った。

「大鍋で薬を煮る鉤鼻の老女？」杏梨が訊いた。

「いや、そういう昔ながらの魔女はあんまり出てきません。やたら露出度が高い美女とか、身長以上の長さの杖を持った幼女辺りが定番だと思います」

「この本に出てくるのは、どちらかといえば昔ながらの魔女かな」

問題なく会話が成立しているように思える。ただ、柚葉が言うには、僕が傍にいることが重要らしい。二人だけのやり取りは、盗み聞きでもしない限り確かめられない。

「実在した魔女ってことですよね」

「魔女と呼ばれた女性の話」

「その人たちは、魔法を使えたんですか？」

「使うと思われていた」

「マナとか、精霊の力を借りて？」

「それは魔法使い。魔女は、悪魔と契約を結んで魔力を行使する。キリスト教の神を捨てて他人を害する存在だから、問答無用で悪とみなされた」

柚葉が、助けを求めるように僕を見る。フィクションなら自由に想像を膨らませられるが、史実という前提を足した途端に胡散臭さが一気に増す。

「えっと……」考えを整理しながら続ける。「存在が悪っていうのは、他人を傷つけた結果じゃなくて、悪魔と結託した邪悪な心を敵視したってこと？」

「そう。それが魔法使いとの違い」

治癒魔法を使う白魔法使い、攻撃魔法を使う黒魔法使い。魔法使いの善悪は、どのように魔法を使用するかによって決まる。しかし魔女は、魔法を使う以前から悪であることが確定している。悪魔と盟約を結んだ時点で神を裏切っているからだ。

「あの。これって、何年くらい前の話をしてるんですか？」再び柚葉が尋ねる。

「起源は諸説あるけど、魔女狩りが過熱化したのは四百年くらい前」

「へえ。すごい前ってわけでもないですよね。その頃は、まだ魔法が実在すると信じられていたんですか？」

「久保さんは、どんな魔法を想像してる？」

杏梨は本のページを捲った。誰かを下の名前やあだ名で呼んでいるのは見たことがない。

「相手を火だるまにしたり、森に稲妻を放ったり……」

「一番多かったのは、牛乳泥棒の魔女だった」

「牛乳……？　それって、ただの窃盗なんじゃ？」

「商品を盗むんじゃなくて、牛から乳が出ないようにする魔法。隣の家が飼育している牛に魔法をかけて、牛乳を奪うの」

杏梨が開いたページには、老婆が斧を柱に突き立てていて、その柄から液体らしきものが流れ出ている場面が描かれていた。〝牛乳泥棒〟が魔力を行使した瞬間を切り取っているのだろうか。

「ちょっと間抜けな魔法ですね」

「当時は、飼育している牛の乳が出るかどうかで、生活が安定するかが決まったんだって。多分、日本でいう稲作とかに似た存在だったんだと思う。ぎりぎりの生活で、餌代もかかる牛が乳を出さなかったら生存権が脅かされる。だからこそ、自分の家の牛が不調だと、誰かが魔法をかけたんじゃないかと疑った」

嫌疑をかけられやすいのは、健康な牛を飼っている隣人だったらしい。隣人に疑惑を伝えた後に、家畜が乳を出すようになれば魔法を解除したと、不調が続けば開き直って魔力を強めたと、それぞれ理解する。つまり、身の潔白を証明するのは不可能に近かった。

「うーん……。そこがよくわかりません。魔法より、もっと先に疑う原因がありませんか？　牛が病気にかかっているとか、運動不足じゃないかとか」

「それは今を生きる私たちの感覚。当時は、医学にも科学にも呪術的な要素が色濃く残っていた。よく似た症状で、街の人たちが命を失っていく。何週間も雨が降らない上に、畑を獣に荒らされる。耐え忍んでも、解決の糸口が見えてこない。そういった理不尽を説明するには、悪魔や魔法の存在を認めるしかなかった」

「現実逃避をしても、状況は悪化するだけでは？」

「止まない雨はないし、明けない夜もない」

「え？」

「指をくわえて眺めていても問題が解決に向かうことは、歴史が証明している。人類が滅亡していないのが、その証拠。気が遠くなるほどの時間や犠牲者と引き換えに得た平和を、神の恵みや悪魔の衰退と結びつけたんじゃないかな」

僕たちの頭の中には、医学や科学の最低限の知識がインストールされている。ウイルスが突然変異する仕組みや、異常気象の原因を解明できる専門知識までは持ち合わせていない。それでも、医者や研究者といった専門家が、複雑な理論を用いて問題を解決してくれるはずだと、無責任かつ一方的に信頼している。

ワクチンは治癒魔法。天気予報は神託。中世の人間が現代にタイムスリップしたら、そのように騒ぎ立てても不思議ではない。

終わりの見えない災厄は、神の怒りや悪魔の仕業に違いない。

文化や科学技術が発展した現代では、未曾有の災害が発生したとしても、そのような心境には至らないのではないか。

「そうやって言い掛かりをつけられた女性が、魔女狩りに遭ったんですよね」

「裁判で魔女と認定されて、最後は残虐な方法で処刑された」

「牛乳を盗んだ罪だけで？」柚葉が訊く。

「ううん。魔女が裁かれるのは、悪魔と結託したからだよ。犯罪は後付けにすぎなかった」

「そこに繋がるんですね」

「それに、魔女と認定されたら、その街で起きたあらゆる事件の責任を押し付けられる。気候を操って凶作に陥れた罪、隣人の生気を奪い取って衰弱させた罪……」

「そんな裁判が本当に行われていたなんて、信じられません」

二人のやり取りに耳を傾けながら携帯で調べると、魔女狩りの被害者は十万人以上に上るという記載を見つけた。追放刑で済んだ者も含めるかや、どれくらいの資料に依るのかによって数は上下するようだが、数万人単位で存在したことは間違いなさそうだ。

「興味があって、いろいろ調べてるの」

「どこに惹かれてるわけ？」杏梨に訊いた。「雑学としては興味深いけど、結局は未発達の文明だからこそ起きた悲劇じゃないかな」

「一部の国では、今も魔女狩りで焼き殺されてる人がいる」

「そうなんだ」

正直、驚いた。魔女の存在が受け継がれていることにも、残虐な処刑方法にも。

「和泉くんは、この国に魔女はいないと思ってる？」

「想像できないな」

「社会として、魔女に対する迫害を受け入れることはないと思う。でも、どうしようもなく理不尽な運命を辿ったとき、個人が魔女の存在を信じてしまう可能性はある。そうしないと生きていけない人だっている」

返答を待たず、杏梨は話を打ち切るように本を閉じた。

透析の開始時刻が近づいているため、そろそろ学校を出なければならない。放課後の時間を適度に潰せるという点でも、文芸部の活動は僕たちの生活スタイルと相性がいい。

「また魔女トークを聞かせてよ」

魔女の存在を受け入れざるを得ないほど、理不尽な運命——。自分の人生と照らし合わせて、杏梨は魔女狩りの歴史に興味を抱いたのだろうか。

透析治療との繋がりを思い浮かべたが、口にすることはできなかった。

4

クリニックに向かう道中。買い物袋を提げた年配の女性の背中を眺めながら、僕は緩やかな上り坂を歩いていた。女性はゆっくり足を動かしていて、坂を上りきるには時間が掛かりそうだ。歩道は広いので急かすつもりもなく、横から追い抜いてしまえばいいのだけれど、気になることがあって同じペースで距離を保っている。

　カツテ、と心の中で呟いた。

　ずいぶんと買い込んだようで、モスグリーンのエコバッグはぱんぱんに膨らんでいる。ネギや大根の先端が飛び出し、卵パックの上にグレープフルーツとオレンジが乗っていて……。なぜ、そのような積み方を選んだのだろう。不安定な状態に晒された果物は、女性の動きに合わせてぐらぐらと揺れている。

　斜面に立ち向かうので精一杯だからか、女性の足取りはおぼつかない。無事に上りきれるよう念じていたのだが、買い物袋を持ち替えた拍子にグレープフルーツが放り出された。

　落下音は聞こえない。上り坂なので、僕の足元まで転がってきた。

　腰をかがめて柔らかな弾力をもつ果物を持ち上げる。無視すればどこまでも転がっていきそうだった。車に轢かれて果肉を撒き散らす様は見たくない。

　顔を上げると、女性が振り返っていた。

「落としましたよ」

右腕を伸ばす。柑橘《かんきつ》類の爽やかな香りがした。

返答はなく、代わりに鋭い視線を向けられた。女性の名前すら僕は知らない。おそらく、それは向こうも同じこと。けれど、明確な嫌悪感が伝わってくる。

「——落としましたよ」

もう一度繰り返したが、女性は声を発することなく、先ほどまでの倍以上の速度で坂を上っていった。あんなに早く歩けたのかと感心した。

こうなる前に追い抜くべきだった。お互いに不快な思いをしただけだ。

溜息を吐いて、グレープフルーツを軽く上に投げる。

「いいものをもらったね」

背後から声を掛けられて、危うくキャッチし損ねるところだった。

「佐瀬先生……。驚かさないでくださいよ」

担任の佐瀬友則《とものり》が、自転車を手で支えながら立っていた。カゴの中にはビジネスバッグが入っている。帰宅途中らしい。半袖のポロシャツから伸びた太い腕は、こんがり日焼けしている。両親と同じくらいの年齢だが、教師になったのは三年前らしい。

「これからクリニックに行くの？」

「ええ、まあ」

クラスメイトには伏せているが、佐瀬先生は僕の透析治療について把握している。

両親曰く、配慮を求める場面が多くあるかららしい。三ヵ月後に参加する修学旅行でも、別行動をとって透析を受けなければならない。

「途中まで一緒に行ってもいいかな。同じ方向なんだ」

「今のことなら、別に気にしていませんよ」

親切心で果物を拾ったのに、礼を言われるどころか邪険に扱われた。女性とのやり取りを目撃して、フォローしようとしているのだと思った。

「カッテとはわかりあえないから？」

「……知ってたんですか」

「絶妙な呼び方だよね。悪意と軽蔑が適度にブレンドされてる。佐瀬センは親しみを感じるから好きだけど、カッテは褒められないな」

かつての人。過去の住人。時代に取り残された亡霊――。そんな意味を込めて、僕たちは鏡沢町に住む高齢者を、カッテと呼んでいる。

「僕が考えたわけじゃありません」

「さっきのやり取りを見たら、原因が向こうにあることもわかる。若者が一方的に毛嫌いしているわけじゃない。こんな狭い街なのに息苦しいよな」

息苦しい……。そうだ。この街は、空気が澄んでいるのに息苦しい。

「まあ、関わらないのが正解なんでしょうね」

歩きながら雑談を続けよう、と佐瀬先生は僕の肩を叩いた。

「何を話すんですか？」

「ちょっとした昔話」

自転車を押す佐瀬先生と並んで、坂道を再び上り始めた。夏休みが終わっても、まだ外は蒸し暑い。四時間の透析治療を受けている間に、夜の気温に様変わりするはずだ。

「和泉にとって、この街と学校は世界の何割？」

「旅行にも行けない生活なので、ほとんどを占めています」

「私だってそうだよ。閉じた社会で生きていると、だんだん視界が狭まっていく。ルールを受け入れた方が楽だし、慣れてしまうと疑問を持つのも億劫になる」

「よくわかりません」

どういった話に持ち込もうとしているのか。

「他の生徒みたいに高齢者を無視するのはおかしい。そう思ったからグレープフルーツを拾ったんじゃないか？」

「何となくですよ」深く考えて動いたわけではない。

「和泉は、鏡沢町のルールにも、鏡高のルールにも、ちゃんと疑問を持っているし、常識に染まっていない。自分で思っているより、それは凄いことなんだ」

「先生は、全て受け入れているんですか」

思い切って尋ねてみたが、明確な答えは返ってこなかった。坂を上りきり、視界が開けたタイミングで、「この街がニュータウンだったことは知ってる？」と訊かれた。

「過去形のニュータウンって違和感がありますね」

「ルーキーだった選手が、ベテランとして活躍しているのと一緒だよ」

うまい喩えだと思ってしまった。無気力気味で授業に対する熱意も感じられないからか、生徒間での佐瀬先生の評価はそれほど高くない。

鏡沢ニュータウンという名称は、掲示板や案内図で目にしたことがある。

「四十年くらい前に開発された住宅団地なんですよね」

「そうそう。今とは違って、どんどん人口が増えている時代だった。私が小学生の頃の話だから、はっきり覚えているわけではないけど。人が増えれば、住む家が足りなくなる。住宅不足を解消するために、全国で新しい街が開発されたんだ。鏡沢ニュータウンもその一つで、何もない丘を切り崩して造成したらしい」

　確かにこの街は坂道が多く標高も高いけれど、四十年前までは草木に覆われた丘だったと言われても、いまいちピンとこない。森林を伐採して地面をならし、道路や水道管や電線を整備していったのか。どれくらいの時間と資金を投じたのだろう。

「そのときから住んでいるのが、由緒正しき住人ですね」

「カツテでいいよ」佐瀬先生は苦笑する。「この街の成長も衰退も見守ってきた人たちだ。きっと、立地は悪くても、住人が増えて活気づくと夢見ていた」

「これが四十年後の答え合わせですか」

　手摺の奥に見える家屋は、壁に蔦が生い茂っている。

「バブルが弾けて、都心と地方の格差が広がって、郊外に拠点を構える不便さが浮き彫りになった。移住者が殺到するどころか、転出者が目立つようになったんだ」

　僕は鏡沢町で生まれ育った。小学生の頃から、街の寂れた雰囲気を感じ取っていた気がする。『売却中』の看板が掲げられた家屋や、何年間も次の店舗が決まらないまま放置されている空きテナントを見てきた。

「カッテの子供たちが街に残っていれば、状況は変わったんでしょうね」

「うん。世代を引き継げなければ、街は衰退する。成人した子供の多くが都心に移って、高齢の親だけが鏡沢町に残された。家族で住むには快適な広さの一軒家も、子供がいないとスペースを持て余す。彼らに与えられた選択肢は、住み慣れた家を処分して街を出て行くか、夫婦で住み続けるかだった」

後者を選択して街に残った高齢者を、僕たちはカッテと呼んでいる。

住民の高齢化と人口減少は、全国各地のニュータウンが直面している問題らしい。どのような方策を講じれば街が活性化するのか、それぞれの市町村が頭を悩ませてきた。

「鏡沢町は、バーゲンセールを始めたんですよね」

「どういうふうに聞いている?」

「二十年くらい前から、転入促進作戦をスタートさせたと。確か……、小さな子供がいる世帯限定で、転入者に補助金を交付する内容だった。土地や空き家が値崩れしていたこともあって、多くの申込みが舞い込んだ」

僕たちの親も含めて、三百世帯以上が申し込んだらしい。

カッテを第一世代とするならば、第二世代は彼らの子供たちが担うはずだった。しかし、その多くが街を出て行ったため、やむを得ず外部から招き入れた。

出て行った人間を説得して連れ戻すより、代わりの街の担い手を補充した方がいいと、お金や権力を持っている人が判断したのではないだろうか。その判断において、カッテの意向は重視されなかったのだと思う。

「間違ってますか？」反応がなかったので訊いてみた。

「いや、私も人から聞いただけだから」

「僕の家は、母親が妊娠中に申し込んだそうです」

杏梨や柚葉は小学生のときに他県の学校から転校してきた。

カッテは、街の将来性を見込んで土地を購入した。補助金に惹かれて移り住んできた第二世代は、衰退の一途を辿る街の空き家を安値で買い受けた。それぞれの住人には、街に対する思い入れに大きな差があったはずだ。

そして、僕たちが第三世代になる。カッテの子供たちのように、第三世代も鏡沢町を出て行く選択をしたら、今度こそ街は衰退するのかもしれない。

「初期の住人との関係性についても、何か話を聞いてる？」

「彼らとは関わるなとしか。まあ……、突然やってきて、我が物顔で住んでるわけだから、侵略者みたいに思われているのかもしれません」

「カッテと侵略者か――」

腕が疲れたのか、佐瀬先生はハンドルから片手を放して肩をぐるりと回した。

「B級映画が撮れそうです」

「でも、それは順番が逆だよね。以前の住人を追い出して乗っ取ったわけではなく、彼らが手放した土地や家を買い受けただけなんだから」

「理屈ではないんじゃないですか」投げやりな口調になってしまった。「あとは、バーゲンセールでしか家を買えない貧乏者って見下されてるとか」

「そんな偏見まで広まっているのか」

「実際はどうなんですか？」

「一人一人、考えてることは違うと思うよ。あまり決めつけない方がいい」

はぐらかされたような気がした。大人が曖昧な答えを口にするのは、自分にとって都合が悪いと感じているときだと、最近になって気付いた。

「佐瀬先生は、教師になってから引っ越してきたんですよね」

「うん。三年前に」

四十年前に鏡沢ニュータウンができて、二十年前から転入促進の施策が始まった。それ以降に街に移り住んできたのは、小さな子供がいる家族ばかりだったらしい。そんな中、佐瀬先生は単身で一軒家に住み始めたので、すぐに情報が広まったのを覚えている。

「実は、カッテの息子さんとか？」

思い付いたことを尋ねると、「それが問題なんだよ」と佐瀬先生は言った。

「問題？　何の話ですか」

「和泉がカッテと口にすることで、傷つく人がいるってこと」

「さすがに面と向かっては言いませんよ」

「鏡高の生徒の中には、カッテの孫もいるわけだ」

カッテの子供たちが、全員鏡沢町から出て行ったわけではない。そして、彼らはちょうど僕たちの親の世代だ。人数としてはそれほど多くないと思うけれど、カッテの子供の子供、つまり、カッテの孫がクラスにいることは予想できる。

クラスメイトの家族が何年前から住んでいるのか、僕は把握していない。カッテに対して敵対心を露わにする生徒がいる中で、あえて孫だと名乗り出る者は少ないはずだ。

「一つ前の世代の分断を、君たちが受け継ぐ義務はないんだよ」

「でも、グレープフルーツすら受け取ってもらえません」

「和泉にくれたんだと解釈しよう。友好の証だ」

クリニックが見えてきたところで、佐瀬先生はサドルに跨って去っていった。

鏡沢町に引っ越してきた理由もはぐらかされたと、遅れて気付いた。褒められたのか叱られたのかもわからず、何だかなあと思って頭を掻いた。

5

カッテが落としたグレープフルーツは、文芸部員からのおすそ分けとして食卓に並んだ。本来の持ち主を告げるとあれこれ詮索《せんさく》されそうな気がしたので、坂道での出来事や佐瀬先生と話した内容は夕食の話題に上げなかった。

家族三人で、ダイニングテーブルを囲んでいる。

住み慣れた一軒家。目を瞑《つむ》っても歩き回ることができる。

ダイニングとリビングが一緒になった広い空間。ふすまの先は和室に続いていて、床の間には水墨画の掛け軸が飾られている。玄関前の階段を上ると、両親と僕の寝室がある。

二十年ほど前までは、ここに別の家族が住んでいた。リフォームしたとは聞いているが、完全に建て替えたわけではないはずだ。名前も顔も知らない――、かつての住人。

フォークを持った母さんが、目を細めて僕を見ていた。

「ごめん。なんだっけ？」

「大事な話なんだから、ちゃんと聞いて。杏梨ちゃん、また来なかったでしょ」

グレープフルーツを奥歯で嚙むと、ほろ苦い果汁が口の中に広がった。

「僕に言われても」

「命に関わることなんだよ」

「大袈裟《おおげさ》だなあ」

「ぜんぜん、大袈裟じゃない」

先ほどまで僕は透析治療をクリニックで受けていたが、隣のベッドを使用するはずの杏梨が姿を見せなかったのだ。気分が乗らずに部活をサボるのとは訳が違う。

スケジュール通りに治療を受けなければ、僕たちの身体は蝕まれていく。

大きさはポケットティッシュくらい。重さは小型のスマートフォンくらい。そう聞くと、なくても困らなそうな気がするのに、二つの腎臓は人体で肝腎な役割を果たしている。

人間の身体は、およそ六割が水でできている。僕は体重が六十キロなので、約三十六リットルの体液を含んでいることになる。一・五リットルのペットボトルだと――二十四本分。ちなみに、地球の表面積の七割を占めているのも水らしい。

それはさておき、この六割という割合が、重要な意味を持っているのだとか。多すぎても少なすぎても身体に不調をきたしてしまう。

一方、僕たちは日常的に水分を摂取している。水、ジュース、トマト、グレープフルーツ……。水分がゼロの食べ物は存在しない。放っておけば、体液の割合がどんどん増えていく。

生命の維持に不可欠な水も、体内に溜め込めば毒になり得る。

腎臓は、体液の中から老廃物を抽出して、体外に排泄する尿を作る。必要なものと不要なものを適切に振り分けながら、体液量を一定にしつつ、さまざまな成分の調整も行っているというのだから、それこそスマートフォン並みにハイスペックな器官なのである。

「透析を受けなかったらどうなるか、本当にわかってる？」

連帯責任だと言わんばかりに追及が続く。

「身体に水が溜まって、むくんだり血圧が上がったり心機能が低下する。毒素も溜まって、不眠から意識障害までさまざまな症状が出る。ほら、ちゃんとわかってる」

「健康な腎臓は、二十四時間毎日稼働している。それを週に十二時間の血液透析で補おうとしているんだから、ただでさえぎりぎりのサイクルなのに――」

「高校生は、自己責任って言葉も知ってるよ」

「ちゃかさないで」

臨床工学技士として働く母さんは、溜息を吐いた。

クリニックの血液透析装置の操作や保守点検は、母さんが日常的に行っている。ベッドから眺めていると、スタートボタンを押せば自動的に透析が始まるように見えるのだけれど、細かな調整やメンテナンスが不可欠な精密機器らしい。

「まあ……、宏哉が唆《そそのか》したわけじゃないんだし、その辺にしておこう」

静観していた父さんが口を開いた。ビールを飲んでいるので、顔がほんのり赤い。

「担当医なんだから、厳しく言ってよ」

「言ってるつもりなんだけどね」

腎臓の専門医の父さんは、クリニックで僕や杏梨の診療を担当している。

血液透析のエキスパートの両親と、透析患者の一人息子。できすぎた家族構成だが、偶然というよりは遺伝の巡り合わせらしい。もちろん、不運な巡り合わせだ。

父さんも、十代の頃から透析治療を受けていた。大学生の頃に腎移植のドナーが見つかったので、今は普通の生活が送れている。透析治療の過酷さを知っているから、治療をする側に回ろうと進路を決めた。腎臓内科医として働き始めてすぐに母さんと出会い、やがて僕が生まれ、腎臓の苦難が引き継がれたというわけだ。

ときおり親子ではなく、治療者と患者の会話になるのは致し方ないのだろう。

「次の透析で、倍の量をやるの?」父さんに訊いた。僕は一度もサボったことがないので、事の重大さを見誤っているのかもしれない。

「身体がもたないから、少しずつ調整していくしかない」

「ふうん。腕の見せ所だね」

僕と杏梨の透析スケジュールは、月水金の夕方だ。今日は月曜日なので、既に杏梨は三日分の水分や毒素を身体に溜め込んでいる。杏梨は無尿に至っているらしく、摂取した水分がそのまま体重の増加に繋がってしまう。おそらく、三キログラム以上は体重が増えているだろう。透析で除水をするのだが、その量が増えるほど身体の負担も大きくなる。

そういった事情を、杏梨は正しく理解している。

「体調が悪いなら仕方ないんだけど……」父さんは缶ビールを口に運んだ。

「いや、確信犯だと思う」

これが初めてのことだったら、事件に巻き込まれたのではないかと心配もする。だが、少なくとも月に一回以上、僕は一人で透析治療を受けている。杏梨が定期的に透析をサボるからだ。

「水瀬さんは何を考えているのかな？」

父さんに訊かれた。呆れているわけではなく、治療者として疑問に思っているのだろう。せっかく生き延びる術があるのに、どうしてしがみつかないのかと。

「治療を受けるのは義務じゃないよね」

「それは――」

「ああ……、僕はルーティンだと思ってこなしてるから、心配しないで。今の生活に不満もないよ。さっきのは、杏梨の考えを推測しただけ」

両親の困惑した表情を見て、余計なことを言ったと後悔した。

「透析をきちんと続ければ、普通の生活が送れるんだよ」母さんが口を挟む。「治療費も助成金で大半がまかなえる」

本来は、月に約四十万円も掛かる高額な治療らしい。社会保障が充実している日本だからこそ、生活を切り詰めなくても透析治療を受けることができる。

「週に十二時間、一ヵ月で五十時間、一年間で六百時間……。寿命を迎えるまでに何年分の時間を透析で消費するのかなって、たまに考えるんだ」

それでも〝普通の生活〟を送れていると、母さんは言うのだろうか。

「透析を打ち切ったら、もっと多くの時間を失うことになる」

「二人が心配してるって伝えておくから」

これ以上話していたら口論になると思い、僕は話を打ち切った。母さんが何か言いたげに口を動かしたが、食器を片付けて自分の部屋に向かった。

水曜日に杏梨がクリニックに来れば解決するはずだ。杏梨が連続で透析をサボったことはない。最長でも、三日の空白期間。詳しく聞いたことはないが、彼女なりのルールがあるのだろう。

忘れないうちにメッセージを送っておくことにした。

『魔女の研究もいいけど、治療も忘れずに』

すぐに、『以降、気を付けます』と敬語で返信があった。

『母親は知ってるの？　次サボったら、うちの親から連絡いくかもよ』

『和泉くんに迷惑はかけないので、ご心配なく』

普段の会話と同じように、必要最小限のメッセージしか返ってこない。

『ああ、そう。じゃあ、おやすみ』

『おやすみなさい』

携帯をベッドに放り投げてベランダに出た。ひんやりとした夜風が気持ちいい。斜面の上の方に家が建っているため、低い位置に向かって視界が広がっている。

そろそろ二十二時だ。ベランダから見渡す限り、三分の一程度の家屋は明かりが消えている。既に就寝している一部の家庭を除けば、ほとんどが空き家である。

どこか遠くでサイレンの音が鳴っている。高齢者が多く住む街なので死を連想してしまう。吸い込んだ夜の空気は、やっぱり息苦しかった。

6

「お望みの情報を集めてきた」

翌日の昼休み。ミニトマトを持ち上げながら涼介が言った。赤髪の色持ちを良くするために、リコピンを摂取している。そんな冗談を聞き流したのが、数分前。

「何の話？」

「テニス部の窃盗事件だよ。興味津々だったじゃないか」

「ああ」そういえば、そんな話もしていた。昨日はいろいろなことが起きて、記憶の片隅に追いやられていたらしい。「停学になったのは……、柴田くんだっけ？」

「柴田達弥。無罪を信じてるんだろ？」

「いや、そこまでは言ってない」

昨日の全校集会で、校長が夏休みに起きた窃盗事件の概要を明らかにした。防犯カメラが設置されていない部室での出来事。警察が動いている可能性は低く、女子の先輩の財布を狙うことにも違和感があったため、犯人と決めつけていいのかと疑問を口にした。

だが、無罪と信じる具体的な根拠があるわけでもない。

「今さら保険をかけるとは、卑怯な奴め」

「それで、どんな情報を集めてくれたわけ？」

「生き証人を見つけてきた」

「誰も死んでないよ」

「社会的自殺を果たした奴はいるけどな」

僕と涼介は中学二年からクラスが一緒で、和泉と宇野で出席番号も近かったこともあり、自然と仲良くなった。鏡中も鏡高も、各学年に二つずつしかクラスがないため、腐れ縁と呼ぶほどの低確率を引き当てたわけではない。

三百世帯の新規住人と聞くとそれなりの数にも思えるが、子供を年齢ごとに集めれば、二クラスを作るのが精いっぱいなのが実情だ。部活や学業の目立った実績もなく、交通の便も著しく悪い。僕が知る限りでは、他の地域から通学している物好きは一人もいない。

「真相を知る心の準備は？」

「ばっちり」ここまでもったいぶるほどの情報なのか。

「というわけで、被害者の八木詩織《やぎしおり》さん」

涼介は、隣の席の女子に掌を向けた。

「……どうも生き証人です」八木が、棒読みするような口調で言った。

茶髪のロングヘアー。長身でベロアのロングスカートを履きこなしている。普段は僕たちの雑談を華麗に聞き流し、昼休みも教室にいないことが多く、たまに話すと口が悪い。

「八木だったんだ」

「反応薄いな」涼介が笑う。

「驚いてるよ。八木って、軟式テニス部じゃなかった？」

硬式テニス部だと知っていたら、昨日の時点で話しかけていた。

「二年になったときに転部した」八木が答えた。

「軟式から硬式に？」

「うん。先輩と喧嘩して追い出された。女子は、結構知ってるよ」

あっけらかんと八木は言った。テニスコートは一箇所にしかない。その先輩と顔を合わせて、気まずい思いはしていないのだろうか。

「校長が集会で話していたのは、事実なの？」

「ご期待に沿えなくて残念だけど、冤罪じゃないよ。財布を手に持ってロッカーの前に立っている達弥を、練習から戻ってきた私が見つけた」

現行犯逮捕というやつか。それも、手錠をかけたのは被害者自身。

そういえば、昨日の僕と涼介の会話も、八木は聞いていた気がする。的外れな言い掛かりだと、あの場で指摘してくれればよかったのに。

「下の名前で呼んでるくらいだし、柴田とはそれなりに仲が良かったのか？」

涼介が指摘すると、八木は目を細めた。

「ああ。確かに、あんたらを苗字で呼んでるのは、そういうことかも」と涼介を挑発してから、

「それで、何を訊きたいわけ？」八木は僕を見た。

柴田達弥が濡れ衣を着せられている可能性は、これでほとんどなくなった。

「貧乏だから先輩の財布を狙った。そんな噂が流れてるけど、お金目当てなら他の方法があった

と思うんだよね。バレたら変態の汚名までついてくるなんて、リスキーすぎるし」

校内で起こる窃盗事件の中で、与える印象は最悪の部類に属するだろう。

「私が社長令嬢なのかもしれない」

「そうなの？」

「いちいち真に受けないで。しがない雇われ店長の娘だよ。財布の中には二千円くらいしか入ってなかったし、部費とかを集める予定もなかった」

質問を先回りするように答えて、八木は長い脚を組んだ。

わざわざ部室に入り込んでいるので、偶然財布が目について魔が差した……、という展開も考え難い。右手に財布、左手に下着という状況だったら話は別だが。

「狙われた理由に心当たりは？」

「さあ。ファーストネームで呼ぶくらいには、良好な関係だったはずなんだけど」

根に持つ性格だと思い出した。

「好意が反転して拗《こじ》れたとか？」涼介が明るい口調で訊いた。

「それを知って、二人が何か得するの？」

ごもっともな指摘だ。僕たちが被害を被ったわけではなく、柴田達弥とは言葉を交わしたこともない。好奇心を満たそうとしていると軽蔑されても致し方ない。

「詮索するつもりはないよ」言い訳を口にする。

「既にしてるでしょ」

素直に謝って席を立った方がよさそうだ。

「隣人の手助けがしたいんだよ」そう言って涼介は、椅子を八木の方に近づけた。「柴田の処分を軽くしてほしいって直談判したんだろ。かっけーじゃん。見直した」

「ぜんぜん嬉しくない。こっち来ないで」

「照れるなって」

「何で、そんなことまで知ってるの」

「赤髪は情報を引き寄せるんだ。八木の願いは聞き入れられず、柴田は夏休みのほとんどを自宅謹慎……。その間に、悪事の内容が部員に知れ渡って、復帰しても透明人間扱いが待っていた。昨日から始まったラウンドツーも、敗北濃厚」

涼介が語ったストーリーを、八木は否定しなかった。

「だから？　私が困ってるわけじゃない」

「薄情な俺ならそう割り切るけど、なぜか八木は心を痛めている。追い詰められた柴田が不登校になる前に状況を打開したい。そんなところだろ？」

八木は眉をひそめて、「みんな口が軽すぎ」と言った。

「校長が大義名分を与えたようなものだからな」

全校集会で、犯人と罪名が明らかにされた。二年生の教室でも、あれだけ話題になったのだ。当人がどんな視線に晒されているのかも、簡単に想像できる。

「そこまで分析できてるなら、わかってるでしょ」

「何が？」

「もう手遅れだって」

——当校にいじめは存在しません。

鏡沢高校の生徒が自殺して緊急の記者会見を開くことになったとき、狸顔の校長と狐顔の教頭は額に脂汗を浮かべながら、それでもいじめの事実を否定するだろう。

この高校では、徹底的ないじめ防止措置を講じてきたと。

校舎の至る所に設置された防犯カメラによって、暴行や恐喝といった犯罪行為が行われた場合は速やかに加害生徒を特定できる。さらに、処分を下した生徒の氏名や事件内容を周知することで、いじめに対する抑止力も働いている。

実際、体操着や上履きを隠したり、体育館裏でリンチに及べば、すぐに生徒指導室に呼び出されて自宅待機を命じられるはずだ。

加害生徒がスクールカーストの最上位にいて、告発が期待できないような状態でも、防犯カメラの映像を突き付けて退学処分を下せば、不穏分子を学校から追い出せる。

完璧な包囲網のようにも思えるが、その網目はザルのように粗い。

中学二年生の三学期に起きた、とある事件を思い出す。

その頃、女子の間で授業中に手紙を回すことがはやっていた。確か、携帯でメッセージを送ると、マナーモードの設定ミスで通知音が鳴り響く危険があるので、アナログな手紙に目をつけたと言っていた気がする。

どうして、授業中にまでコミュニケーションを取りたがるのか。その理由が当時はわからなかったが、リスクを共有できるかで友情の深さを確かめ合っていたのだろう。

バレンタインデーが近づいてきたタイミングで、どうやら女子は誰にチョコレートを渡すのかを手紙で打ち明けているらしいという噂が、男子の間で広まった。

そわそわとした空気が流れ出し――、
暴走してしまったのは、サッカー部の男子だった。

気になっている女子のチョコレートの行く末を知るために、体育の授業中にこっそり教室に戻って手紙を盗み見ようとした。だが、捜索に苦戦しているうちにタイムリミットが迫り、焦った彼はぎりぎりで見つけた手紙をポケットに入れた。

一連の行動は、教室の防犯カメラに記録されていた。〝恋は盲目〟状態に陥っていただけではなく、犯罪行為に及んでいる認識が欠けていたのかもしれない。

手紙を持ち去って開封する行為には、複数の犯罪が検討の対象に挙がるらしい。いずれにしても、その男子は生徒指導室に呼び出されて厳重注意を受けた。停学処分は免れたが、事件の周知は原則通り行われた。

これは、淡い恋心の暴走を紹介するためのエピソードではない。

女子の荷物を漁って、手紙を盗み見た。あらゆる罵詈雑言が向けられたが、「キモい」という一言に全てが集約されていた。

彼の居場所は、教室からなくなった。

一部の教師だけが、いじめは存在しないと思い込んでいる。――そんなわけがないのに。防犯カメラを設置したり加害生徒を晒し者にして防げるのは、犯罪行為だけだ。

法に触れなければ、誰かを傷つけることも許容される。

つまり、鏡中や鏡高では、適法ないじめが野放しになっている。

「中二のバレンタイン事件って覚えてる？」廊下を歩きながら涼介に訊いた。

「ああ、懐かしいな」

この事件の話題に触れるのは何年ぶりだろう。

「バカなことしたなあって、僕たちは最初笑ってた。でも、被害者の女子が本気で怒って、男子対女子みたいな構図になってさ。誰が悪いのかは明らかだし、とばっちりを受けたくなかったから、男子も含めてみんなが彼を避け始めた」

誰かが提案して決まったわけではなかった。何となく空気を読んで、一緒にいると冷たい眼を向けられるから距離を置いて、いつの間にか彼は透明人間になっていた。

「あいつ、何してるんだろうな」

すぐに学校に来なくなり、転校したという報告を担任から聞いた。気まずい沈黙が流れたのは一瞬で、放課後には興味を失っている者が大多数だった。

「あれは——、いじめだった」

「誰かが危害を加えたわけじゃない」

「僕も含めて、みんなそう思っていた。先生も黙認していたし、誰も注意を受けなかった。でも、集団で無視し続けて、彼を見殺しにした」

涼介に肩を叩かれて、廊下の途中で立ち止まる。

「誰と話すのかは、俺たちが自由に決めていいことだろ」

「先生も、その考えを否定しないと思う。自己矛盾を起こすことを恐れているから」

「矛盾？」

「自由闊達……。法律に違反しない限り、自由を保障する。そう校訓に定めているせいで、生徒の無視すら咎められない」

「無視を規制する法律はないんだから、間違ってない」

中学生の頃から、法律を守れと教えられてきた。

髪色もアクセサリーも服装も全て自由。なぜなら、法律で規制されていないから。

煙草、飲酒、ギャンブルは禁止。なぜなら、法律で規制されているから。

「自分が透明人間になっても、そう言える？」

「無視されるようなことをしなければいい」

法律という画一的な基準に従えば、行動の選択を迷わずに済む。だから中学生の僕は、罪悪感を覚えずにクラスメイトを見殺しにできた。

「いざこざが起きたとき、無視に頼りすぎだと思うんだ」

「は？」

壁に背中を預けて、僕たちは話を続けた。

「話し合いで解決しないまま拗れると、友達を巻き込んで相手を無視し始める。そういう冷戦を幾つも見てきた。殴り合いの喧嘩になったら、どっちも処分を受ける可能性が高い。適法な対抗手段が無視しかないから、一向に仲直りできないんじゃないかな」

「殴り合えばわかりあえるって考えてるわけ？」

「拳で語って、最後は友情が芽生える。王道の展開だよ」

「漫画の話だろ」呆れたように涼介は苦笑する。

「違法だから、全部ダメ。適法だから、何でも許される。そうやって決めつけるのは一種の思考停止じゃないかな」

ずっと考えてきたことだが、言葉にするのを避けてきた。

「一石を投じる発言だと思うけどさ、我が校のルールを全面否定してるようなものじゃん。適当人間の俺でも、教師の前では言えないよ」

僕は、過激な発言をしているのだろうか。インターネットやテレビで目にする〝普通〟の高校では、存在の否定——見殺しが許容されているとは思えないのだ。

「さっきのあれを見て、涼介はどう思った？」

「それは、まあ」

昼食を食べ終えた後、僕と涼介は一年一組の教室を見に行った。柴田達弥が置かれている状況を確認するためだ。文芸部の後輩の柚葉が同じクラスだったので、定例会の日程変更を伝えながら、八木に教えられた席をちらりと横目で見た。

机に落書きがされているわけでも、ゴミを投げつけられているわけでも、上履きが汚れているわけでもない。柴田達弥は、危害を加えられずに天板を見つめていた。

周囲に他の生徒の姿はなかった。昼休みなので、離席していてもおかしくない。

ただ、隣接している机が、全て数センチメートルずつ離れていた。磁石の同じ極を近付けて反発したように——、あるいは、関わり合いを持つことを拒絶する意思表明のように。

「僕は、胸糞悪いと思ったよ」

「………………」

先ほどの光景を思い出すように、涼介は窓の奥を見ている。

「中二のときは、僕たちも当事者だったから、客観視できていなかった。でも、同じことをしていたんだろうね」

「八木も言ってたけど、あれは止められないだろ」

「適法ないじめだから？」

涼介は、気まずそうに首を掻いた。

「難しいな。自業自得な部分はあるわけだし、自分がしてきたことも考えると、あいつらに説教する資格はないと思う。でも、新学期の翌日にああいう状況になってるのは、無視なら許されるって軽く考えてる気がして、確かに胸糞悪い」

「じゃあ、何とかしてみる？」

軽い調子で問い掛けると、答えが返ってくる前に予鈴が鳴った。

7

放課後、社会科準備室に立ち寄ると『使用中』のプレートが扉に掲げられていた。

この部屋は、佐瀬先生が相談室代わりに使用している。授業の評判はイマイチで、担任としてもそれほど人望がない。それなのに、ときおり生徒が相談に訪れるのには理由がある。

鏡沢高校で働く教員の中で、佐瀬先生がもっとも法律に詳しいからだ。

三年前までは弁護士をしていたらしい。そこから縁もゆかりもない鏡沢町に引っ越してきて、社会科の高校教師になった。何度か理由を訊いてみたが、いつもはぐらかされてしまう。訳ありなのかもしれないし、行き当たりばったりなのかもしれない。

この高校でうまく立ち回るには、コミュニケーション能力と空気を読む力の次くらいに、法律知識が重要だと僕は考えている。適法か否かを見極められれば大胆な行動に出ることもできるし、抜け道を見つければ周囲からの評価も上がる。

しかし、法律と一口に言っても、数が膨大だし説明も難解なので、一朝一夕で身につけられるものではない。そこで、困ったときの相談役兼アドバイザーとして、元専門家の佐瀬先生が活躍するようになった。

これまでにも、僕は何度か社会科準備室を訪れたことがある。緊急の法律相談ではなく、ニュースを見て気になった点を尋ねているだけだが、いつもわかりやすく解説してくれる。現代社会の授業中とこの部屋にいるときでは、表情や口調がまるで違う。

質問に来る度に、どうして弁護士を辞めたのだろうと疑問に思うのだった。

議論が白熱すると、一時間以上解放されないこともある。出直そうとしたタイミングで、扉が開いて杏梨が出てきた。

長袖のシャツとプリーツスカート。制服のような組み合わせだ。

「珍しいね」ここで会うとは思わなかったので驚いた。

「和泉くんは常連さん？」

「顔なじみくらい。体調は？」

「明日はちゃんと行く。心配してくれてありがとう」

そう言い残して、杏梨は廊下を歩いて行った。何を相談しに来たのだろうか。トラブルに巻き込まれている気配はなかったが。

「入ってもいいですか？」

開いたままの扉から顔をのぞかせる。

「おお、和泉か」

六畳くらいの狭い空間に、キャビネットや大きな机が並んでおり、机上には地球儀や百科事典などが雑多に積まれている。

どこかほこりっぽく、たまにくしゃみが出そうになる。

「杏梨が来てたんですね」

「面白い質問だったよ。それほど詳しくない分野だったから、うまく答えられたかはわからないけど。ああ、座って座って」

パイプ椅子に腰を下ろす。クッションがへたっていて、少しだけお尻が痛い。

「もしかして、魔女狩りについてですか？」

「何だ、知ってたのか。中世の魔女狩りが終わった理由について……、ちょっとね」

「終わった理由？」

部室では、魔女狩り黄金時代の話をしていたのに。

「これ以上はやめておこう。相談内容は漏らさないのが、この業界の鉄則だから」

教師も弁護士も、相談に応じる仕事という点では共通するのかもしれない。

「わかりました」

魔女裁判と呼ぶくらいなので、中世の法律や司法制度も関係しているのだろう。資料ではわからないところがあって、佐瀬先生に訊きに来たのではないか。

「それで、今日はどんな質問？」

「鏡高に校則がないのは、誇れることだと思いますか？」

単刀直入に訊くと、佐瀬先生は目を丸くした。

「相変わらず踏み込んでくるね」

「法律の専門家の意見を聞いてみたくて」

「今は、冴えない高校教師だよ」

「元専門家として」

他の教師に訊いても、当たり障りのない答えしか返ってこない気がした。

「たまに校長が壇上で話すルールについての持論は、基本的に間違っていないと思うよ。自由を制限するルールは、必要性を吟味しながら、厳選して定めなくてはいけない。この国に存在する校則を集めてきたら、趣旨が不明な規則が大半を占めるんじゃないかな」

「それなのに、校則を定めない学校は超少数派なわけですよね」

不合理な規制が多くあるのに、なぜ撤廃されないのか。

「秩序っていうのは、水を溜めたバケツみたいなものなんだ。せっかく満杯まで水を注いでも、穴が開いていればどんどん流れていく。そして、底に近い場所に開いた穴ほど大惨事を招く」

「空っぽになるまで止まらないからですか？」

「そうだね。バケツを補強したり、応急措置の役割を果たすのがルールだ。被害を最小限に食い止めるためには、低い位置を優先的に補強する必要がある。バケツが学校だとすると、モラルが低い生徒は底の方にたまってしまう」

「常識でまかなえるはずのルールも……、そういう人たちを縛るためになくせないと」

底辺、という言葉が思い浮かんだが、さすがに口にするのははばかられた。

「とばっちりを受けるのは、高い位置で自由に漂っていた生徒だ」

エアコンも扇風機もないので、室内は蒸し暑い。

佐瀬先生は、右手に持ったうちわで風を顔に送りながら続けた。

「秩序を保つことだけを考えれば、穴が開く隙間がないくらい厳格な校則を定めるのにも合理性がある。私だったら、そんな窮屈な空間には耐えられないけど。それに対して鏡高は、穴だらけのバケツなのに決壊が起きていない。どうしてだと思う？」

少し考えてから答えた。

「……バケツの外側を法律で覆っているから？」

「聞き役が優秀だと説明が楽で助かるよ。もちろん、法律を破ってもいいなんて教育はどの学校でもしていない。かといって、鏡高ほど明確に意識しているわけでもない。バケツ内で完結させようとする意識が強いんだ」

校則でぎちぎちに縛っておけば、あえて法律を持ち出す必要もないということだろう。

鏡高では、最後の防波堤であるはずの法律が、前線で存在感を放っている。

「バケツからこぼれた水で溺れた人は、どうすればいいんですか」

「うん。それは本来、時間を掛けて話し合わなくちゃいけないことだと思う。法律は、必要最低限のルールでしかない。秩序を保つ役割のバケツとの間には隙間が存在する」

「法律だけじゃ穴は塞《ふさ》げないってことですよね」

「どういうケースを想定しているの？」

適法ないじめは、バケツの外側で野放しにされている。

「存在を無視されている人です」

「……昨日の坂道での話？」

「いえ、違います」

そう指摘されて初めて、カッテと僕たちの関係性も似た問題をはらんでいることに気付いた。異なるのは、互いが互いを無視している点と、集団同士の諍いである点か。

「せっかく認識を共有できているから、あの件を例にとって考えてみよう。対話を拒絶した女性に対して、和泉にできることはあったと思う？」

拾い上げたグレープフルーツを受け取る代わりに、鋭い視線を向けられた。

「食い下がっても無駄でしょうから、諦めるしかなかったかと」

「そうだね。どういった人間関係を築くのかは個人の自由だ。つまり、対話を強制することは基本的にできない。大人げないとか、好意を無下にするなとか、いろいろ言いたいことはあるけど、それは倫理や道徳の話になってしまう」

教室で話し掛けられても、会話に応じる義務はない。その結論は感覚的に理解できる。

「集団で個人を無視した場合も、結論は変わりませんか？」

「ああ、そういう話か」どんな状況を思い浮かべているか、ある程度伝わったようだ。「今から刑法の踏み込んだ話をするけど、わからなかったら手を上げて」

「はい」歯医者みたいな指示だ。

「他人のものを盗ってはいけない、相手のことを傷つけてはいけない……。こんなふうに、犯罪の多くは特定の作為を禁止している」

「サクイ？」

「積極的な行為くらいの意味。そうやって、禁止する作為を刑法で細かく列挙していけば、それ以外の行動は自由に選択できる。一方で、消極的な行為を意味する不作為を禁止したら、どうなるか想像できるかな」

「えっと、落ちてるゴミは拾わなければいけないとか、溺れてる人は助けなければいけないっていうのが、不作為の禁止ですよね」

マイナスとマイナスの掛け合わせなので、プラスになってしまう。

「それは結局、他の行動の余地をなくす、特定の作為の強制にほかならない。作為の禁止と作為の強制では、自由の制約の程度が大きく異なる。行動の選択の自由を奪うことに繋がりかねないから、不作為は基本的に罰することができないんだ」

ゴミ拾いや溺れている人の救助を義務化することには、確かに違和感がある。

「何とかついていけています」

「じゃあ、坂道の話に戻そう。あのとき、坂道を転がってきたのが、グレープフルーツではなく、赤ちゃんだったとしたら、和泉には助ける義務があったと思う？」

急に思いもよらない方向に話が向かい、頭が混乱した。

「赤ちゃんは転がらないんじゃ……」

「そこはあれだよ。アルマジロくらい丸かったと仮定しよう」

「よくわかりませんが、義務はないんじゃないですか」

「うん、正解。そう考えないと、下側を歩きながら見過ごした全員が犯罪者になってしまうからね。さらにシチュエーションを変えて、近くを歩いていたのが赤ちゃんの父親だったとしたら、結論は変わるかな」

坂道を転げ落ちてくる赤ちゃんと、それを見上げる父親の姿を想像した。

「普通は助けると思いますが、義務とまで言えるかというと――」

「監護義務といって、親は子供を保護する義務を民法で課されているんだ。だから、簡単に止められる速度だったら、父親は赤ちゃんを助けなくちゃいけない」

「見捨てたら処罰されるんですか？」

「一定の立場にある人に限定されるけどね。今回のような親とか、あとは自分の手で危機的な状況を作り出した人とか」

佐瀬先生が語った内容を頭の中で整理する。

作為と不作為。それぞれを禁止した場合に制約される自由と、刑法の論理。一連の説明の中に、状況を打開するヒントが紛れ込んでいるような気がした。

「参考になりました。ありがとうございます」

話しかけない、会話に応じない、近づかない。一年一組の教室で行われているのは、不作為のオンパレードだ。

どうすれば、柴田達弥の存在をクラスメイトに認めさせることができるか。

不作為の自由を否定するには――、

知識も情報も不足しているので、まだ答えには辿り着けない。

8

僕の手首の内側では、風が洞穴を吹き抜けるような音が鳴っている。

父さんの聴診器を手首に当てて聞かされたとき、身体の中で鳴るべき音ではないような気がして、すぐに耳を離してしまったのを覚えている。何が起きているのか説明を受けても、得体の知れない恐怖は拭いきれなかった。

その音は、動脈から静脈に血液が流れ込むことによって生じている。言葉にすれば単純な話に聞こえるけれど、それは極めて不自然なことらしい。

本来、動脈と静脈は体内で分かれているのだが、僕や杏梨のような透析患者の多くは、特別な手術を行って二つの血管の一部を繋ぎ合わせている。つまり、動脈でも静脈でもない〝第三の血管〟が、僕たちの身体の中に存在する。

体内の血液を透析回路に循環させるには、多くの血液を素早くポンプで吸い上げなければならない。針を刺しやすいのは皮膚のすぐ下にある静脈だが、血流が遅すぎてポンプを使っても途中で止まってしまう。一方、動脈を使えば充分な血流量を確保できるものの、深い位置にある血管を透析の度に穿刺するのは現実的ではない。

この説明を母さんから聞いたとき、口には出さなかったけれど、リストカットに似ているなと思った。静脈なら簡単に切れるが、よほどのことがない限り死には至らない。動脈なら出血量は足りるが、生半可な覚悟では刃が血管に達しない。

生きるための透析と死ぬためのリストカットなのに、皮肉めいた話である。

透析治療を継続的に行うには、穿刺しやすく充分な血流量も確保できる血管が理想的だ。探しても見つからないなら、作ればいい。逆転の発想で、手首の動脈と静脈を繋げる手術が開発された。動脈の血液が流入することによって静脈が太く膨らみ、血流量も増えて、透析に耐えられる血管に成長する。

この新たな血管は、シャントと呼ばれている。本来の血流に逆らって手首でUターンするため、不自然な音や振動を発してしまう。杏梨が夏でも長袖のシャツを着用しているのは、皮膚の上からでもわかるほど盛り上がった血管を隠すためかもしれない。

今、僕の左腕のシャントには、二本の針が刺さっている。脱血用の穿刺針と返血用の穿刺針である。動脈側から吸い上げた血液が、チューブを通じてダイアライザに流れ込み、体外を循環した後に、静脈側から体内に戻される。

この血液回路の循環が、約四時間続く。その間に、日常生活で溜め込んだ老廃物や余分な水分が取り除かれる。隣のベッドで五日ぶりの透析治療を受けている杏梨は、僕以上に身体への負担が掛かっているはずだ。

「シャントをリストカットしたら、どうなると思う?」

僕にだけ届くような小声で、杏梨は物騒な質問をしてきた。もし母さんが近くで聞いていたら、血相を変えて事情を問いただしに来るだろう。

「血の海ができる」

「やっぱり、そうなのかな」

「試したことがないからわからないけど」

血流量が増えているわけだから、通常の静脈を切る場合より危険度は跳ね上がるはずだ。それにしても、杏梨もシャントとリストカットを結びつけて考えていたとは。

「そんな死に方をしたら、好き勝手に解釈されるんだろうね」

「透析治療の辛さに耐えかねて……、とか?」

「与えられた状況を有効活用しただけかもしれないのに。医者が、病院にある薬物を使って命を絶つのと一緒だよ」

母さんのように、命の尊さを説く気にはなれない。

死を意識しなければ——、生を実感できない人だっているはずだ。

「死ぬときまで、大量の血は見たくないなあ」

「確かに見飽きてるかも」

表情は見えないが、少しだけ杏梨の声が柔らかくなったような気がした。抗凝固薬を使うことで固まるのを防いだ血液が、チューブの中を絶えず流れている。

純粋な赤ではなく、黒や紫がわずかに混ざっている。

「魔女の血は、何色なのかな」

「悪魔に魂を売っても、血の色は変わらないと思う」杏梨が答える。

「見た目は人間のままってことだよね。それなら、どうやって魔女を見極めたんだろう」

今日も、僕たちは横並びのベッドで魔女の話をする。

部室では、魔女が使ったとされる魔法や魔女狩りの起源について杏梨から説明を受けた。だが、魔女の罪を押し付けられた経緯は謎に包まれている。

「証拠と自白。その辺りは、今の刑事裁判と大きく変わらないらしいよ」

「佐瀬先生に訊いたの？」

「うん」杏梨はあっさり認めた。

「牛乳泥棒とか天候を操る魔法を使った証拠なんて、出せるはずないよね」

「この前も言ったけど、求められたのは魔法を使った証拠じゃなくて、その人が魔女である証拠。抱いた赤ん坊が病気になったとか、人目を忍んで夜に出掛けてるとか、そういう噂話も採用されたんだって。証拠で足りない部分は自白で補った」

神への裏切りを認めることは、死を意味していたのではないか。

「自白しなかったら？」

「認めた方がマシだと思わせる」

「ああ、拷問か」

「やりたい放題ではなかったみたい」

杏梨が言うには、拷問が裁判の手続に組み込まれていたらしい。法廷でむち打ちや水責めが行われている光景を想像しようとしたが、まるで現実感を伴わなかった。

手順や用件にも、一定の制約があったという。まずは拷問道具を見せて自白を促す。次に道具を身体に当てて自白を勧める。それでも口を開かず、かつ証拠（噂話程度の）が揃っている場合は拷問が許されるが、回数は三回までと決まっていた。

「耐え抜いた場合は？」

「ちゃんと釈放された。だから、拷問は最後のチャンスでもあった」

「ピンチはチャンスってやつか」

処刑か釈放。拷問道具と共に突き付けられる究極の二択だ。

「まあ、裁く側は三回以内に口を割らせるために容赦しなかっただろうし、別の容疑で裁判にかけられる可能性もあったわけだから、耐え抜いた人は一握りだったみたいだけど」

「そこまでして魔女を裁く理由は何だったの？」

正確には、魔女と決めつけた無実の人間を裁く理由――、だ。

「根底にあったのは、異端に対する迫害の姿勢」

「迫害？」

「当時は、普遍的な正しさを、権力者が一方的に決めていた。正しい神も、正しい学問も……、正しい生き方も。正統から外れた異端者は、悪魔を崇拝する背教者とみなされた」

「権力者にとって都合が悪い存在を迫害したってこと？」

「哀れな背教者を正しい方向に教え導く。善意が暴走して、魔女狩りは始まったのかもね。だんだん歯止めが掛からなくなって、気に食わない隣人を魔女と決めつけて告発したり、裕福な人の財産を没収するために処刑したり、制度だけが独り歩きしていった」

　母さんが近づいてくるのが見えたので、僕たちは会話を止めた。装置に表示された血圧や脈拍、針が抜けかけていないかなどを確認する必要があるらしい。

「いつもより除水量が多いけど気分が悪くなってない？」

「大丈夫です」杏梨は短く答えた。

「身体は悲鳴を上げてるから、無理はしないでね」

「はい」

　弱音は吐かないが、もう治療をサボらないと約束することもない。僕に向かって意味あり気な視線を向けてから、母さんは別のベッドに向かった。

　すぐに杏梨の声が聞こえた。

「和泉くんも、気をつけた方がいいよ」

「え？」

　僕は、透析治療を真面目に受けているし、両親の言いつけも守っている。母さんが来る前の魔女の雑談でも、忠告を受けるような流れではなかったはずだが。

「一年生の教室に乗り込んだんでしょ」

「柚葉が何か言ってた？」

　定例会の日程変更という一応の口実は準備したが、部室で伝えれば済む話なので、不審に思ったとしても不思議ではない。僕の視線の先を追えば、柴田達弥の机の周囲を観察していたことも気付いただろう。

「当事者同士で解決すべき問題だと思う」

「まだ何もしてないよ。一年に逆襲されることを心配してくれてるの？」

「秩序を乱さない方がいいってこと」

「歪んだ秩序でも？」

　杏梨が、僕の行動に意見を述べるのは珍しい。内面に踏み込まれることを嫌う代わりに、他者の考えに否定的な態度も示さない。何か思うところがあるのだろう。

「異端を決めるのは、個人じゃなくて集団なんだよ。自分がいくら正しいと信じていても、多数派に歯向かえば異端とみなされかねない」

「魔女狩りみたいに……か」

「この街にも、鏡沢高校にも、たくさんの当たり前が存在する。ルールとして機能しているのは、それなりの理由があるから」

「どんな理由なのか知りたいな」

　沈黙が流れた。天井を見上げたまま、杏梨の答えを待つ。

「決められた世界で生きていくしかないの」

「どういう意味？」

「和泉くんには、わからないかもね」

　佐瀬先生も、法律を最重視する鏡高のルールをどう思うかという問いに、明確な答えを返してくれなかった。この話題になると、なぜみんな揃って言葉を濁すのだろう。

　まるで、触れること自体が禁忌であるように。

「思考を停止して従うくらいなら、魔女認定された方がマシだよ」

「居場所を奪われても?」

「うん」

「わかった。話したかったのはそれだけ」

会話が途切れ、透析装置の稼働音に耳を傾けながら目を閉じた。

この街で暮らしていると、自分がはぐれ者のように感じる瞬間がある。別の場所から迷い込み、帰る道を見失って、そのまま住み着いてしまった。鏡沢町で生まれ育ったのだから、そんなわけはないのだけれど。

親しい関係でも、相手の考えていることが全てわかるわけではない。同じような疎外感を杏梨も感じているのだろうか。

時計を見ると、透析が始まってから二時間しか経っていなかった。

まだ折り返し地点。後半戦は、どんな話をしようか。

9

治療を終えて帰る準備をしていると、隣のベッドの杏梨が貧血のような状態で起き上がることができず、白衣を着た父さんがやってきた。透析中に血圧が下がるのは珍しくないが、不自然なくらい青白い顔色を見て心配になった。

「もう少し休んでいった方がいいね。宏哉は、先に帰りなさい」

父さんが、杏梨の様子を見ながら僕に言った。

「大丈夫なの？」

「うん。身体がびっくりしただけだから」

「わかった」

僕が傍にいたところで、気の利いた言葉をかけられるわけでもない。むしろ、気が散って身体を休められないだろう。家に連絡を入れようかと父さんが訊いたが、杏梨は無言で首を振った。母子家庭だと聞いているが、杏梨の母親に会ったことはない。

鏡沢町では片親しかいない家庭が珍しくない。転入促進の施策が行われた際、片親家庭に対しては補助金が多く支給されたらしい。

外に出ると、すっかり夜になっていた。

「悪いんだけど、お遣いを頼んでもいい？」母さんが小走りに追いかけてきて、一万円札を手渡された。「私もお父さんも、遅くなりそうだから」

「オッケー」

近くのスーパーは、二十二時で閉まってしまう。この街で二十四時間営業しているのは、コンビニくらいだ。必要な商品を聴き取って、メモアプリに打ち込んだ。

「あとは……、そうそう、豚の血だ」

「もうなくなったの？」

「たくさん使うから。じゃあ、お願いね」

ポリタンクに入った冷凍の豚の血は、徒歩で持ち帰るには憂鬱な重量がある。次回の買い出しまで待ってもらいたいけれど、母の手料理には欠かせない食材なので致し方ない。

動物の血を使った料理を、ブラッドフードと呼ぶらしい。

豚の血、背脂、香辛料、生クリームなどを混ぜ合わせて、豚の腸に詰め込んで茹でるブーダンノワール（豚の血のソーセージ）。豚の内臓を、ニンニクや調味料と共に、豚の血で煮込むディヌグアン（豚の血のもつ煮）。豚バラ肉と野菜を、やはり調味料と豚の血で炒めるチーイリチャー（豚肉の血炒め）。

ボイル、煮込み、炒め物。フランス、フィリピン、沖縄。

さまざまな国のブラッドフードレシピを、母さんはレパートリーに取り入れている。三日に一度くらいの頻度で出番があるため、すぐにポリタンクが空になってしまう。

とろみがある豚の血を直接見ると、独特な匂いと相まって食欲が失せてしまうのだが、食卓に並んだ料理を食べても、生臭さのようなものは一切感じない。母さんが料理上手だからなのか、豚の血のポテンシャルが高いからなのかは、よくわかっていない。

母さんは、僕の食生活にもかなり気を遣っている。透析で取り除ける水分や毒素の量には限界があるため、普段から溜め込まないように注意しなければならない。

リン、カリウム、尿酸、塩分……。要注意の食材が多すぎるし、専門家の判断に従うべきだと思って、食事のメニューは母さんに任せきりになっている。

思考錯誤を重ねた結果行き着いたのが、ブラッドフードなのかもしれない。豚の血は水分が多そうだけれど、鉄分や調理方法によって吸収率を調整できるのだろうか。

自分の身体に関することなのに、曖昧な言葉でしか語れない。

集団や社会といった外側への興味は尽きないのに、健康や病気に対して距離を置いて考えてしまうのはなぜなのだろう。透析の重要性について母さんが語っているときですら、どこか他人事《ひとごと》のように構えていた。

専門的な知識を持つ両親に甘えている。きっと、それだけのことだ。

杏梨とは違って、僕はまだ尿を出すことができる。透析患者の中では珍しい状態らしい。治療中を除けば、肉体的な不調を感じることも少ない。母さんの言葉を借りれば、〝普通の生活〟を送れているといえるだろう。

健康を維持するためにも、豚の血を手に入れて食卓に献上しよう。


五十台近く停められそうな駐車場は閑散としていたし、買い物客もそれほど多くない店内で、メモアプリに打ち込んだ商品を順番に探して回った。

先ほど母さんは、冷蔵庫にある食材を思い出し、数日間の献立を瞬時に組み立てて、足りない食材を口頭で僕に伝えた――。学校の授業では身につかない能力だろう。

今日の夜ご飯は、おそらくチーイリチャーだ。

そんなことを考えながら豚バラ肉を探しているときに、彼を見つけた。

俯いて座っている後ろ姿しか見ていないので、気付くのが遅れた。けれど、坊主に近い髪型と、紫色のパーカーに見覚えがあった。

柴田達弥が、昨日と同じ服装でスーパーにいた。右手にエコバッグを持っている。

クラスメイトから存在を無視されている姿を見かけたばかりだが、今日は一人ではなかった。

ショッピングカートを押す中年の女性が隣に立っている。母親だろうか。

家が貧乏という噂話を思い出す。

履きつぶしたスニーカー、値引きシールが重ねて貼られた総菜、くたびれたエコバッグ。半ば無意識に観察してしまい、罪悪感に苛《さいな》まれた。どんな服装でスーパーに来ようと、何を買おうと自由なのに。

だが、視線を逸らす前に違和感を覚えた。

——エコバッグが膨らんでいる。坂道で見掛けたカッテの買い物袋ほどではないが、中に何かが入っているように見えた。内側から押されて布地に凹凸ができている。財布や携帯であれば、あそこまでの膨らみにはならないはずだ。

購入した商品を持ち帰るためのバッグなら、レジを通るまで空でなければおかしい。

だとすれば……、
近づこうとしたところで、母親らしき女性が隣に立つ柴田達弥に商品を渡すのが見えた。そして柴田は、受け取った商品をバッグの中に入れた。

一瞬の出来事だった。どちらも迷う素振りを見せず、最短距離を経由するように、商品が売り場からバッグへと移動した。少し経って、二つ目の商品が陳列棚から消えた。

何が起きているのか。理解するのに時間が掛かった。

買い物かごに入っている商品と、バッグの中に入っている商品。店員や防犯カメラを欺くためのダミーと、対価なく持ち去ろうとしている本命のターゲット。

おいおい、嘘だろ。

僕は、万引きの現場を目撃してしまった。

女性は視線を忙しなく動かし、柴田達弥は俯いている。商品が手渡されたときだけ、あらかじめ指定されたプログラムを実行するように、腕がバッグの中へと伸びる。

見張りの役割を果たしているわけでも、身体で死角を作っているわけでもない。ただ隣に立って、商品を中継しているだけだ。工程が増える分、発覚する危険がむしろ高まっている。

顔を上げた柴田達弥と目が合った。

鼓動が高鳴る。助けを求められたのではないか。そう感じた。

「あれっ、柴田じゃん」

思わず声を掛けてしまった。柴田の身体がぴくりと動く。

「柚葉も一緒なんだ。すぐそこにいる」

「…………」

クラスメイトの久保柚葉と部活の先輩の八木詩織しか、共通の知人の名前が思い浮かばなかった。停学の理由となった窃盗事件の話題を出すわけにはいかない。

目を細めている母親らしき女性に向かって、「こんばんは。柴田くんと同じクラスの和泉です。ちょっとだけ借りていきますね」と明るい声で言った。

返答を待たず、エコバッグを持っていない柴田の左手を引っ張った。

「達弥」女性の低く抑えた声。「そろそろ閉店だからね」

「うん」柴田の手は汗で湿っていた。

しばらく無言で歩き、シリアル食品やジャムが陳列されている棚の辺りで振り返り、女性がついてきていないことを確認した。

同じクラスと嘘をついたのに、柴田は僕の手を振り払おうとしなかった。

「ごめん、驚いたよね。僕は和泉宏哉。柚葉の先輩の文芸部二年で、八木のクラスメイト。あっ、柚葉がいるっていうのは嘘。君と話がしたくてさ」

「僕と……？」

エコバッグをちらりと見ながら、柴田は呟いた。

「昨日、一年一組の教室に行ったから、君の顔を知ってた。悪だくみをしてるわけじゃないから安心して。それに、万引きGメンでもない」

柴田の表情が凍りつく。ほぼ初対面の僕に対して、素直に万引きを認めるとは思えない。あと十分ほどで閉店のBGMが流れるはずなので、反応を窺っている時間はない。

「一緒に居たのは、お母さんだよね」

「何なんですか」

「そのバッグに商品を入れるところを見ちゃったんだ。洗練されたチームプレイだったよ。買い物かごに入れた商品はちゃんとレジを通すから、店員にも怪しまれづらい。よく考えられてるね。もしかして、今回が初めてじゃないとか？」

「これは……、あとで移すつもりだったんです」

精算前の商品がバッグに入っていることを、柴田はあっさり認めた。

「見つかったときは、そう言い訳しなさいって指示されてるの？　商品をバッグに入れてるのは柴田くんだし、いざとなったら切り捨てられる役割とか？」

「違うんです」

「八木の財布をとったのも、お母さんの命令？」

俯いていた柴田は視線を上げた。にきびが目立つ頬が痙攣するように動いた。

「何の話ですか」

「後悔してるんじゃない？」

「何も知らない癖に、いい加減にしてください」

「八木は、君のことを心配してたよ。停学処分も望んでいなかった」

どうして、親しい間柄にあった先輩の財布を狙ったのか。その理由がわからなかったが、本人の意志とは無関係に指定されたのかもしれない。

「店員を呼ぶつもりですか」

「僕の話を聞いてくれるなら見逃す」

「お金はありません」

口止め料を要求されていると勘違いされたらしい。

「脅してるわけじゃない。こんなことを続けている理由を教えてほしいんだ」

「先輩には関係ないじゃないですか」

偶然、万引きの現場に居合わせただけだ。

見て見ぬ振りをして、柴田が商品を店外に持ち出したとしても、僕が罪に問われることはないだろう。佐瀬先生に教えてもらった不作為の考え方を当てはめれば、赤の他人の万引きを止める義務はないという結論に行き着く。

「ただのお節介だよ」

「僕が、本当のことを話すと思ってるんですか」

「器用に嘘をつけるタイプには見えない。納得できない答えが返ってきても、本当のことを話せって詰め寄ったりはしないから」

柴田の双眸《そうぼう》が左右に揺らぐ。僕の本心が見えず戸惑っているのだろう。

「そろそろ戻らないと……」確かに、閉店時間が迫っている。

「じゃあ、連絡先を教えてくれる？」

「携帯、持ってません」

「そっか」その場しのぎの嘘と決めつけるべきではない。「柚葉に伝言をお願いするから、気が向いたら文芸部の部室で話そう」

「……わかりました」

逃げるように精肉売場に戻ろうとした柴田に「待って」と声を掛ける。

「これは僕の自己満足だけど――」ポケットから一万円札を取り出して「今日の分なら、足りるよね」と腕を伸ばした。

一万円札と僕の顔を交互に見て、「レジに行けってことですか」と柴田は言った。

「うん。不快に思ったなら、ごめん。もちろん、僕にとっても一万円は大金だよ。母親から預かったお金だから、お年玉貯金を崩して返さなくちゃいけない」

今日の買い物は、財布の中のお金でぎりぎり足りるはずだ。

「何のために、そこまで」

「今の僕の敵は見て見ぬ振りなんだ。ここで何もしなかったら、後悔する気がした。君にとっては、何度も繰り返してきたことなのかもしれない。でも、僕が見たのは今日だけだから。自分が後悔しないための自己満足」

「母さんに怒られます」

対価を支払って商品を購入したら、万引きを指示した母親の逆鱗《げきりん》に触れる。

その理不尽さに気付いていないのだろうか。

「お金を払った後、そのバッグに商品を入れ直して、母親のところに戻ればいい。そのまま店から出れば、会計を済ませたことはバレない」

「何の意味があるんですか」

「堂々と家に帰ることができる。ささやかな抵抗にはなるんじゃないかな」

母親に対して、あるいは、自分自身に対して。

「でも……」

「悩んでる時間はないよ」

しばらく柴田は逡巡していたが、閉店のＢＧＭが流れ出す前に、僕が差し出した一万円札を受け取ってレジに向かっていった。

窃盗が許されない行為であることと同じように、母親に歯向かうのが罪深い行為だと認識しているのだとしたら……、そして後者の方が重い分銅なのだとしたら、天秤は誤った方向に傾いてしまう。

母親に呼び止められたときに柴田が浮かべた、怯えた顔付きが忘れられない。

僕にできることは――、閉店を知らせる『蛍の光』が店内に響く。
ひとまず、急いで豚の血を見つけなければ。

10

翌週の金曜日。十七時過ぎ。初めて、透析治療をサボってしまった。

補習、文化祭の準備、謎の腹痛。それらしい理由は思い付いたが、どれも嘘と見抜かれる気がしたので、『少し遅れるかもしれない』とだけ打ち込んだメッセージを母さんに送信した。何があったのかは、謝罪と共に補足するしかない。

遅くとも、十八時にはクリニックに向かえるはずだ。心配性の母さんでも、それくらいで警察沙汰にはしないだろう。よほどの理由を捻り出さない限り、遅刻した時間以上の説教は免れられないと思うけれど。

どうしても、今日動く必要があった。クリニックに行く必要がない火曜日や木曜日では、条件を満たせなかったのだ。

スーパーで万引きを目撃した日から、あれこれ動き回っていた。

最初に考えたのは、夏休みの窃盗事件も母親が指示していたのなら、柴田達弥に下された処分は再考の余地があるのではないか、ということだった。

同情を誘う言葉でいくら訴えかけても、鏡高の教師陣の心には響かない。彼らが重視しているのは、法律違反が認められるかの一点に尽きる。

母親の存在が、停学処分の正当性に影響を与えると主張できないか。

その疑問をぶつける相手として思い浮かんだのは、やはり佐瀬先生だった。

万引きの件は伝えず、誰かに脅されて財布をとったとしたら、と詳細はぼかして尋ねた。考えを整理した上での質問ではなかったが、佐瀬先生は僕の拙い説明を聞き終えてから、「間接正犯と呼ばれる問題だね」とまとめた。

不作為犯と同じように聞き覚えがない単語だった。小学校で習う漢字しか使われていないのに、難解なイメージを抱いてしまうのは組み合わせの問題だろうか。

憎き恋敵が入院していると知った医者が、点滴と偽って看護師に毒薬を渡し、その患者の命を奪ったとしよう――。透析治療で血液を循環させている僕にとっては、他人事とは思えないシチュエーションを先生は口にした。

もちろん、佐瀬先生に特別な意図はなかっただろう。

毒薬を点滴だと思って注射した看護師は、その誤解に過失が認められない限り罪に問われない。患者に殺意を抱いていたのも、毒薬を準備して目的を達したのも、医者だ。ならば、殺人の責任も問われるというのが常識的な結論ではないか。

けれど、医者は自らの手を汚していない。このようなケースで、どうすれば裏で糸を引いていた人物に責任を負わせられるか。その理論が、長らく議論されてきたらしい。

「道具を使って罪を犯すのは、珍しいことじゃない。ロープ、毒薬、包丁、拳銃。計画性のある殺人だと、むしろ凶器の準備は必須といってもいい。そういう事件が起きても、道具の力を借りているから、犯人を責めるのは酷だ――、とは考えないだろう？」

当たり前じゃないかと思いながら、曖昧に頷いた。

「毒薬を注射した看護師は、意思を持った人間で道具ではない。五十年後には、ＡＩ看護師が導入されているかもしれないけどね。でも、医師の殺害計画においては、事情を知らない看護師が正に〝道具〟のように利用されている。こういった場合は、直接手を下していなくても正犯としての責任を問われる。この考え方を間接正犯と呼んでいるんだ」

　そして、佐瀬先生は、利用された者が罪を犯す認識を欠いているケース以外にも、間接正犯が成立する余地はあると続けた。

「煙草の火を身体に押し付けられるような、酷い虐待が行われていた場合とかだね。そんな親から万引きを命じられたら、犯罪だと理解していても断れないかもしれない」

　つまり、行動選択の余地がないほど、精神的に追い詰められていたケースだという。スーパーでの一件を佐瀬先生も見ていたのではないかと思うくらい、ピンポイントの喩えだった。夏休みの窃盗事件も間接正犯と認められれば、柴田に対する処分は正当性を失う。光明が見えた気がして前のめりになったが、すぐに現実を突きつけられた。

「とはいえ、このケースで間接正犯が認められたことはほとんどない。人間は自分の行動を自由に選択できるという大前提があるから、誰かに命じられたとしても、きっかけの一つに過ぎないと判断されることの方がずっと多い」

　義父から煙草やドライバーを用いた暴行を加えられていた十二歳の少女が、お遍路参りに連れ出され、道中の寺院で何度も賽銭泥棒を命じられた事件で、裁判所は義父の虐待による間接正犯を認定したらしい。

「性別、年齢、関係性、虐待の程度、犯罪を指示されたときの状況。そういった事情を一つ一つ吟味して導いた結論だから、安直に一般化できる事案ではない」

男子高校生が、母親に窃盗を指示された。その事実だけで間接正犯に飛びつくのは素人の発想で、道具と同視できるほど意思が抑圧されていたと認められるには、人としての尊厳を失ってしまうほどの特別な事情が必要ということだろう。

「もちろん、間接正犯が成立しなくても、犯罪を指示した人間を、共犯として処罰することはできるよ。間接正犯は、裏で糸を引いた人物だけが罰せられる。共犯は、協力関係にあった双方が罰せられる。その違いだね」

夏休みの窃盗事件の真相が親子の共犯だったと明らかにしても、双方が処罰されるなら、停学処分を取り消すことはできない。

母親が逮捕された結果、逆に柴田を追い詰める事態にも陥りかねない。

卑劣な犯罪行為に及んで処分を下されたことが、集団無視を正当化する免罪符になっている。処分の再考を促せば前提を覆せるのではないかと考えたのだが、その方向は早々に行き詰まってしまった。

残された道は、教師すら見逃している集団無視に、違法の烙印を押すしかない。

恐喝や暴行とは違って、無視は犯罪ではないから――、適法な戯れとしてまかり通っている。

不作為の自由を否定する考え方のヒントは、佐瀬先生が教えてくれた。

多くのシチュエーションを検討した結果、金曜日の放課後を選択したのだった。

「いまいちピンと来てないんだけどさ、俺は隣に立ってればいいんだよな」

スカートのようにも見えるサルエルパンツを履いた涼介が、スニーカーのつま先を地面にめり込ませながら僕に確認した。

「うん。赤髪が睨みを利かせたら、相手も逃げづらくなる」

「そんな蛇みたいな効果はない」

「冗談だよ。協力してくれてありがとう」

「放っておいたら暴走しそうだからな」

校庭の隅の方に僕たちは並んで立っているのだが、風が吹く度に砂ぼこりが舞って、靴の中が侵食されていく。手際よくグラウンドを整備している野球部の生徒を横目に眺めながら、目的の人物が現れるのを待っていた。

「八木から、テニス部の情報を教えてもらったんだ」

被害者という立場にもかかわらず、八木はむしろ後輩の柴田の処遇を心配していた。僕の質問に対しても、不愛想ではあったがきちんと答えてくれた。

「柴田は、まだ辞めてないわけ？」涼介に訊かれた。

「退部届は出してないけど、幽霊部員状態」

「部活では幽霊。教室では透明人間。しんどい状況だな。部活は辞めれば済むけど、クラスは半年以上変わらない。お膳立てするなら、教室の人間関係が先じゃないのか？」

「僕も、そう考えてる」

「それなのに、テニス部の部室を見張ってる。その心は？」

僕たちの視線の先には、プレハブのような外観の建物がある。入口が幾つもあり、その中の一つが硬式テニス部の部室に割り振られている。

「教室に突撃しても、まともに話を聞いてもらえるとは思えない。人望も知名度もない先輩が乗り込んで、説教じみた話をするわけだから」

「白い目で見られるだけだろうな」

「うん。いきなり集団を相手にするのは分が悪い。まずは、教室の中に味方を一人つくる。そこから亀裂《きれつ》を広げて、無視の包囲網を決壊させる。一点突破大作戦」

柚葉に協力を求めることも考えたが、悪意が飛び火しかねないので慎重に動く必要があった。

「同じ部活のクラスメイトがいたわけか」

「そういうこと」

「結局、そいつを説得して柴田と仲直りさせるのが狙いなわけだろ。この前も言ったけど、誰と話すのかは個人の自由だって言われたら、それまでじゃないか？」

「ちゃんと対策を考えてきた」

そこまで話したところで、一人の男子生徒が歩いて来るのが見えた。オレンジ色の目立つラケットケースを肩にかけて、それとは別にブルーのバックパックも背負っている。原色が好きなのだろうか。ツーブロックにカットした髪も明るい色で染めている。

「あいつ？」

「うん。井川俊《いがわしゅん》くん」

一年一組の生徒で、硬式テニス部に所属している。教室での集団無視に参加していることも、柚葉を通じて確認した。「お疲れさま」と声を掛けると、訝しげに目を細めながら軽く頭を下げて、僕たちの横を通り過ぎようとした。

「柴田くんのことで話があるんだ」

その一言で井川は足を止めた。百七十五センチの僕より背が高い。喧嘩になったら負けるかもしれないが、校庭にも複数の防犯カメラが設置されている。

「誰ですか」

「僕たちは二年生。柴田くんは君のクラスメイト」

「そんなのわかってますよ」

ふてくされたような顔で、井川は僕たちの顔を交互に見た。涼介は無言で立っているだけだが、威嚇《いかく》の役割は果たしてくれているようだ。

「名前も忘れちゃったのかと思ってさ」

「俺に何か用ですか」

時間もないので、さっそく本題に入ることにする。

「明日から泊りがけの遠征なんでしょ。手分けして用具を持ち帰らなくちゃいけないから、今日は練習を早めに切り上げた。他の部員は二十分くらい前にここを通ったけど、高校からテニスを始めた井川くんは、雑用をこなして最後に部室を出ることが多い」

無用な探り合いを省略するために、把握している内情を口早に伝えた。全て八木が教えてくれた情報だ。硬式テニス部と軟式テニス部の男女合同で遠征を実施するらしい。

井川は、ずり落ちてきたラケットケースを肩にかけ直した。

「だから？」

「君が鍵を閉めたことで、期間限定の密室ができあがった。月曜日の朝練まで、六十時間以上部室の扉は閉ざされる」

　この状況を利用するために、実行日を今日にしなければならなかった。

「盗みに入る計画でも立ててるんですか」

「ああ、それはそれで面白いかも。でも、違うんだ。このまま帰ったら、今度は君が処分を受ける可能性がある。そうなる前に忠告しておこうと思って」

「意味がわかりません」

　井川に同調するように、涼介も僕に視線を向けている。部室の戸締りをしただけで処分を受けるはずがない――。そう言いたいのだろう。

「残ってる人がいないか確認した？」

「当たり前じゃないですか」

「ロッカーの中も？」

「……は？」

　ドアの間隔からして、それほど広いスペースが各部に割り当てられているとは思えない。おそらく、ロッカーと最低限の用具が置かれているくらいだろう。わざわざ確認しなくても、誰かが残っていたら施錠する前に気付くのが普通だ。

　しかし、一見しただけではわからない場所で、息を潜めていたとしたら。

「外側からは鍵で、内側からはサムターンっていう摘みを回して鍵を開け閉めする。それが普通のドアの構造なんだけど、この高校の部室はなぜか内側のサムターンを取っ払ってるんだよね。部室に立てこもる授業ボイコットが流行ったからとか、彼女を連れ込む不届き者がいたせいとか、いろんな噂が流れてる。知ってた？」

「知りませんけど……」

「まあ、ただの欠陥構造ってことにしよう。要するに、中に取り残されたまま鍵を閉められたら、自力での脱出は意外と難しいんだ。窓も、嵌め殺しだしね。携帯で助けを呼べるなら、数十分の辛抱。バッテリーが切れちゃっても、大声で叫んで誰かが気付けばセーフ。そのチャンスも逃したら……、部室で一夜を明かすことになるかもしれない」

そこまで一気に説明すると、涼介が「土日が遠征なら、一夜じゃ済まなそうだ」と不安を煽《あお》る補足をしてくれた。

「そうだね。まだまだ残暑が続くみたいだし、部室にはクーラーもない。熱中症で倒れたら、外にSOSを求める気力も振り絞れないんじゃないかな」

「明日は、また三十度越えだってさ」

涼介は携帯を手に持って大袈裟に口を開いた。僕が立っている位置からは、天気予報とは無関係のSNSの画面が見える。状況を理解したわけではないはずだが、話を合わせてくれているのだろう。気転が利く友人だと感心した。

「意味不明なんですけど」

苛立ちをあらわにした井川に、「だからさ、君はロッカーでかくれんぼをしている部員に気付かず、うっかり鍵を閉めちゃったんだよ」と部室を指さしながら言った。

「……何を企んでるんですか」

　ロッカーを割り振られていて、かつ、練習に参加しなくても怪しまれない部員は限られている。たとえば、籍を置いているだけの幽霊部員。

「誰を閉じ込めたのかは察してくれたみたいだね。君と柴田くんは仲が良かったんでしょ。二人ともテニス未経験からスタートして、どっちが先に試合で一勝を上げられるか競ってた。今は君に押し付けられてる雑用も、二人で分担していた」

「そういうの、やめてください」

　僕は運動部に所属した経験はないけれど、高校から未経験のスポーツを始めるのが苦難の道のりであることは想像できる。苦労を分かち合える相手がいたおかげで、モチベーションを保てたり、劣等感に苛まれずに済んだのではないか。

「夏休みの窃盗事件が起きて、柴田くんは部活でも教室でも居場所を失った。女子の部室に忍び込んだわけだから、幻滅する気持ちもわかるよ。仲が良かったからこそ赦《ゆる》せなかったのかもしれない。でも、話くらい聞いてあげてもよかったんじゃないかな」

「詩織さんを裏切ったのは事実でしょ」

　球拾いやサポートばかりで丁寧な指導も受けられず、やる気を失っていた初心者の二人に声を掛けたのが、八木だった。本人は多くを語りたがらなかったが、軟式テニスから転部した訳あり部員として放っておけなかったらしい。

「事情があったんだ。だけど、柴田くんの声は君に届かなくなっていた」

「言い訳なんか聞きたくない」

八木と繫がりがある井川は、他の生徒とは違う感情で夏休みの事件を受け止めたはずだ。柴田の存在を無視しているのも、教室に流れる空気を読んだからではなく、明確な嫌悪感を抱いたからかもしれない。

「いろいろ調べたけど、教室での無視を強制的に止める方法は見つけられなかった。法律で無視は禁止されていないって、鏡高の生徒なら口を揃えて言うだろうしね。どうすればいいか考えて、苦肉の策を捻り出した。それが部室でのかくれんぼってわけ」

他の部員が練習している間にロッカーに入って息を潜める。片付けを終えた井川が部室の鍵を閉めるまで——。鬼が不在のかくれんぼなので、物音を立てない限り誰にも見つからずに隠れ通せる可能性が高い。

「そんなことをして、何の意味があるんですか」

理解できないと主張するように、井川は眉をひそめた。

「脱出困難な部屋に誰かを閉じ込めると、監禁罪が成立する可能性があるんだってさ。中に人が残っているのに、鍵を閉めて月曜日まで放置しようとしている。ほら、立派な監禁だ。お得意の無視とは違って、鏡高でタブーとされている犯罪行為だよ」

「いや……、中に人がいるなんて知らなかったし」

監禁という物騒な単語に、若干は動揺してくれたようだ。

「うん。事情を知らない君を道具みたいに利用して、柴田くんを閉じ込めた。間接正犯っていうらしいよ。佐瀬先生に教えてもらったんだ。悪いのは裏で糸を引いた人間で、騙された側は基本的に処罰されないから安心して」

点滴と偽った毒薬を看護師に渡した医師のように、部室に誰も残っていないと見せかけて施錠させることで監禁状態を作り出した。

「誰が得するんですか」

「知らぬが仏ってやつだよ。僕の話を聞かないまま週末の遠征に参加していれば、閉じ込められた柴田くんの身に何かあっても、君が責任を問われることはない。利用されただけだからね。でも、君は知ってしまった。このまま帰ったら、見捨てたことになる」

教室での無視も、見殺しの一種だと僕は考えている。けれど、涼介が言っていたように、誰と話すのかは個人の自由で、会話を強制することはできない。

不作為の自由を否定するには、傍観者としての逃げ道を絶つ必要がある。

「盗って終わりの万引きとか、殴って終わりの暴行とは違って、解放しない限り監禁状態は続く。鍵を閉めた時点では操り人形だったけど、今は立派な共犯者だ。柴田くんが無事に脱出できるかは、鍵を持っている君の決断で決まる」

共犯者として引きずり込めば、見て見ぬ振りはできなくなる――。佐瀬先生に訊いたら、作為を強制する状況としては不十分だと言われてしまうかもしれない。それでも、僕なりに必死に考えた結果、この方法を思い付いた。

「あいつは、俺を嵌めるためにロッカーに隠れて、部室から出られなくなったってことだろ。完全に自業自得じゃん。っていうか……、何がしたいんだよ。道連れにでもするつもり？　頭おかしいんじゃないか。あいつも、あんたらも」

「俺まで一括りにされちゃった」涼介は、小さく笑った。

「井川くんに嫌がらせをしたいなら、無理やり閉じ込められたって大騒ぎするだけでいい。柴田くんと君が、ちゃんと向き合って話せる場を作りたかった。そのために、こんな回りくどい計画を立てたんだ」

「……それだけ？」

「彼にとっては、意味があることなんだよ」

呆れながら驚いている。そんな表情で、井川は固まっている。

「ここまでして柴田くんが何を伝えようとしているのか、気にならない？」

「別に……」

「じゃあ、見捨てて帰る？」

苦し紛れの策を講じてきたが、僕にできることはもう残されていない。厄介ごとを避けるために井川が鍵を開けに戻っても、中に入らずに立ち去ったら何の意味もない。

「本当に、あいつは中にいるんですか」

「自分の眼で確かめた方が確実だと思うよ。今なら、クラスメイトの視線も、部員の視線も気にしないで話すことができる」

「俺は話したくなんか――」

「自分勝手だと思われても仕方ないけど、存在を認識してもらうにはこうするしかなかったんだ。柴田くんがどんな気持ちで部室で待ってるか、想像してみてよ。特別なことを望んでるわけじゃない。鍵を開けるついでに、少し向かい合ってくれるだけでいい」

短く刈り上げたサイドの髪を撫でてから、井川は溜息をついた。

「あいつとは、どういう関係なんすか」

「全校集会で初めて名前を聞いたくらいの関係性」

「どうして、ここまで？」

「まあ、なりゆきかな」

　中学生のときに集団無視に参加してしまった後悔。法律を過度に重視して適法ないじめを放置している鏡高のルールへの疑念。スーパーで目撃した親子の万引き……。

　理由を一つに絞ることはできないが、ここで動くべきだと思った。

「俺は、あいつを赦せない」

「無視されるのに比べれば、罵《ののし》られるのも、殴られるのも、受け入れると思う」

　勝手な憶測で喋ってしまった。まあ、殴り合いの喧嘩には発展しないだろう。そのための法律厳守のルールだ。

　自分の足元を見つめている井川に、これを最後にしようと思って声を掛ける。

「今回は停学で済んだけど、また同じことをしたら次は退学処分になるかもしれない。違反者が厳しく処罰されるのは、一年生でも知ってるよね。集団無視が続いて追い詰められたら、冷静な判断もできなくなる。見捨てるくらいなら、喧嘩をした方が百倍マシだよ」

　スーパーでの万引きを継続していることを、僕の口から井川に伝えるわけにはいかない。

　想いが伝わることを願って、一つ息を吐いた。

「ラケットを忘れたんで取りに戻ります」

　返答を待たず、井川は身を翻《ひるがえ》して来た道を戻っていった。

「ラケットケース、持ってたけどな。二刀流なのか？」サルエルパンツのポケットに手を入れた涼介は笑い、「ついていかなくていいわけ？」と僕に訊いた。

「邪魔になるだけだから」

涼介が後を追おうとしたら、止めようと思っていた。

「しかし、面白いことを考えるよなあ」

「苦肉の策だよ」

「無意識に閉じ込めたことを後から教えて、助けるかどうかの選択を迫る。放課後で練習も終わってるから、人目につく心配もないと。鍵を閉めたまま帰れば、監禁の共犯者。鍵を開けて助ければ、感動の対面。俺には思い付かない二択だ」

「感動の対面にはならないと思うけど」

おそらく、気まずい沈黙が流れて、井川はすぐに帰ろうとするだろう。

「柴田が何を語るか次第だな。とっておきの秘策があるんだろ？　八木の財布を盗った犯人は、別にいるとか？」

「さあ、僕も詳しくは聞いてない」

正直に答えると、涼介は目を丸くした。

「マジかよ」

「八木と井川くんに説明してから、教えてもらうことになってる。僕は第三者だし、それが正しい順番だと思う。柴田くんが了承してくれたら涼介にも話すよ」

「わかった。期待しないで待ってるよ」

月曜日、柚葉に伝言を頼むまでもなく、柴田は自分の意思で文芸部の部室を訪ねて来た。スーパーでの一件で、僕のことを信用したらしい。いや、教室でも部活でも無視され続けているうちに、誰でもいいから味方がほしくなったのかもしれない。

佐瀬先生にアドバイスを求め、八木からも話を聞いて、今日を迎えた。

「これで何か変わってくれるかな」

「いやあ、そう簡単にはいかないだろ。今のところ、心変わりする可能性があるのは、さっきのツーブロックくんだけ。教室の空気を変えたかったら、過半数は味方につける必要があるんじゃないか？　長い道のりだよ」

「そうだよね」

僕も、涼介と同じように考えていた。一発逆転の奇策は存在せず、こつこつ積み上げていくしかないと。関係性が壊れるのは一瞬なのに、修復には気が遠くなるほどの時間が掛かる。

「部室の鍵が内側から開けられないなんて、文芸部なのによく知ってたな」

「あれ、覚えてない？　涼介から聞いたんだよ」

「そうだっけ？」

「マネージャーを連れ込んだときに――」

「ああ、思い出した。もういい、忘れてくれ」

涼介に肩を押されて、僕たちは校門に向かって歩き出した。

すぐに井川がこの道を通ってしまいませんように……。願わくば、今の僕たちのように、柴田と井川が肩を並べて帰ってくれますように。

そんなことを考えながら、金曜日の夕暮れを数年ぶりに屋外で眺めた。

11

案の定、起死回生の言い訳を思い付くこともなく、一時間半の透析治療の遅刻は、二時間余りの説教で何とか清算できた。その分、クリニックを閉める時間も、我が家の夕食の時間も遅くなったので、週末は家事に勤しんで反省の態度を示した。

豚の血を使ったソーセージ――ブーダンノワールの仕込みを、初めて手伝った。豚の血を腸に流し込む作業はなかなかグロテスクで、食欲が少しなくなった。養豚場でひしめき合う豚たちも、このような形で食卓に供されるとは想像もしていなかっただろう。

母さんは、タコ糸で縛った腸を鍋に入れて茹でながら、「豚は、鳴き声以外は捨てるところがない。そんな言葉もあるんだって」と嘘か真か判別がつかない知識を披露した。

祝日の月曜日は、資料に目を通し、考えをまとめていたら夜になっていた。

そして火曜日の放課後、僕は校長室の扉をノックした。

鏡高には、少し前まで目安箱が設置されていた。学校生活の不平不満や改善の提案などを用紙に書いて投稿する匿名の制度である。けれど、ゴミが入れられたり、無理難題を求める投稿が増えたことを理由に、生徒会室の前に置かれていた金属製の箱が撤収されてしまった。

その代わりに導入されたのが、校長への謁見制度だった。

目安箱への悪戯が増えたのは匿名での投稿が可能だったからで、本当に悩んでいる生徒の声が埋もれてしまった。そこで、真剣な相談に注力して耳を傾けるために、校長に直接物申す機会を作ることにした――。

そんな説明が書かれたプリントに目を通して、生徒の苦情処理が面倒になったんだろうな、と僕は理解した。担任でも学年主任でもなく、いきなり校長に相談しようとする生徒がどれくらいいるのだろう。

謁見という単語が面白半分で飛び交ったのは一週間くらいで、校長に物申した勇者が現れたという噂が広まることもなく、机の引き出しの奥に眠っている合格祈願のお守りのように、制度の存在を忘れかけていた。

まさか、その御利益を確かめようと思う日がくるとは。

「――二年一組の和泉宏哉です。校長にご相談したいことがあって伺いました」

校長は〝先生〟を付けるべきか、敬語の使い方を間違っていないか。目上の人間と話すのは慣れていないので、いずれぼろが出るだろう。

「どうぞ、座って」

老眼鏡を外しながら立ち上がった校長に、皮張りのソファに座るよう勧められた。二人掛けと三人掛けのソファが、テーブルを挟んで並んでいる。どこが正しい位置かわからなかったので、思い切って三人掛けの真ん中に座った。

プリントや教科書で雑然としている職員室とは異なり、校長室は余分な物が置かれていないし掃除も行き届いている。社長室のような重厚なインテリアが多い中で、壁に設置されている黒板が妙に浮いて見えた。

「二年一組は……、佐瀬先生のクラスだね」

「はい。佐瀬先生に話してから来た方が良かったですか」

校長は、膨らんだお腹を強調するように深く腰掛けている。

「いや、まったく問題ないよ」その割には、どう扱うか決めかねているように見える。「さっそくだけど、どんな相談かな？」

「一年一組で起きているいじめについてです」

一瞬、校長の表情が強張った。

「詳しく聞かせてくれるかな」

「柴田達弥くんが、教室で存在を無視されています。話しかけられても聞こえない振りをして、ペアワークでも誰も組もうとしない。毎日、少しずつ周りの机が離れていって、プリントが配られないときもあるそうです。夏休みの事件の情報が広まって、新学期が始まった翌日から、集団での無視が始まりました」

校長は一つ息を吐いてから、ゆっくり口を開いた。

「生徒に下した処分の内容を周知するとき、いつも心苦しく思っているよ。でもね、過ちを犯したら相応の責任を問われるのは、社会に出てからも常に向き合っていくルールなんだ。内省を促すためにも必要な手続だと理解してほしい」

「抑止に繋がっていることはわかっています」

「本人にとって一番大切なのも、過ちを繰り返さないことだ」

沈痛な表情も、作り物めいて見えてしまう。

「過ちを犯したからといって、いじめが正当化されるわけではありません。一年一組で何が起きているのかを把握して対策を講じてください」

僕がいじめと口にする度に、校長は眉間のしわを深くする。校庭や体育館の壇上で話している姿を遠目に眺めたことしかなかったが、間近で観察すると瞼《まぶた》のたるみやシミが目につき、狸というよりガマガエルに見えてきた。

「かけがえのない思い出を積み上げて、全員が笑顔で卒業してほしい。そう願って、君たちの成長をサポートしてきた。だけど、人間関係というのはとても繊細なもので、強制しようとすれば歪みが生じてしまう」

「手を差し伸べるつもりはない、ということですね」

「危害を加えられている生徒がいれば、すぐに職員会議を開いて対策を検討するよ。でも、和泉くんの話を聞く限り、一年一組の生徒は突然の出来事に混乱しているだけで、時間が経てば修復できる可能性が充分ありそうだ。私たちが対立を煽ることは避けなければならない」

本人の意向や教室での扱いについて、校長から補足を求められることもなかった。学校側に非はない――。結論ありきで言い含めようという魂胆が透けて見える。

「無視だけでは、いじめとは扱わない。そう聞こえますが」

「法律に違反しなければ、鏡高生の自由は保障される。好ましいことだとは我々も思っていないけれど、できる限り生徒の自主性を尊重したいんだ」

自由、自主性。耳触りのよい言葉を並べ立てて、のらりくらりとかわそうとしている。

法律を過度に重視する鏡高では、無視は禁止されていない。僕も、そう思い込んでいた。だが、調べていくうちに異なる結論が見えてきた。

「校長が仰っている法律は、刑法だけを指しているわけではありませんよね」

「そうだね。大切な法律は他にもある」

「たとえば？」

「民法も憲法も……、挙げていったらキリがないよ」

「いじめ防止対策推進法は、どうですか？」

文部科学省のホームページから印刷した条文をバッグから取り出して、テーブルの上に置いた。三十五個の条文で構成されていて、二条にいじめの定義が書かれている。

その内容を要約して告げた。

「特定の生徒に心理的な影響を与える行為で、それによって実際に苦痛を感じた場合には、いじめに該当する。この法律には、そう書かれています。ご存じですよね」

「もちろん」

「無視も、心理的な影響を与える行為に含まれるのでは？」

「その解釈は無理があるんじゃないかな。〝行為〟と書かれている以上、直接危害を加えた場合に限られると考えるのが――」

「これを見てください」

校長の説明を遮って別の紙を上に重ねた。

「いじめ防止対策推進法の解釈の指針として、文部科学省が公表しているガイドラインです。えっと……、ああ、ここです。具体的ないじめの態様は、以下のようなものがある。仲間はずれ、集団による無視をされる。ばっちり書いてあります」

「これはだね……」

例外の規定を探すように、校長は文字を指でなぞった。

「全ての条文に目を通しました。四条で、いじめは禁止されています。そして二十三条で、学校には調査義務が課されていて、いじめがあったことが確認された場合は、速やかにやめさせなければならないと定められています」

マーカーを引いた箇所を指さし、僕は続けた。

「集団無視がいじめに含まれることも、学校に対策を講じる義務があることも、この法律の解釈から導けます。それなのに学校のトップである校長が手を打たないというなら、教育委員会への通報も考えないといけません」

「手を打たないとは言っていないよ」

「自主性に任せると仰いました。いじめられている生徒からすれば、学校に見捨てられたと理解するしかありません」

恐喝や暴行は違法だが、無視は適法。だから、無視はお咎めなし。

刑法のみに着目していたので、学校に対策を求める方向性を早々に諦めてしまっていた。無視だって、立派ないじめだ。その素朴な感覚をもっと大切にするべきだった。

「一人でここまで調べたのかい？」

「はい。納得できなかったので」

きっかけを作ってくれたのは、佐瀬先生だ。

馴染みがなかった刑法の解説を聞いているうちに、法律論は常識を理論的に説明する学問だと気付いた。幼い子供を見殺しにした父親、看護師を利用して患者を毒殺した医師——。どちらも常識的に考えれば罰せられるべき悪人であり、不作為犯や間接正犯は原則に対する例外を認めるための概念だった。

それなら、集団による無視も法律が許容しているはずはない。そう思って調べていくうちに、いじめ防止対策推進法と文部科学省のガイドラインに辿り着いた。

井川俊の説得と、教師に対する要求。教室の内側と外側から働きかければ、歪んだ秩序を切り崩せるのではないかと考えた。

「驚いたよ。素晴らしい行動力だ」

そんな薄っぺらい褒め言葉を聞きたかったわけではない。

「いじめとして扱ってもらえますか？」

どういった通報の窓口が準備されているのかも、既に調べている。

「わかった——、と言いたいところだけれど、重要な要件が欠けているんだ」

「具体的に教えてください」

曖昧な説明で煙に巻こうとしているのだと思った。

「ここだよ」先ほどの僕と同じように、校長は条文を指さした。「学校に調査義務が生じるのは、学校に在籍する生徒がいじめを受けていると思われるとき、と書いてあるね」

何が言いたいのか理解できず、返答が遅れた。

「……その説明をしてきたつもりですが」

校長の人差し指が、短い距離を移動する。

「学校に在籍する、というところだよ。正式な受理手続が済んでいないから、伝えるべきか迷っていたんだ」

「あの、何の話ですか？」

「ちょうど今日、柴田達弥くんの退学届を受領した」

「退学……」

「残念でならない。力不足を感じているよ」

自主退学の申出があり、考え直すよう説得を試みたが、最終的には本人の意志を尊重した。退学理由は個人情報なので教えられない。

そんな校長の説明は、僕の耳を素通りしていった。

12

「僕の父親は、強盗事件を起こして刑務所に入りました」

スーパーの駐車場で、柴田達弥は父親が犯した罪を告白した。

校長室を出た後、これからどうするべきか考えながら下足箱から靴を取り出したら、折り畳まれたルーズリーフが落ちてきた。

『お借りしていた一万円を返したいので、スーパーの駐車場で待っています』

差出人も、どのスーパーに行けばいいのかも、すぐにわかった。息を切らしながら駐車場に辿り着くと、柴田が車止めのポールに体重を預けて僕を待っていた。

「――酔っぱらって他人の家に上がり込んだんです。しかも、金目のものを出せってわめきながら住人を殴った。それで強盗って……、救いようがないですよね」

「そんなことがあったんだね」

十年以上前の事件だと、柴田は補足した。

「父親が刑務所に入ってる間に、母さんとこの街に逃げてきました。もう出所しているはずですけど、どこで何をしているのかは知りません。まあ、よくある話かと」

肯定するべきか否定するべきかわからず、言葉が出てこなかった。

「母さんが必死に働いてくれたおかげで、何とか生活できていました。でも、身体を壊して仕事に行けない日が増えて……、去年ぐらいから僕の存在が重荷になってきたみたいです。高校進学は、自分でお金を準備する条件で認めてもらいました」

「アルバイトを始めたってこと？」

父親の犯罪、金銭的な困窮。話が本題に移る気配を感じ取った。

「はい。部活も入りたかったから、朝の新聞配達くらいしか思い付きませんでした。中三の冬から始めて、それなりのバイト代は貰えたんですけど、二人分の生活費には足りなくて。お金を稼ぐ大変さが実感できました」

「え？　学費を準備すればよかったんじゃないの？」

「鏡高は公立なので、親が高収入じゃなければ、学費は無償ですよ」

そんなことも知らないのかと思われたかもしれない。実際、家族が生活するのにどれくらいのお金が必要か、僕は具体的にイメージすることができない。何不自由なく生きてきて、養ってもらえるのが当たり前だと心のどこかで思っていた。

「でも、二人分の生活費って」

「最初は、五万円くらいでも何も言われませんでした。だけど、僕が新聞配達を始めてすぐに、母さんは体調が悪化して仕事を辞めたんです。それから、ずっと家にいます。他のバイトもするようになったけど、どんどん生活は苦しくなりました」

「……それで？」

柴田は、駐車場の奥にある店舗に視線を向けた。

「一緒に買い物に来て、母さんは牛肉を手に取りました。百グラム五百円……。今でも覚えています。そんなお金ないって財布の中を見せたら、じゃあ鞄に隠しなさいって言われました。冗談かと思ったけど、目が笑ってなくて。店を出ても、心臓がバクバク鳴り続けていました」

「断ることはできなかった？」

酷な質問だとわかっていたが、思わず訊いてしまった。

「あのときも閉店間際で、焦って何も考えられなくて――」

「ごめん、こんなこと訊くべきじゃなかった」

「僕がおかしいのはわかってます。店を出た後、母さんにも言われたんです。本当に盗むとは思わなかった。やっぱり父親の血が流れてるんだね……、って」

自分から望んで商品を手に取ったわけではない。逆らえなかっただけだ。万引きを指示しておきながら……、どうしてそんなことを口にできるのか。

「強盗と万引きは、ぜんぜん違うよ」

だが、柴田は首を左右に振った。

「普通の人なら断ったはずです。僕は、あの人の息子だから、同じように罪を犯してしまった。スーパーに来る度に商品を渡されて、何回繰り返したのかも覚えていません」

「一度も気付かれなかったの？」

「はい。和泉さんに声を掛けられるまでは」

「そっか。驚かせたよね」

買い物かごに入れた商品をカモフラージュに使っていたが、数分観察しただけの僕が気付いたくらいなので、いずれ店員の目に留まっていたのではないか。

「感覚が麻痺していました。ただの言い訳ですけど」

「僕が問い詰めたら、君はすぐにバッグに商品が入ってることを認めた。こんなことを続けちゃダメだって、罪の意識は持っていたんだと思う」

「和泉さんは優しいですね」柴田は物悲しげに目を伏せて続けた。

「母さんには今でも感謝しているんです。父親が事件を起こして、めちゃくちゃ大変だったはずなのに、弱音を吐かないで僕を育ててくれた。身体を壊したのも頑張りすぎたからで、今度は僕が母さんを支えればいい。万引きも、生きていくには仕方がないことだって、自分を無理やり納得させていました」

他の大人や悪友に唆されても、柴田が万引きに応じることはなかったかもしれない。指示したのが信頼していた母親だったから、常識的な選択肢が抜け落ちてしまったのではないか。

「夏休みの件は？」

「万引きを繰り返しても、現金を増やすことはできません。治療費とかクレジットカードの引き落としでまとまったお金が必要だと言われて、いろんな方法を提案されました」

　そこに違法な手段が含まれていたことは、確認しなくてもわかる。

「学校での窃盗も？」

「はい。でも、詩織さんの財布をとったのは自分の意思です」

「仲は良かったんだよね」

「大好きな先輩です。だから、最初に嫌われたかった」

「――わざと見つかったんだね」

　お金だけが目的なら、異性の部室に侵入する必要はなかった。八木を恨んでいたわけではなく、むしろ慕っていた。

　消極的に可能性を絞り込んでいった結果、自作自演という不合理な動機が残った。

「万引き、スリ、空き巣……。いろんな犯罪に手を染めて、最後は少年院か、父親と同じように刑務所行き。そんな未来が見えてるのに、引き返すことはできませんでした」

「嫌われ者になっても、何の解決にもならないじゃん」

「何食わぬ顔で高校に通って、友達や先輩と喋ってる自分が赦せなかった。卑怯で薄汚いコソ泥。本性を知ってもらうには、あれしかなかったんです」

「そんなの、間違ってるよ」

　スーパーでの万引きから手を引き、二度と繰り返さない。その決断が最優先であったはずなのに、柴田は新たな窃盗に及ぶという歪《いびつ》な方法を選択した。母親の指示に逆らえず、それでも罪を償おうと思い悩んだ結果なのだろうか。

「間違ってばかりです。正しい選択なんて、何一つできませんでした。部活でも教室でも居場所を失って、望んだとおりの結果だったのに耐えられなくなった。窃盗で停学になっても万引きは続けさせられて、和泉さんに声を掛けられたときは頭がおかしくなる寸前でした」

俯きながら、負の感情を吐き出すように柴田は語った。

「話を聞いてくれて嬉しかったよ」

母さんから受け取った一万円を渡して、その日の万引きは防ぐことができた。

「レジで会計を済ませてから売り場に戻って、何も言わずに店を出ました。あの日、初めて万引きの指示に逆らえて、うまくいったと思い込んでる母さんが滑稽に見えました。それで目が覚めたんです。家に帰ってすぐに、もう手伝わないと伝えました」

「お年玉貯金を取り崩した甲斐があった」

「忘れないうちに返します」封筒に入った一万円札を受け取ると、「後ろ暗いお金ではないので安心してください」柴田は小さく笑った。

「お母さんは納得した？」

「いろいろ言われたけど、気にしていません」

「うん。気にする必要なんかないよ」

この決断が先にできていれば、夏休みの事件は起きなかったはずだ。後悔先に立たず——、と言ってしまえばそれまでだが、失ったものがあまりに大きすぎる。

「一昨日、店長に会って、全て話しました。数えきれないくらいの商品を万引きして、弁償するお金も今はないけど、どうにかして責任を取りたいと」

「自分から名乗り出たの？」

「はい。なかなか信じてもらえませんでした」

警察に自首するようなものだ。罪を繰り返さない決心と、過去の罪を清算するのとでは、意味合いがまるで異なる。並大抵の覚悟では実行できなかっただろう。

「井川くんに何か言われたから？」

その二日前に、クラスメイトの井川俊と話す機会を僕が作った。

「俊は、僕の話をちゃんと聞いてくれました。それだけで充分です。僕が望んで孤立したのに、今さら赦してほしいなんて虫がよすぎます。これ以上自分を嫌いになりたくないから、けじめをつけることにしました」

「もしかして、それが退学の理由？」

「あっ、知ってたんですね。すみません……。せっかく和泉さんがきっかけを作ってくれたのに、無駄にしちゃいました」

「それはいいんだ。でも、退学までする必要ないじゃないか」

校長は、自主退学だと強調していた。スーパーでの万引きが学校に知られて、退学処分を下されたわけではない。あくまで、柴田が自分の意思で退学を申し出た。

「街を出て行くことが条件だったので」

「自主退学しろって、先生に言われたの？」

退学処分を下すには、厳格な手続をとる必要があったはずだ。厄介者を速やかに追い払うために自主退学を強制したなら、そんな横暴を見逃すわけにはいかない。

「先生じゃなくて店長と約束したんです。警察沙汰にしない代わりに、鏡沢町から出て行くことを。退学届を出したのは、この街にはもう住めないからです」

「何でだよ。関係ないじゃん」

強い口調で言い返してしまった。一連の万引きによって、スーパーが多くの被害を被ったのは事実だろう。だから、犯人の親子を街から追い出した？　そんな権限は、店長どころか、町長にだって与えられていないはずだ。

「名乗り出た時点で、こうなることはわかっていました。すぐに噂が広まって、街を歩いているだけで白い目で見られるようになる」

「鏡高みたいに晒し者にはならない。万引きだって、店長が言いふらしたりはしないよ」

自暴自棄に陥り、冷静な判断ができていないのだと思った。

「何を言ってるんですか？」

「だから――」

「ああ、そうか。和泉さんは、そっち側なんですね」

「……そっち側？」

柴田は考え込むように数秒黙り込み、やがて首を横に振った。

「いえ、忘れてください。最後に和泉さんと話せてよかったです。大人になってからも、この街で生きていくつもりですか？」

「わからないけど……」

先ほどの発言の意図がわからず、困惑していた。

なぜ、柴田は万引きの事実が街の住人に広まると考えたのか。まるで、それが決定事項であるかのような口ぶりだった。

「和泉さんなら、この街を変えてくれるかもしれませんね」

「カツテとのこと？」

「もっと根本的な問題です」

「ちょっと待って。何の話をしてるの？」

「そろそろ行きますね。本当にありがとうございました」

駐車場を出る直前、柴田は振り返って頭を下げた。パーカーを着た背中が見えなくなっても、僕はその場に立ち尽くして思考を巡らせ続けた。

わからないことばかりだ――。

翌日、柴田達弥の退学について八木と話そうとしたが、その機会は訪れなかった。どちらかが欠席したわけではないし、八木の机の前に立って声も掛けた。

けれど、僕の声はもう彼女に届かなかった。

13

傍観者として教室に居合わせたら、すぐに状況を察したはずだ。

同じような光景を繰り返し見てきた。ある日を境に、それまでの関係性が一変する。積み上げてきたものが崩れ去り、昨日までの友人が視線も合わせてくれない。

バレンタインの直前に女子の手紙を盗んだ同級生も、全校集会で晒し者にされた柴田も、殺伐とした教室の空気を感じ取り、それが自分を避けるように渦巻いていることに気付いて、ゆっくりと絶望していったのだろうか。

悪ふざけの可能性にすがって、休み時間の度に異なる生徒に話し掛けた。まだ慣れていないからか、困ったような表情を浮かべて席を離れた者はいたが、与えられた役割を演じようとする意識は共有されていた。

誰とも視線が合わず、視界に入り込んでも存在を認識されない。

――僕に対する集団無視が始まったのだ。

午後の授業が始まる頃には、闇雲に抵抗を続けても惨めな思いをするだけだと理解した。感情に流されてはいけない。そう自分に言い聞かせた。

漢文の授業を聞き流してノートに情報を書き出し、状況を整理しようとした。

何度もシャープペンシルの芯が折れて、その度に苛立ちが募っていった。全員が息をひそめて僕の動きを観察しているような気がした。

小学校から数えれば十年以上にわたる学園生活で、いじめの被害者を経験したことは一度もなかった。それなりにうまく立ち回ってきたつもりだ。

なぜ、このタイミングで僕が選ばれたのか。

手紙泥棒、女子の部室での窃盗。彼らが居場所を失うに至ったのには、何かしらのきっかけがあった。何となく気に食わないから……、で始まるいじめがあることも知っているが、それにしては急すぎるし、ここまでの一体感は生まれないだろう。

今日は水曜日。連休明けの昨日までは問題なく会話が成立していた。放課後も、校長室に向かう前に、数学の小テストの手応えを冗談交じりに伝えあった。

放課後から今朝の登校時までのわずか約半日で、僕を透明人間とみなすことが決まった。実際にどこかで集まったのか、あるいは、グループトークで話し合ったのか。誰が火付け役なのかもわからないが、和泉宏哉の排除は受け入れられた。

確かに、新学期を迎えてからは、波風を立てずに過ごしていたといえば嘘になる。全校集会で夏休みの窃盗事件が周知されて、何が起きたのかを探りながら、多くの関係者に接触して言葉を交わしてきた。

万引きの妨害、自作自演の狂言監禁、校長への直談判……。

どれも印象的な出来事だが、非難されるような騒動を起こした自覚はない。柴田に対するいじめが受け入れられず、現状を打開するために選択した行動ばかりだ。

結果的に、僕は何も成し遂げられなかった。一年一組の生徒に柴田の存在を認識させようとしたが、井川俊と対面する機会を作るだけで精一杯だった。集団無視もいじめ防止対策推進法で禁止されていると校長に働きかけたが、自主退学の申し出が先行していたため一歩及ばなかった。

そして、柴田親子が鏡沢町から去ることを知った。

住み慣れた街からの転出を決意するほど、柴田は精神的に追い詰められていた。その要因が何なのか、納得できるまで調べ尽くそうと考えていた。

雪辱戦がしたいわけではない。自分自身のためにそうすべきだと思った。

店長に万引きの事実を名乗り出た時点で、鏡沢町の住人に情報が広まることを柴田は覚悟していたらしい。その意図がわからず、僕は困惑してしまった。

——和泉さんは、そっち側なんですね。

この街には、僕が知らない秘密が隠されている。

ずっと抱いていた漠然とした違和感は、確信に変わりつつあった。それがカッテとの確執に関わるものなのか、一部の住人だけが抱える問題なのかはまだわからない。

窓際の席で、眼鏡をかけた杏梨がシャーペンを動かしている。

僕が一年生の教室に乗り込んだと知った杏梨は、秩序を乱さない方がいいと、否定的な言葉を口にした。あれは警告だったのかもしれない。このまま突き進めば、取り返しのつかない事態を招くと。事実、その通りになってしまった。

そうだ。あのとき杏梨は、多数派に歯向かえば異端とみなされるとも言っていた。これがその結果なのだろうか。異端者が迫害を受けた悲劇の歴史……。

ノートの余白に『魔女狩り』と書き留めた。

ポケットの中で携帯が振動したので取り出すと、涼介からメッセージが届いていた。

『とりあえず大人しくしとけ。焦る気持ちはわかるけど、慎重に動いた方がいい。実は俺もよくわかってないんだ。いろいろ調べておくから、我慢だ我慢』

もう一度読み返してから、『了解』とだけ返した。振り返りたい気持ちを抑えて、携帯を机の中に入れる。数分待ったが返信はなかった。

漢字が羅列されている黒板を眺めながら、再び考える。

どういうことなのだろう。朝のホームルームが終わった後に涼介に話し掛けたが、携帯の画面を見たまま反応がなかったので、無視の包囲網に加わっていると思っていた。けれど、あのメッセージを素直に読めば、涼介は事情を把握していないことになる。抜け駆けをするように僕に接触すれば、裏切りと捉えられかねない。軽い気持ちや悪ふざけでメッセージを送信したわけではないはずだ。

おそらく、柴田達弥に手を差し伸べたことで、僕はクラスメイトから異端とみなされた。納得には程遠いが、そうとしか考えられない。そして、僕がこの件で動き回ったとき、多くの場面で涼介が隣にいた。

一年一組の教室を見に行ったときも、井川俊を校庭で呼び止めたときも。

自分のことで精一杯だったが、無視されているのが僕だけとは限らない。情報通の涼介が現状を把握できていないのも、クラスメイトに拒絶されているからではないか……。

別の可能性も検討しながら、授業が終わるのを待った。涼介が置かれている状況を休み時間に確認して、予想が当たっていれば改めてメッセージを送るつもりだった。

迷惑を掛けたことを謝った上で、無視の包囲網を突破する作戦を二人で立てる。一人では太刀打ちできなくても、涼介が一緒なら立ち向かえる気がした。

けれど、授業が終了して先生が教室を出て行った途端、涼介は明るい声で冗談を言っていた。それは、僕ではなく他の友人に向けられていた。男子四人の輪の中で談笑している涼介を見て、見当違いだったことを察した。

どうして僕だけが――、
そんなことを考えてしまう自分に、何より嫌気がさした。

放課後。文芸部の部室に立ち寄ると、いつもは読書を続けながら声を掛けてくる後輩が、今日は微動だにしなかった。同じページを開いたまま視線も動かさず、息を殺して僕が立ち去るのを待っているように見えた。

教室と同じ空気を感じ取り、他の部員の様子も確認して地学室を後にした。

いずれ噂が広まるのは避けられないとしても、この急展開は予想していなかった。休み時間にクラスや学年を越えて速報が駆け巡ったのだろうか。

逃げるように部室を離れた後、透析治療までの時間を図書室ですごした。地学室よりも読書環境は整っている。喋り声で集中が妨げられないし、椅子にはきちんと背もたれがある。それでも、本のページをめくるスピードは普段よりずっと遅かった。

クリニックに向かう道中、校内で一度も会話が成立していないことに気付いた。

一人の時間を苦痛に感じる性格ではなく、休日も遊びに誘われない限りは家に籠っていることが多かったので、たった一日で追い詰められるとは思っていなかった。これまで孤独を感じなかったのは、基盤となる人間関係が築けていたからなのだろう。足元がぐらついている今は、拠り所を失い寂しさや不安に押し潰されかけている。

一週間後も一ヵ月後も、この状態が続くのだとしたら、いつまで耐えられるのか。

いつもより二十分以上早くクリニックに着き、時間を掛けて手指を洗ってから、体重を測ってベッドに移動した。

シャントの状態を確認して消毒を済ませた母さんに、「今日の夜ご飯は？」と訊くと、「まだ決めてないけど……、どうしたの？」少し驚いた様子で訊き返された。治療中に僕から話し掛けることはほとんどないからだろう。

誰かの声が聞きたくて――、とは打ち明けられず、「新しいブラッドフードレシピが登場する時期かと思って」とごまかした。

「豚の血にシナモンとか砂糖を混ぜて作るプリンがあるんだって」

「へえ。楽しみにしてる」

「じゃあ、もう少ししたら始めるね」

携帯で豚の血のプリンについて調べていると、薄手のカーディガンを羽織った杏梨がベッドに近づいてきた。咄嗟に、携帯の画面に指を這わせて、気付いていない振りをした。

学校にいる間、杏梨には話し掛けなかった。休み時間も自分の席で本を読んでいたので、どのような立ち位置なのかはわからない。

傍観者に徹しているのか、涼介と同じように事情を把握していないのか。

「後悔してる？」

穿刺針を腕に刺して母さんがベッドを離れた後、杏梨が呟くように言った。耳を澄ませて待っても、続く言葉はなかった。

「僕に話し掛けてるの？」

「そのつもり」

カーテンで仕切られているので、お互いの表情は見て取れない。会話の妨げになって邪魔だと感じることもあるが、今日はその境界線に助けられている。

「忠告を聞いておけばよかったよ」

この期に及んで僕は何を強がっているのだろう。

「先に言っておくけど、和泉くんが知りたがってることは教えられない」

「何を訊かれると思ってた？」

「どうして、こんな目に遭わなくちゃいけないのか」

一つだけ質問する権利を与えられたら、そのとおり尋ねていたかもしれない。

「そこを何とか……、透析治療のよしみでさ」

「冗談を言う元気があってよかった」

「さすがにまいってるよ」

少し話しただけなのに喉が渇いてきた。筋肉が凝り固まるほど気を張っていたのだろう。唾を飲み込むと、何かが引っ掛かったような違和感があった。

「大人しくしてるのが一番だと思う」

「とある友達からも同じことを言われた」

「宇野くん？」

あえて名前を伏せたのに、すぐに見抜かれてしまった。

「涼介しか友達がいないと思われてる？」

「そうじゃないけど、身軽に動けるのは彼くらいだから」

「どういう意味？」

「本人の口から説明があると思う。そのつもりで和泉くんに声を掛けたんだろうし」

涼介も、何か事情を抱えているのだろうか。いや……、杏梨の口ぶりだと、行動の自由を縛られているのは、むしろ他の生徒のように聞こえた。

「杏梨は、僕と話して大丈夫なの？」

「クリニックでなら話せる。自分勝手なのはわかってるし、不愉快ならそう言って」

学校では距離を置きたいということだろう。

「そんなことないよ。ありがとう」

「お礼を言われても困る」

昼休みまでは、教室にいる全員が敵になったように感じていた。

けれど、午後の漢文の授業中に涼介からメッセージが届いて、それだけで勇気を貰えた。透析治療中は今まで通り杏梨と話せることもわかった。それで充分じゃないか。ないものねだりをしても、現状がよくなるとは思えない。見捨てないでくれた友人を大切にしよう。

何が起きたのかは、時間を掛けて調べていけばいい。

「魔女狩りの面白い話があったら聞かせてよ」

「もう、ほとんど話しちゃったから」

「そういえば、母さんが血のプリンを作るって言っててさ」

「和泉くん――」調べたレシピを話そうとしたが遮られ、「声が掠《かす》れてる。いろいろあったし、疲れてるでしょ」と気遣うように杏梨は言った。

「半日喋らなかっただけで、喉の筋肉が衰えた気がする」
「今日は休んだ方がいいよ」
「……うん」
「大丈夫。しばらく透析をサボる予定もないから」
それは、杏梨なりのジョークだったのかもしれない。何か答えようとしたが、言葉にならなかった。本当は、もっと話していたかった。クラスの雰囲気にのまれて、次の透析治療までに気が変わってしまったら――、

でも、杏梨を信じることにした。僕には、それしかできない。
「おやすみ」
カーテン越しに声を掛けると、杏梨も同じ言葉を繰り返した。

本当に疲れていたようで、あっという間に睡魔に襲われ瞼の重みに耐えられなくなった。夢を見ることもなく、深い眠りの底に沈んでいった。

目を覚ましたのは、体外を循環していた血液が全て戻ったあとだった。

隣のベッドを見ると、杏梨はもういなかった。気持ちよさそうに眠っていたから起こさなかったと母さんに言われ、寝ぼけ眼のまま父さんの車に乗って帰った。

きっと、何とかなる。そう信じて、長く続くであろう冷戦に立ち向かう決心を固めた。涼介のメッセージを読み返し、湯船につかりながら杏梨との会話を思い出した。

そうして、長い一日が終わった。

翌日から杏梨は学校を休み、クリニックにも姿を見せなくなった。

14

教室での居場所を失った僕の机の周囲は、噂話すら流れてこないような無風地帯となり、状況を把握する取っ掛かりもなかなか得られなかった。

二日連続で杏梨は学校を休み、金曜日の透析治療も一人で受けた。外出できないほど体調を崩しているのではと心配してメッセージを送信したが、一向に既読のマークがつかない。母さんが自宅に電話をかけても繋がらなかったらしい。

「母親も出ないの？」

「うん。一カ月くらい前に、食事管理についてメールを送ったこともあるんだけど、そのときも反応がなかった」

「協力的じゃないんだね」

僕たちの透析治療は二十一時頃に終わるが、杏梨の母親が迎えにきたことは一度もない。台風の日も、杏梨は強風で傘が飛ばされそうになりながら、歩いて帰っていた。

「心配をかけたくないみたいで、杏梨ちゃんに伝言を頼んでも断られるし」

「水曜日の透析のとき、何かあったの？」

「どうして？」

「次の日にメッセージを送ってきたじゃん」

木曜日、誰も話し掛けてこない教室で携帯を弄《いじ》っていると、母さんから杏梨が登校しているか確認するメッセージが届いた。その日から、杏梨は学校を休み続けている。

「少し貧血気味だったから、気になっただけ」

「そうなんだ」

僕が眠っている間に杏梨は帰っていたので、それも初耳だった。

そして、翌週も状況は変わらないまま週末を迎えた。他の病院やクリニックで透析治療を受けていない限り、腎機能が停止した状態で、杏梨は一週間以上過ごしていることになる。不要な水分や老廃物をどれほど体内に溜め込んでいるのだろう。

前回の五日ぶりの透析治療でも、立ち上がることができなくなっていたのだ。緊急事態であることは、父さんや母さんの顔を見れば明らかだった。

「連絡が取れる子はいないの？」僕が直面している状況を知らない母さんに訊かれて、「メッセージを送っても既読すら付かない」と嘘はつかずに答えた。

「先生は何か言ってた？」

「欠席の連絡もきてないらしい」

社会科準備室で佐瀬先生に尋ねると、「ここだけの話だけど……」と前置きをした上で、無断欠席が続いていることを教えてくれた。

「初日から？」

「うん」

「……行方不明ってことだよね」

一週間以上の欠席。体調不良から無断欠席へと段階を踏んだわけでもなく、唐突に一切の連絡が途絶えた。佐瀬先生が家を訪ねても反応がなかったらしい。

最後に杏梨と言葉を交わしたのは、水曜日の透析治療だ。問題を抱えている様子は見て取れなかった。むしろ、僕を気遣って体調の心配までしてくれた。

しばらく透析をサボる予定もない。そう明言した翌日から、杏梨は行方をくらましている。やはり、自らの意思で失踪したとは思えない。

事件や事故に巻き込まれたのだとしたら——、

「警察に通報した方がいいんじゃないかな」

それくらいの事態に至っていると思って提案したのだが、「学校が対応してると思うよ」と母さんは冷静に答えた。先日の校長とのやり取りで、僕は佐瀬先生以外の鏡高の教師陣を信用できなくなっていた。しかし、どう説明すればいいのかわからない。

「それに、私たちが心配しているだけかも」

「どういうこと？」

「この前、一年生が自主退学したでしょ。杏梨ちゃんも、何か事情があってお母さんと街を出て行ったのかもしれない」

「そんなわけない」

柴田が転出を決断した経緯を僕は知っている。そうせざるを得なかったのであり、杏梨と重なる部分があるとは思えない。

「じゃあ、どうしてお母さんとも連絡が取れないんだと思う？」

「わかんないけど……。転校の手続もとらないで街を出て行くなんて、絶対に変だよ。夜逃げをしたとでも考えてるわけ?」

「そういうことじゃない。何かわかったら教えてね」

後ろ暗い事情を抱えて親子で失踪したと、母さんは本気で考えているのかもしれない。借金の取り立て、何らかの犯罪に手を染めた——。どれも現実感を伴わなかった。

周りから情報が流れてこないなら、自分で集めるしかない。

土曜日の昼過ぎ。僕は自室で涼介に電話をかけた。反応がないことも覚悟していたが、すぐにコール音が途切れた。

「突然ごめん」

「こっちこそ連絡しなくて悪かった」

久しぶりの会話ということもあって、不自然な間ができた。

「僕のことはいいんだ。えっと、杏梨が休んでる理由について、何か知ってたら教えてくれないかな。他に頼れる人がいなくて」

「いや、突然いなくなったことしかわからない」

「そっか……」

杏梨の口から二年一組の友人の名前を聞いたことはほとんどなく、この返答は予想できていた。目撃情報があればと思っていたのだが、いきなり手詰まりになってしまった。

「あのさ、ちょっと俺の家で話さない?」

「えっ、今から?」

「別の日でもいいけど」

少し迷ったが、一時間後に行くと約束して電話を切った。涼介の家に行くのは初めてだ。教えられた住所は、僕の家から自転車で十五分くらいの距離だった。

最低限の身だしなみを整えて家を出ると、空が全体的に灰色がかっていた。

朝の天気予報では、夕方から雨が降ると言っていた。それまでに帰ってくれば問題ないと思って、傘も持たず自転車に跨った。

電話ではなく直接話そうと涼介が提案してきたのが意外だった。僕と一緒にいるところを誰かに見られたら厄介なことになるはずだ。その展開を避けるために自宅を指定したのかもしれないが、そこまでして顔を合わせる必要があるのだろうか。

宇野家は年季が入った木造二階建てで、赤い屋根が目印になる点は涼介の髪と共通していた。

通行人がいないことを確認してインターフォンを鳴らした。

「よう、久しぶり」

サンダルをつっかけた涼介はドアを身体で押さえて、僕を家の中に招いた。

「お邪魔します」と小声で言いながら靴を脱ぎ、涼介の後に続いてリビングに入る。大きな仏壇がまず視界に入り、次いでソファに腰かけている人物と目が合った。

「ばあちゃん。さっき話した俺の友達」

老眼鏡をかけた老齢の女性が、ゆっくりと立ち上がる。

「こんにちは。いつも涼介がお世話になってます」

「いえ、こちらこそ……」

見覚えがある女性だと気付いて、驚いた。クリニックの透析患者の一人だったのだ。直接話したことはないが、昼過ぎから開始するスケジュールで治療を受けていて、僕と入れ違いでフロアを出て行くため、何度もクリニックで顔を合わせている。

「ゆっくりしていってくださいね」

「あっ、はい」

階段を上って涼介の部屋に入る頃には、自宅に招かれた理由も察しが付いていた。祖母を紹介するためだったのだろう。自身の素性を明らかにする前段階として。

「びっくりした？」

「うん、まあ」

「親は仕事で、日中は俺とばあちゃんだけなんだ」

「いつから住んでるの？」

「俺が生まれるずっと前から」

「そうだろうね」

涼介は、バスケットボールを手に取って人差し指で回し始めた。ＮＢＡの選手らしき人物が写ったポスターが壁に何枚も貼られていて、漫画や雑誌が積み上がっている。僕の部屋と同じくらいの広さだが、物の量は倍以上あるだろう。

「俺は、カツテの孫ってこと」

鏡沢町の歴史について、佐瀬先生と話したことがある。

この街の住人は、ニュータウンとして開発された当初から住んでいる世帯と、転入施策によって移り住んできた世帯に大別することができ、鏡沢中学や高校に通っている子供たちのほとんど

文藝春秋の新刊

4

2023

「加茂川」©大高有

●THE ALFEE高見沢俊彦の小説第3弾！

特撮家族

高見澤俊彦

皆が何かの「オタク」な田川家。父が急逝し、遺されたのは大量の怪獣フィギュア!? 神様まで巻き込み、前代未聞の兄妹ゲンカが開幕！

◆4月5日
四六判
上製カバー装
1980円
391680-4

●異国の地で奮闘する、アメリカ人女性の青春小説

こんばんは、太陽の塔

マーニー・ジョレンビー

少女時代から陶芸家を志すカティアだが、恋人でもある師匠と決裂。日本は大阪に渡り、語学教師として悩みつつも新たな生を模索する

◆4月10日
四六判
並製カバー装
2090円
391681-1

●野球エリート軍団に、東大生は勝てるのか？

東大野球部には「野球脳」がない。

最下位チームの新・戦略論！

文藝春秋編

文武両道はいらない。打撃、盗塁、投球術などの「個の力」を磨きあげて、甲子園のスターたちと戦った。それでも何かが足りなかった

◆4月10日
四六判
並製カバー装
1870円
391682-8

◆発売日、定価は変更になる場合があります。
表示した価格は定価です。消費税は含まれています。

将軍の世紀　上巻
パクス・トクガワナを築いた家康の戦略から遊王・家斉の爛熟まで

将軍の世紀　下巻
家慶の黒船来航から慶喜の大政奉還までわずか14年で徳川の世は瓦解した

山内昌之

パクス・トクガワナが、今の日本の骨格を作った。三百年もつシステムを創出した家康の叡智の本質とは。山内史観の到達点がこれだ！

◆4月26日
四六判
上製カバー装
上・下各3740円
391691-0
391692-7

●お笑いが、僕の人生の全てを救ってくれた

星屑物語

ほしのディスコ

芸人になると決意した日のこと、歌への想い、家族の話、これまで隠してきた過去……。素の自分をさらけだして綴った自伝的エッセイ

◆4月24日
四六判
並製カバー装
1540円
391693-4

●「共に戦おう」もう俺（勇者）は独りじゃない！

俺、勇者じゃないですから。4

VR世界の頂点に君臨せし男。転生し、レベル1の無職からリスタートする

原作・心音ゆるり　漫画・伊咲ウタ

「小説家になろう」で大好評のコミカライズ待望の第4巻

◆4月26日
B6判
並製カバー装
858円
090144-5

は後者に分類される。しかし、カッテの子供が全員街を出て行ったわけではない。ならば、クラスメイトの中にカッテの孫がいても不思議ではない。

「ぜんぜん知らなかった」

「バラして得することもないしな」

カッテの中には、僕たちの存在を快く思っていない者がいる。挨拶をしても返答がなかったり、冷たい視線を向けられた経験が何度もある。一方、僕たちもカッテという蔑称を用いて小馬鹿にしてきた。

「おばあさん、透析治療を受けてるよね」

「うん。宏哉と水瀬がクリニックに通ってるのも、実は知ってた」

「そっか。いろいろ説明するのが面倒でさ」

「何となくわかるよ。ばあちゃんを見てると、大変そうだなって思うし」

ボールを天井に向かって軽く投げてから涼介は続けた。

「宏哉の親御さんには感謝してるんだ。あのクリニックができるまで、結構遠いところに通ってたみたいだから。週に三回も透析を受けるって、それだけでもかなりのハードワークなわけじゃん。親父も助かってるって言ってた」

透析について両親や杏梨以外と話しているのが、不思議な感覚だった。涼介の祖母は、父さんがクリニックを開く前から治療を続けている。

「この街で僕に微笑んでくれる唯一のおばあちゃんだよ」

「大袈裟だな」

「他の人には落とし物を拾っても無視された」

「まあ、うちは少し特殊だと思う。ばあちゃんを治療してもらってるのに、冷たくするなんてあり得ないからな。他のカッテにもそう言ってるけど、聞く耳持たない」

「だから、僕とも仲良くしてくれてるの？」

そう訊くと、涼介は苦笑した。

「宏哉が院長の息子だって知ったのは最近だよ。中学のときに席が近くて、気があったから話すようになった。それ以上の説明が必要？」

「いや、僕も一緒」

勘ぐるようなことを言ってしまい、申し訳ないと思った。

「柴田の件の手助けをしたのも、こうやってちょっかいを出してるのも、宏哉がいい奴だと思ってるから。俺が他の生徒と違うのは、カッテの孫ってことだけ」

その発言から自嘲めいた響きは感じ取れなかった。カッテの孫だから、教室での居場所を失った僕に手を差し伸べた。そう聞こえて、真意がどこにあるのかを考えた。

「杏梨も言ってたんだ。身軽に動けるのは涼介くらいだって」

「ああ、なるほど。確かに、俺は縛られてない。快適な高校生活を送りたいから、最低限の空気は読むけど、水瀬たちみたいに怯える必要はない」

「……怯える？　何に？」

「自分自身、親、街の外の人間、秩序を乱されること」

あらかじめ答えを準備していたように、涼介は考える素振りも見せずに言った。

「もう少し補足してくれないかな」

「宏哉は、ほとんどの生徒が正しいと信じてる秩序を乱した。俺から見れば、ストローの差込口くらいショボい穴だけど、あいつらはそこから決壊することを本気で心配している。必死に押さえつけてきたんだろうから、気持ちはわからんでもない」

佐瀬先生は、バケツに溜めた水を秩序に喩えていた。バケツに穴が開けば、そこから水が流れ出てしまう。僕は、底に近い場所に亀裂を生じさせたのか。

自覚はない。どんな穴だというのか。

「適法か違法かを行動の指標にする。それが鏡高の秩序？」

「そう。宏哉は思考停止だとぶった切って、俺も共感した。でも、そのルールにすがるしかない生徒も大勢いるってこと」

「それだけが理由？」

涼介はボールを膝の上に置いて頭を掻いた。

「まあ、どう説明しても噛み合わないと思う。宏哉はイレギュラーな存在で、俺たちの共通認識が抜け落ちてるんだ。でも、それが何かを話すことはできない。もったいぶってるわけじゃなくて、生き方に関わることだから」

「ちゃんと受け止めるよ。涼介のせいにしたりしない」

「知らないから、そう言えるんだよ。きっと後悔するし、その責任は負いたくない」

その情報を打ち明けると何が起きるというのか。どうして、僕にだけ知らされていないのか。

この街が抱える秘密……。いまだ見当もつかず、不安ばかりが募っていく。

「杏梨が失踪した理由に関わってる可能性もあるわけ？」

「それは関係ないと思う。みんな驚いてるよ」

「この街でしか生きていけないのに行方をくらましたから？」

涼介が眉根を寄せたので、「――杏梨が前に言ってたんだ。決められた世界で生きていくしかないって」と補足した。

「俺は当事者じゃないから、水瀬の真意はわからない」

涼介はカッテの孫だ。おそらく、それが重大な意味を持つ。

転入してきた住民だけが、秘密を共有している。だから、自分は当事者ではないと涼介は言った。その推測が正しいなら、なぜ僕まで除け者にされているのか。転入施策に惹かれて移り住んだ第二世代の子供なのに、他の生徒とは何が違うというのだろう。

「他に話せることはある？」

「俺が止めても、手を引くつもりはないんだろ」

「うん。納得ができるまで調べる」

「この街について本気で探るなら、真相が見えてくるまで、誰も頼らない方がいい。いいか？クラスメイトも、教師も、親も、信用するな」

真剣な表情を浮かべた涼介にそう言われて、返答に窮した。

「……わかった」

家に帰るまでは持ち堪えてくれたが、夕方から夜にかけて次第に雨脚が激しくなっていった。

横殴りに吹きつける雨が窓にぶつかり、風で家全体が揺れているように感じた。

サイレン以外の音が聞こえる夜はいつ振りだろう。

雨風をしのいでいる杏梨の姿を想像してしまい、なかなか寝付けなかった。

涼介と話したことで、調べる方向性が少しだけ見えてきた。だがそれは、僕自身の問題を解決するための道筋でしかない。行方をくらましている杏梨の安否がわからない状況では、中途半端な調査に終始してしまうだろう。

魔女について調べていた杏梨が、神隠しにあったように忽然《こつぜん》と姿を消した。

もう一度、警察への通報を母さんに提案しよう。どう切り出せば説得できるか考えているうちに、雨音と思考が途切れて眠りについていた。

翌朝、目覚ましが鳴る前に目が覚めた。カーテンから差し込んだ朝日が布団を照らしていて、雨は止んでいるようだった。階段を降りると、母さんがリビングでテレビを見ていた。

「おはよう」

オレンジジュースを飲みながら、ローカルニュースをぼんやり眺めた。昨夜の雨の被害が思いのほか大きく、氾濫した川もあるらしい。

「へえ、そんなに降ったんだ」

「大雨警報も出てたよ」テレビの音量を上げながら母さんが言った。

局地的な低気圧が発生して、昨夜の豪雨に至ったらしい。低気圧と雨がどうして結びつくのかもよくわかっていないけれど、既に解明された自然現象なのだろう。真夏に雹《ひょう》が降ったとしても、僕は異常気象の一言で片づけてしまう気がする。

「あのさ——」

杏梨の件を相談しようとしたところで、携帯の着信音が鳴った。画面を見ると、涼介の名前が表示されている。こんなに早い時間からどうしたのだろう。

「もしもし」

「宏哉。今どこにいる？」

「家だけど……」

外で走っているのか、荒い呼吸や雑音が聞こえてくる。

「セキレイ峠に来てくれ」

「えっ」

セキレイ峠というのは、鏡沢高校の裏手にある緑地のことだ。街並みを一望できる小高い丘で、セキレイの鳴き声がときおり校舎まで聞こえてくる。

「何か聞いてるか？」

「いや、昨日の雨で危ないんじゃ……」

「それどころじゃないんだ」苛立ったような声で涼介は続けた。「さっき、組合から電話がかかってきた。水瀬が見つかったらしい」

一瞬、僕は安堵した。杏梨が保護されたと思ったからだ。

「セキレイ峠にいたの？」

涼介はしばらく答えなかった。代わりに、サイレンの音が聞こえる。

「——救急車？　杏梨は無事なんだよね」

昨夜の大雨、緑地、サイレンの音。母さんが、僕を見つめている。

「見つかったのは、水瀬の死体だ」

その日、杏梨の遺体が土中から掘り返された。

僕が駆け付けたときには、既に警察が到着していて、現場に近づくことはできなかった。見覚えがある大勢の住人の顔は一様に青ざめていた。

何も情報を得られないまま帰宅すると、誰も家にいなかった。

母さんが逮捕されたのは、二週間後のことだった。

第二部

魔女裁判

生徒の訃報を、私は自宅で耳にした。

日曜日の午前十時。シャワーを浴びてから髪を乾かし、コーヒーを淹れつつ新聞を読む。休日の朝のルーティンをこなしていると、校長から電話がかかってきた。

組織のトップからの休日の着信。よからぬことが起きたのだと察した。

「佐瀬先生――」

校長の説明は要領を得ず、私自身の困惑や動揺も相まって、詳細な情報を電話で読み取るのは困難だった。通話を終えた後も、しばらく携帯の画面を見つめていた。

――水瀬杏梨が、死亡した。

湯気を立てているマグカップを放置して、車で職場に向かった。

水瀬が学校に姿を見せなくなってから、一週間以上が経っていた。自宅に電話をかけても実際に訪れても反応がなく、警察への通報を含めて対応を検討していた。

まさか、こんなことになるなんて……。

日差しをサンバイザーで防ぎながら、制限速度ぎりぎりで車を走らせる。普段は自転車で通勤しているが、少しでも早く職場に辿り着きたかった。

職員室には、私以外に、校長、教頭、学年主任が集まっていた。休日の校舎。校庭では、野球部やサッカー部が練習に精を出している。まだ情報が広まっていないのだろう。

「何があったんですか」息を整えてから私は訊いた。

「水瀬さんの遺体は、セキレイ峠で見つかったそうです」

額に脂汗を浮かべた校長は、把握している情報を明らかにしていった。

昨日の夕方から、今日の明け方まで雨が降り続けた。強風や雷が騒がしく、なかなか寝付けないほどだった。アルコールの力を借りて浅い眠りに引き込まれ、何度も目を覚ましながら朝を迎えた。カーテンを開けると、昨夜の雨が嘘のように晴れ渡っていた。

遺体の第一発見者は、近隣に住む高齢の男性だったらしい。カッテと呼ばれている住人の一人だろう。その男性がセキレイ峠に足を運んだ理由は不明だと、校長は付け加えた。早朝の散歩を日課にしていたのか、あるいは大雨の被害を確認しにいったのか。

いずれにしても、そこで男性は遺体を発見した。

鏡沢町は、約四十年前に丘を切り崩して造成された新興住宅地だ。その開発範囲の境界付近に作られたのが鏡沢高校で、校舎の裏手にあるセキレイ峠は必要最小限の舗装のみを施して放置されてきた。幾つかの運動部がランニングコースとして利用しているらしいが、私は一度しか足を踏み入れたことがない。

「昨夜の雨で地面がぬかるんで……、身体の一部が露出していたそうです」

第一発見者の男性は、すぐに警察に通報した。駆け付けた警察官が遺体を掘り返したが、身元が明らかになるような所持品は見つからなかった。

容貌や服装から、学生の可能性が高いと予測したのだろう。現場のすぐ近くにある鏡沢高校に警察官が赴き、休日出勤していた教頭が遺体の写真を確認した。

「残念ですが、水瀬さんで間違いありませんでした」

細い目をいっそう細めて、声を絞り出すように教頭は断定した。

関係者を学校に集めてほしいという警察官の指示を受けて、この四人が職員室で顔を合わせるに至った。教頭が聴取を受けた際の情報しか、現時点で共有できるものはない。

現場確認に目途が付けば、数人の警察官がやって来るはずだ。

「大変なことになってしまいましたね」

校長の発言に、教頭が唸るように相槌を打った。学年主任と教頭は五十代、校長に至っては還暦を間近に控えている。くたびれた加齢臭が職員室に漂っている。

「水瀬さんは母子家庭ですよね」

溜息を吐いてから、校長は私に訊いた。

「はい。家に電話をかけましたが繋がりませんでした」

どうにかして母親と連絡を取り、この状況を伝えなければならない。

警察官と話をした教頭に身体を向けて、「警察は、事故と考えているのでしょうか。土砂崩れに巻き込まれたとか、そういった……」と重要な点を尋ねた。

「遺体の写真しか見ていないので、詳しいことはわかりません」

「外傷は見当たりませんでしたか?」

「そんな余裕はありませんでした」

雨が原因で事故に巻き込まれたのだとすれば、昨日の夕方以降にセキレイ峠を歩いていたことになる。水瀬が学校を休み始めたのは、一週間以上前だ。その間に二年一組の生徒から話を聞いたが、彼女を街で見掛けたという情報は得られていない。

行方をくらましていた生徒が、ふらりと学校の近くに姿を現して、事故に巻き込まれた──。そのような不運が起こり得るのだろうか。

「具体的な状況までは聞いていないのですね」

「何が言いたいのですか」

逆だったとしたら……。雨によって、失踪していた水瀬の遺体が見つかった。無断欠席は自らの意思ではなく、連絡する自由も奪われていた。

何者かが、土中に埋めたのではないか。

「発見された場所は──」追及しようとしたが、校長に遮られた。

「推測で話すのはやめましょう。我々は、警察の発表を待つしかありません」

この場にいる三人には、先週の時点で水瀬の無断欠席について報告している。警察に相談することを提言したが、様子を見ましょうと先延ばしにされていた。

「佐瀬先生。捜査はどのように進んでいくのでしょうか」

三年前まで、私は刑事弁護を集中的に扱う法律事務所で働いていた。弁護士としての経験に基づく発言を求められているのだろう。

「被害者の身元を特定した後は、事件性の有無を明らかにするはずです。遺体の解剖結果や現場の状況から第三者の関与が疑われる場合は、捜査の規模が拡大すると思います」

校長は顔をしかめて顎をさすった。

「この件は、すぐに報道されるのでしょうか」

「捜査情報をどこまで明らかにするのかは、県警の判断に委ねられています。少なくとも、遺族の意向を確認するまでは、被害者の名前や学校名は公表されないはずです」

　被害者が未成年の場合は、より慎重な判断が求められる。

「まだ時間があるということですね」

「警察の発表にかかわらず、記者は独自に取材を続けます。住人の間で噂が広がることも避けられませんし、隠し通せるとは思いません。無用な混乱を避けるためにも、生徒や保護者に正確な情報を開示するべきです」

　状況を客観的に分析したつもりだったが、教頭に鋭い視線を向けられた。

「隠すなんて、校長は一言も言っていないでしょう」

「では、明日のホームルームで生徒たちに伝えて構いませんね」

「緊急事態なのですから、足並みを乱す行動は慎んでください。生徒の心理的なケアについては、我々の方が精通しています」

　お前は教員ではない――、そう言われた気がした。確かに、私は通常の教員免許を持っていない。弁護士としての知識や経験を買われ、特別免許状を授与された。鏡沢高校の生徒に法律知識を習得させる。それだけが私に求められてきた役割だった。

「佐瀬先生の仰ることもわかります」沈痛な表情で校長は言った。「ですが、生徒の将来を守るために、手立てを講じなければなりません」

　女子高生の死が報じられれば、世間の注目を集めることは避けられない。警察の発表次第では、大勢の記者が押し寄せて取材が行われるだろう。

被害者の家族関係、住民間の確執、街を支配するルール。水瀬の死から取材対象が広がっていくことを校長たちは恐れている。

「当面の間、公民館での集会も見合わせるよう伝えておきます」

教頭が携帯を手に取ると、校長は無言で頷いた。

事件性があると判断された場合、それは水瀬の死に関わった人物の存在を同時に示唆している。死体遺棄、過失致死、傷害致死、殺人……。罪の重さはさまざまだが、いずれも犯罪である事実に変わりはない。

犯罪、悪意――。この街における禁忌。

あらゆる可能性を見越して対応を検討するべきだが、私の意見を伝えても彼らは聞く耳を持たないだろう。土台となる考え方が、あまりに違いすぎる。

弁護士と教師の立場の違いではなく……、この街で過ごした年月の差である。

「警察の聴取が終わったら、また話し合いましょう」

校長はトイレに、学年主任は車で煙草を吸ってくると言って席を立った。先ほどのやり取りで気分を害したのか、教頭は腕を組んで目を瞑っている。

ようやく、落ち着いて考えることができる。

校長から電話で第一報を知らされたとき、十八年前の殺人事件が脳裏をよぎった。

山中に遺棄された女子高生の遺体。彼女も、高校二年生だった。世間の注目を集めた女子高生殺人事件。やがて容疑者が逮捕され、その弁護を私が引き受けた。

あのときの後悔が、私を鏡沢町に導いた。

偶然だとわかっていながら――、
奥底に封じ込めた記憶が浮かび上がってくる。

＊

十八年前、二〇〇四年の初夏。

三十路を迎えた当時の私は、鏡沢町から三百キロメートル以上離れた地元の地方都市で、弁護士として働いていた。事務所の名前は『コモレビ法律事務所』。枝葉の間から差し込む木漏れ日のように、依頼者の将来を柔らかく照らす。そんな想いを込めたと、初老の代表は採用面接のときに熱っぽく語っていた。

刑事事件は高額な報酬が発生しにくいため、積極的に引き受けたがらない弁護士もいる。そのような状況の中で、あえて刑事事件を集中的に扱うコモレビには、万引き、特殊詐欺、性犯罪、殺人……と、多種多様な犯罪の相談が持ち込まれた。

警察官や記者と同じくらい、重大事件の報道を我が事として追いかけていた。

首を絞められた痕のある女子高生の遺体が山中で発見された。地元紙で、事件の概要が報じられた。

被害者は扼殺されていたことが明らかとなり、整った容貌の顔写真が公開されたことも相まって、変質者の仕業ではないかと当初は噂されていた。平日の夕方に消息を絶っており、下校中の女子高生を狙った凶行というストーリーも描きやすかった。

『女子高生殺害事件　担任教師を逮捕』

数日後。事務所の近くの定食屋で速報がテレビに映し出されて、私は目を疑った。教師と生徒という関係性にまず驚き、次いで、被疑者の名前を見て言葉を失った。

殺人と死体遺棄の被疑事実で逮捕された樫野《かしの》征木《まさき》は、中学の同級生だった。

中学時代、樫野は生徒会で副会長を務めていた。弁が立ち、気配りができて、教師からの信頼も厚い。卒業文集のアンケートに『優等生といえば？』という項目があったら、間違いなく上位にランクインしていただろう。だから、高校教師になったという話を聞いたときも、樫野らしい進路選択だと思った。

学生から社会人へと人生の駒を進めて、結婚や昇進などのライフイベントを経験すれば、別人のように性格が変わることもあるかもしれない。そうだとしても、優等生だった樫野が罪を犯した——、それも教え子の命を奪ったとは、にわかに信じられなかった。

生徒を教え導く立場にある人間が、許されざる凶行に及んだ。教員の不祥事が多発していたことも相まって、報道は過熱していくことが予想された。

被疑者逮捕の速報が流れた翌日、私は警察署の接見室で樫野と向かい合った。

留置施設の職員に対して、「コモレビ法律事務所の佐瀬弁護士に連絡をしてほしい」と申し入れたらしい。私はすぐに事務所を出て車を走らせた。

弁護士であれば、立会人なくして被疑者と面会することができる。助力を求められた場合は、事情を聞いた上で、できる限り協力をしようと考えていた。

「久しぶり。他に知ってる弁護士がいなくてさ」

そう言って頭を掻いてから、樫野はアクリル板越しに微笑んだ。身体を拘束されているのに、動揺や焦りはまるで見て取れなかった。

弁護人を引き受けても、検察が起訴するまで捜査情報は開示されない。何が起きたのかや捜査の進捗状況は、取調べを受けている被疑者自身に語ってもらう必要がある。このときの私も、時間を掛けて情報を訊き出していった。

樫野は、被害者の殺害と死体遺棄の事実を自供していた。

公開された顔写真から物静かな女子高生という印象を受けていたが、被害者は素行が悪く樫野も手を焼いていたらしい。遅刻や早退の常習犯で、深夜徘徊で生徒指導も受けていた。そして、抜き打ちの持ち物検査で煙草が鞄から見つかった。

生徒指導室に呼び出された被害者は、見逃してほしいと樫野に頼んだ。特別扱いはできない。そう樫野は告げて、学年主任に報告した結果、被害者は停学処分を下された。それまでの素行を踏まえて、厳重注意では不十分だと判断したのだろう。

停学期間が明けた一週間後に、事件は起きた。

樫野が職員室で試験の採点をしていると、卓上の電話が鳴った。かけてきたのは被害者で、話があるから家の近くの公園で待っていると一方的に電話を切られた。既に日が暮れていて、しばらく悩んだ後に、樫野は指定された公園に向かった。

静まり返った公園で、俯いた被害者がベンチに座っていた。すぐ傍まで近づいて、被害者の制服が乱れていることに樫野は気付いた。リボンが緩められ、シャツのボタンも外されている。驚いて、樫野は声を掛けた。

顔を上げた被害者は、強い口調で樫野に謝罪を要求した。煙草を見逃さなかったことへの謝罪である。乱れた制服と詰問——。ちぐはぐな状況に困惑している樫野に、被害者は謝らないなら大声で助けを求めると続けた。

そこでようやく、被害者の意図を樫野は察した。悲鳴を聞いて駆けつけた人間がこの状況を見たら、どのように解釈するか。その想像に合致する作り話を披露して、停学処分の恨みを晴らそうとしているのだと。

人気はないが、住宅街なので誰かが気付く可能性は高い。

被害者が息を吸い込んだのが見えて、樫野は咄嗟に右手で口を塞いだ。そのまま揉みあいとなり、首を絞め続けたら呼吸が止まっていたという。

聞き逃したのかと思うくらい、殺害に至るまでの状況説明は短かった。

被害者の首には扼殺の跡が、自身の手の甲には引っ掻き傷が残っていたので、遺体が発見されれば逮捕は免れないと樫野は考えた。車のトランクに遺体を載せて山へと運び、崖から放り投げて現場を後にした。

「一週間も経たないうちに遺体が見つかって、覚悟はしていたけど、警察が家に来て逮捕された。行き当たりばったりだったとはいえ、情けない話だよ」

逮捕に至った経緯については、後に捜査資料の一部が開示されている。

自宅周辺での被害者の目撃情報、公園の近くに設置された公衆電話の発信履歴、通学先の教職員の勤務状況……、といった情報から容疑者を絞り込み、樫野の車のトランクから採取された被害者のＤＮＡが決め手となった。

「彼女を殺したのも、遺体を崖から捨てたのも事実だ。争うつもりはない。話を聞いてほしくて、佐瀬に来てもらったんだ」

一連の説明の中で、違和感を覚えた点は多くあった。

日没後に生徒から呼び出され、一人で指定された場所に向かった。後ろ暗いところがなくとも、着衣が乱れた状態で叫ばれたら、あらぬ疑いをかけられかねない。咄嗟の判断だったことも踏まえて考えれば、口を塞いでしまったのは理解できる。

だが、そこから首へと手が伸びて、窒息死するまで絞め続けたのはなぜか。意識を完全に喪失するまでは、一分以上首を絞めなければならないという。その間、相手は助かるために全力でもがき続ける。被害者の首に見られる引っ掻き傷の〝吉川線〟が、他殺の痕跡となり得るのは、それほど扼殺の際の抵抗が壮絶であることを意味している。

明確な殺意がなければ、扼殺は成し遂げられない。

相手が初対面の被疑者なら、信頼関係の構築を優先する必要があった。他に弁護士の知り合いがいなかったとはいえ、私を指名して呼び出すくらいの信頼は得ていると考えて、被害者の首を絞めた理由を改めて尋ねた。

「佐瀬は、僕が嘘をついていると考えてるんだね」

微笑を浮かべたまま、樫野は続けた。

「殺人も死体遺棄も認めているわけだから……。ああ、そうか。本当は計画的な犯行だったのに、衝動的な犯行に見せかけてるとか？　確か、計画殺人の方が罪が重いんだよね。どう説明すれば納得してもらえるかな……」

樫野に前科や前歴はなかった。身体を拘束された状態で、長時間の取調べが続く。まともな精神状態を維持するのも困難であるはずなのに、事件の概要や逮捕に至るまでの説明も、私の質問に対する返答も、表情や口調に変化が見られなかった。

まるで、他人の身に降りかかった災難について語るように。

徐々に私は不安に駆られていった。優等生だった中学時代の同級生と、アクリル板の向こう側に座る殺人事件の被疑者……。

どちらが、樫野征木の素顔なのか。

善良に立ち振る舞っていた彼を知っていたからこそ、先入観に囚われて事件を正面から見つめることができなかった。正常と異常――。双方の側面が垣間見えたなら、どちらが本性を覆い隠すための擬態だったのかは、自ずと明らかになる。

「ごまかすつもりはないよ。むしろ、正しく理解してほしいんだ」

穏やかな表情で樫野は続けた。

「あのとき、もう我慢しなくていいんだと気付いた。何十年も溜め込んできたものが解放された。凄く気分がよくて、多くの人に知ってもらいたいと思った」

樫野は、嘘などついていなかった。被害者の口を塞ぐために手を伸ばした。そこに、白く細い首があったから、手の平で包み込んで力を込めた。

計画性などない。抑え込んでいた衝動が、許容量を超えて決壊してしまった。

そのきっかけを被害者が作り出した。それだけのことだった。

「見抜かれたら終わりだとわかっていたから、誰にも話せなかった。コレクションを眺めて満足するしかなかったんだ。僕の話を聞いてどう思うか、佐瀬の感想を聞かせてくれないかな」

そして樫野は、接見室で告白した。

女子高生の殺害に至るまでに積み重ねた、残虐な罪を。

＊

「警察の方がお見えになりました」

校長の声で回想を打ち切り、再び水瀬杏梨の死に思考の焦点を当てた。

事件なのか事故なのかも、まだ明らかではない。十八年前の事件とは切り分けて考えるべきであることも理解している。ただ、あのときの経験が活かせるかもしれない。

水瀬の死を知った生徒は、どのような反応を見せるだろう。

私が知る限り、水瀬ともっとも仲が良かったのは和泉宏哉だ。透析治療を共に受けながら、脆く繊細で傷つきやすいが、深い関係性を築いていた。彼らは正反対の境遇に置かれていたが、和泉はその事実を知らされていない。私も含めて周囲の大人が問題を先延ばしにしてきたからだ。

今回の一件で、この街にも大きな変化が訪れる。

その後の事情聴取で、他殺の疑いがあることが判明した。校長や教頭の顔が曇る中、私は自分に何ができるのかを考え続けた。

現実感を伴わないまま、最悪だと思っていた事態はさらに悪化していった。

セキレイ峠に駆けつけた日から、僕は学校にも行かず、大半の時間を部屋に閉じこもって無為に過ごしていた。思考に靄がかかったように何も考えられなかった。

唯一、涼介から届くメッセージだけが、僕と外の世界を繋ぎ止めていた。

『佐瀬センが、朝のホームルームで水瀬のことを話した。把握してる情報はなるべく伝えるから、変な噂に惑わされるなってさ。みんな好き勝手に騒いでるからな。宏哉以外も、五人くらい学校を休んでる。これからどうなるんだろうな。また何かあったら教えるよ』

欠席した生徒の名前までは書かれていなかった。他殺を仄めかすような噂が流れているなら、学校を休ませる親がいても不思議ではない。

短い返信しかできなかったが、翌日もメッセージが届いた。

『やっぱり、事故じゃないっぽい。無断欠席を始めた頃に、水瀬を見掛けなかったか刑事に訊かれた生徒が何人もいる。誰と仲が良かったのかとか、そういう話も。宏哉のところにもそのうち来るんじゃないか』

涼介の予想に反して、警察は訪ねて来なかった。失踪直前に透析治療を受けていたことも警察は把握していたはずだが、父さんや母さんが追い返したのだろうか。

大雨が降った日に、一人でセキレイ峠に足を踏み入れたとは思えない。何者かが、あの場所に杏梨を導いた。あるいは……、身動きが取れない状態の彼女を運び込んだ。

一週間が経ち、追加の情報が涼介から送られてきた。

『親父が、第一発見者の爺さんから聞いた話を教えてくれたよ。カッテ同士の繋がりってやつ。セキレイ峠で勝手に菜園をしていたらしくて、大雨の被害を確認しに行ったんだってさ。バレないように奥まった場所を使っていて、そこに向かう途中でぬかるんだ土から露出している死体を見つけた。セキレイ峠なんて呼ばれてるくらいだし、野生の動物が掘り返したのかもしれない。土砂崩れとかじゃなくて、水瀬は埋められていたんだ』

損傷した遺体を想像してしまい、胃液が込み上げてきた。

食事が喉を通らず、会話すらまともにできない状況だったので、両親も僕を無理に学校に行かせようとはしなかった。透析治療も、在宅透析用の装置をクリニックから運んできて、リビングで受けられる環境を整えてくれた。シャントへの穿刺、脱血、返血、止血、採血といった一連の手順を教わり、少しずつ一人でこなせるようになった。

隣のベッドに杏梨がいないなら、わざわざクリニックに通う意味がない。自宅での透析回数を重ねるごとに、四時間という透析時間の長さと、杏梨を失った実感が重くのしかかり、体外を循環する血液と共に気力が奪われていく気がした。

腎臓の機能が停止しても、透析治療によって生きながらえることができる。

心臓が停止した杏梨の声は、二度と僕の耳に届かない。

『水瀬の母親は、どこに行ったのかな。殺した娘を埋めて、鏡沢町から逃げた。水瀬の死と母親の失踪を同時に説明できるから、そう決めつけてる奴がたくさんいる。自分の娘の命を奪ったなんて、俺は信じられないけど。透析で多くの時間を一緒に過ごしてきた宏哉なら、心当たりがあるんじゃないか？　そろそろ学校に出て来いよ。無視の件は、それどころじゃなくなってるし、すんなり復帰できるかもしれない。まあ、待ってるから』

杏梨の母親が行方をくらましているため、遺体の引き取りが未了で、葬儀の実施も目途が立っていないらしい。

教室では、無責任な推理合戦が繰り広げられているのだろうか。

在宅透析の手順や注意事項がまとめられたファイルを、その日の夜に母さんに渡された。僕の基本体重や平均血圧を基にそれぞれの数値が導き出されていて、ところどころに誤字も目に付いたため、一からまとめたのだと気付いた。

「それに目を通せば、一通りの事態には対応できるはずだから。私たちがクリニックにいるときも、宏哉が装置を動かせるようになったら心強いし」

読み込む気力はなく、机の引き出しの中にしまった。

明け方、目を覚ますと喉が渇いていたので、台所に置いてあった麦茶をグラスに注いだ。氷を入れるために冷凍庫を開けると、小さなタッパーが大量に並んでいた。

ブーダンノワール、ディヌグアン、チーイリチャー。小分けにして冷凍保存されていたのは、豚の血を使ったお馴染みの手料理だった。空になったポリタンクがゴミ袋に入っていて、表面がわずかに赤く染まっていた。

「はりきりすぎて、たくさん作っちゃってね」

振り返ると、パジャマを着た母さんが立っていた。物音が聞こえて降りて来たのだろう。手に持っていたタッパーを冷凍庫に戻してから、麦茶を一気に飲みほした。氷を入れそびれたので、ぬるい液体が喉を流れた。

「おやすみ、宏哉」

在宅透析のマニュアルも、冷凍保存されたブラッドフードも、長期の不在を見越して準備したものだと気付くべきだった。

翌朝――。インターフォンの音で僕は目を覚ました。階段を降りると話し声が聞こえてきた。母さんと聞き覚えのない男性の声。父さんは、リビングに立って玄関に視線を向けていた。誰が来ているのか尋ねると、「警察の人だよ」と短い答えが返ってきた。

涼介から届いたメッセージを思い出し、透析治療を共に受けていた僕に話を聞きに来たのだと思った。ジャージに寝癖のまま待ったが、しばらく経っても声が掛からない。

玄関に近づくと、母さんが項垂れていた。

「宏哉くんだね」

強面で恰幅のいい中年男性が、僕を見て言った。その隣には背が高い女性が立っている。振り向いた母さんは、「向こうで待ってなさい」とリビングを指さした。

「ご家族もいらっしゃることですし、詳しい話は署で聞かせてください」

柔らかい口調で告げた男性は、背後の女性に目配せをして一歩下がった。何が起きているのか理解できず、僕はその場から動けなかった。

「お父さんの言うことをよく聞いて、透析のマニュアルもちゃんと読んでね」

僕の返答を待たず、母さんは二人の警察官と共に家を出て行った。

リビングでは、父さんが呆然と立ち尽くしていた。説明を求めると、我に返ったように険しい表情を浮かべてソファに腰を下ろした。

「この前……、クリニックにも彼らが来た。透析治療で水瀬さんの体調が悪化したんじゃないかと考えているみたいなんだ。何の根拠があるのかわからないけど、勘違いに決まってる。母さんから話を聞こうとしているだけで、すぐに帰ってくるよ」

自分に言い聞かせるように、父さんは何度も頷いた。

僕が最後に杏梨と話したときの透析治療……。すぐに眠ってしまい、目を覚ますと杏梨は既に帰っていた。その翌日に、杏梨が登校しているかを母さんに確認されたのを思い出す。無断欠席の初日の出来事だったが、その理由を深くは考えなかった。

杏梨はクリニックで死亡したわけではない。土中に埋められていたのだ。透析治療と今回の件が結び付いているとは想像もしていなかった。

父さんの言葉を信じて、母さんの帰りを二人で待った。

しかし、日が暮れて、日付が変わっても、玄関のドアが開くことはなかった。

父さんは寝室に入ってしまい、静まり返ったリビングで、ソファに座りながら掛け時計を見つめていた。

半日以上一切の連絡もなく、警察で拘束することが許されるのだろうか。治療のサポートをしていた臨床工学技士に尋ねることが、どれほどあるのかもわからない。

壁際に置かれた在宅透析用の装置が視界に入り、母さんが言い残した言葉を思い出した。

――透析のマニュアルもちゃんと読んでね。

マニュアルについて、なぜあのタイミングで言及したのか。伝えるべきことは、他にも多くあったはずなのに。

ファイルのポケットに印刷した紙が差し込まれていて、注意事項が列挙されている。どれくらいの時間を掛けて作成したのだろう。

ぱらぱらと捲っていくと、他よりもわずかに厚みを帯びているポケットがあった。表面をなぞって紙の後ろに何かが入っていることを確認する。

ポケットに指を入れて取り出すと、薄い冊子が出てきた。

黒色の表紙で、シンプルなデザイン。イラストやタイトルは印字されていない。

何かのパンフレットだろうか……。

内側には、短い文章が何行にもわたって記載されていた。

魔女の原罪

少女は、生まれたその日に母親に捨てられた。
名前すら、与えられなかった。
手を差し伸べ、養子として迎え入れたのは、裕福な老夫婦だった。
父親の顔も、名前も、母親の顔も、名前も、少女は何も知らずに育った。
惜しみなく愛情を注がれ、不自由を感じることもなかった。
しかし、少女は満たされなかった。
最初に罪を犯したのは、十三歳のときだった。
店の商品を盗み、追いかけてきた店員の目に、傘の先端を突き刺した。
養親は、ルールを守る大切さを教え、更生の道を歩ませようとした。
どんな言葉も、少女には響かなかった。
少年院に入ったのは、十七歳のときだった。
恋人の嘘に腹を立てて、舌に三本の五寸釘を打ち込んだ。

わずか半年で、少女は少年院から脱走した。
警察に出頭するよう説得した養母を押し倒し、心臓に包丁を突き刺した。
仕事から帰ってきた養父も、包丁でめった刺しにした。
刑務所で知り合った受刑者が、彼女に告げた。
あなたとよく似た女性を知っていると。
十代から非行を繰り返し、十七歳で両親の命を奪った。
そして、刑務所で自らの命を絶った。
その女性は、少女の母親だった。
両親に包丁を突き立てた母親は、少女を出産してから警察に捕まった。
少女の養親すら、その事実を知らなかった。
罪人の母親と同じ道を、少女は知らず知らずのうちに辿っていた。
誰かに命じられたわけでも、導かれたわけでもない。
環境のせいでも、教育のせいでもない。
少女はただ、生まれながらにして魔女だった。

＊

『空室』のプレートを裏返してから、社会科準備室の扉を開いた。

既に放課後を迎えているが、校舎に入ったのは数分前だ。校門には用務員が立っていて、生徒手帳の提示を求められた。本人確認を徹底して、関係者以外を通さないようにしているのだろう。教室や職員室には立ち寄らず、まっすぐ社会科準備室に向かった。

「失礼します」

椅子を回転させた佐瀬先生は、僕を見て柔らかく微笑んだ。少し痩せたような気がする。リネンのシャツにもしわが目立った。

「待っていたよ。いろいろ大変だったね」

いつものようにパイプ椅子に座って、佐瀬先生と向かい合った。何度も、この部屋で法律知識に関する質問をした。どんなボールを投げても、先生は受け止めてくれた。

「母が逮捕されました」

「うん。驚いたよ」

「何が起きているのか……、わからなくて」

逮捕の事実は、父さんから伝えられた。警察から電話があったらしい。詳しい事情はわからないと言われて、沈黙に耐えきれず、家を飛び出して佐瀬先生に電話をかけた。

直接会って話そうと提案され、二週間振りに登校した。

「捜査に支障を生じさせないために、家族に対しても最低限の情報しか警察は開示しない。和泉のお母さんが、本当に関与しているのかを明らかにするための逮捕でもある。まだ何も決まっていないわけだから、一つずつ整理していこう」

ペットボトルのお茶を渡された。一口飲んだが、気持ちは静まらない。

「疑われているから、母さんは逮捕されたんですよね」

顎をさすって、佐瀬先生は腕を組んだ。

「どういう容疑で逮捕されたのかは聞いた？」

「いえ。そこまでは」

「遺体を運んで埋めた――。死体遺棄の容疑だけでも、逮捕状は発付される。どんな捜査が行われているかは、蓋を開けてみるまでわからないんだ」

「杏梨を殺した犯人は、別にいるかもしれないいんですか」

「その可能性もある」

何者かが殺害した杏梨の遺体を、母さんがセキレイ峠に埋めたというのか。

「後始末だけ引き受けるなんて……、あり得ませんよ」

「共犯とか、誰かに指示されたとか、いろんな可能性が考えられる」

「杏梨は、クリニックの患者だったんですよ」

どう反論するべきか、反論することに意味があるのか、頭が混乱していた。

「和泉が考えているとおり、何らかの罪を犯したと疑われていることも否定できない。警察が提出した事件資料を裁判官が見て、被疑者の身体を拘束しても構わないと判断した。今の時点では、まだそれくらいしか言えない」

　杏梨の死に、母さんが関与したと警察は疑っている。そんなはずはないと声を荒らげても、事態が改善しないことはわかっている。

「母さんとは、いつ話せるんでしょうか」

「逮捕されてから三日間くらいは、家族であっても面会は認められない。その後に検察官の勾留請求が許可されると、身体の拘束が続く代わりに面会を希望できる。でも、事情によっては面会が禁止される可能性もある。会えない状況がしばらく続くかもしれない」

「そんな……」

　母さん自身の口から、何が起きたのかを説明してほしかった。訊きたいことが山ほどあるのに、会話をする機会すら与えられないのか。

「限られた時間で被疑者の取調べを繰り返して、その裏付け捜査を進める。和泉自身が警察から話を聞かれたことは？」

「いえ、ありません」

　刑事に呼び止められた生徒が何人もいると、涼介が教えてくれた。一緒に透析治療を受けていた僕を訪ねてくることも想定していた。昨日、玄関に立っている警察官を見たとき、僕に会いに来たのだと思った。――そうであってほしかった。

「警戒させないように接触を避けてきたのかもしれない。その必要もなくなったわけだし、家族にも話を訊こうとすると思う。捜査の方向性は、少しずつ見えてくるはずだよ」

「警察に協力して、母さんを追い詰めろっていうんですか」

「少し肩の力を抜こう」

「……すみません」

力を入れすぎてペットボトルがへこんでいた。

被疑者逮捕のニュースは、いずれテレビや新聞で報じられるだろう。その時点で母さんが犯人だと決めつける住人が大多数を占めるはずだ。

「友人が亡くなって、母親が捕まったんだ。冷静でいられるはずがないよね」

「本当に母さんが関わっているなら……、赦せません」

赤の他人でも、ただのクラスメイトでもない。杏梨が一緒だったから、透析治療を苦痛に感じなかった。教室での集団無視だって、乗り越えられるような気がしていた。

「和泉のお母さんはどんな人？」

「僕がどう思ってるかなんて、関係ないですよね」

しかし、佐瀬先生は首を左右に振った。

「これから何が起きたとしても、今までの親子の関係性が嘘になるわけじゃない。その上でどう向き合っていくのかは、和泉が時間を掛けて決めればいい。でも、事件の情報を聞きかじった人が無責任に作り上げるイメージに、惑わされないでほしいんだ」

「今のうちに記憶を固定しておけと？」

「言葉にするのって、思考を整理するには大事な作業なんだよ」

僕が母さんに抱いている印象や積み上げてきた思い出は、この先きっと歪んでいく。逮捕されただけで、信じることが怖くなっているのだ。

「心配性で、たまに口うるさい母親です」

「うん」

「父さんのクリニックで働いていて、僕や杏梨の腎臓の状態を知り尽くしていました。定期的に通院をサボる杏梨の体調を心配して、治療の重要性を語っているのを傍で見たこともあります。……ダメですね。どうしても、庇うような説明になっちゃいます」

「そんなふうには聞こえなかったよ。他には？」

曲がったことが大嫌いで、芸能人の不倫や脱税疑惑に対しても、当事者であるかのように腹を立てていた。ブラッドフードを食卓に並べて、僕や父さんの反応を楽しんでいた。

感情的になりやすい母さんを、父さんが冷静に諫《いさ》める。バランスが取れた両親だと思っていた。杏梨の遺体が発見されてからは、僕と同じくらいショックを受けているように見えた。

時系列も整理せずに語ってしまったが、佐瀬先生は相槌を打ちながら聞いてくれた。

「こんなところです」

「余裕ができたら、お父さんとも同じ話題で話してみて」

「はい……、わかりました。面会が認められるか、警察が話を訊きに来るまでは、僕たちはただ待つしかないわけですよね」

勾留請求がされるまでに約三日。面会を禁止するかも、その際に判断されるという話だった。今この瞬間も、母さんは警察の取調べを受けているのかもしれない。刻一刻と状況は変化していくのに……、それを把握する術がない。

「いや、そうとも限らない。面会が禁止されていても、逮捕段階でも、弁護士だけは、被疑者と会って話をする権利が認められている」

「どういうことですか？」

「冴えない高校教師なのは間違いないけど、弁護士登録は抹消しないで教職に就いたんだ。弁護士と教師の肩書を、どっちも持っているってこと」

これまでのように、法律知識を教えてもらうために佐瀬先生を頼った。弁護士を引退して教師になったのだと思っていた。だが、今も弁護士資格を有したままだという。

「先生は……、母さんと面会できる？」

「正解。接見というんだけどね。警察官の立会も時間制限もなく話せるし、物の受け渡しも認められている。それに、必要に応じて伝言も伝えられる」

「本当ですか」

「この状況で嘘はつかないよ」

無責任な発言をする大人ではないことはわかっている。

「でも、先生に迷惑をかけますよね」

「迷惑？」

「既にかけてると思いますけど……」

他の生徒や保護者から、特別扱いだと非難されるかもしれない。

「今は、自分のことだけを考えた方がいい」

「お願いしてもいいんですか」

「和泉が頼ってくれるなら」

「……助けてほしいです」

目尻に皺を寄せて、「それでよし」と佐瀬先生は笑った。

「未成年だから、和泉の依頼だけでは動けないけどね。あとで、お父さんにも連絡を取ってみるよ。心配するな。ちゃんと説得して、お母さんと話してくるから」

「ありがとうございます」

「お礼を言うのは、まだまだ早い」

これから職員会議なんだと佐瀬先生は席を立ち、社会科準備室に一人残された。きっと、今回の件に関係する会議だろう。担任の佐瀬先生には、想像がつかないほどの負担が掛かっているはずなのに、そのような素振りは一切見せなかった。

手元のペットボトルを見つめて息を吐く。しばらく動けそうになかった。


心が静まるのを待って校舎から出ると、すっかり日が暮れていた。何も言わずに家を出てしまったので、父さんが心配しているはずだ。自転車を立ちこぎして家路を急いだ。

佐瀬先生に頼りすぎず、僕から父さんに事情を伝えよう。母さんは、どんな立場に置かれているのか、どのように捜査が進んでいくのか。

二人で向き合って、これからのことを話し合うべきだ。インターネットでの情報収集は、アナログ人間の父さんより僕の方が向いている。傷つくことを恐れている場合ではない。どういった情報や噂が広まっているのか、隅から隅まで調べ尽くそう。

家が近づくに従って、思考がまとまってきた。

自転車を停めて家の鍵を鞄から取り出すと、パンツスーツ姿の女性が近づいてきた。

「和泉宏哉さんですよね」

目の前に差し出された名刺には、『彩事《さいじ》新報　記者』と肩書が書かれていた。

「和泉静香《しずか》さんのことで、少しだけお話を聞かせてもらえませんか？」

名刺から顔に視線を移すと、女性は口角を上げて笑顔を作った。新聞記者が、母さんの話を聞かせてほしいと声を掛けてきた。逮捕されたことを僕が知ってから、まだ半日も経っていない。警察が情報を発表したのだろうか。

「すみません。急いでいるので……」

「被害者の水瀬杏梨さんは、クラスメイトだったんですよね。どうして、このような事件が起きてしまったのだと思いますか？」

迂闊に答えるべきではない。家の中までは入ってこないはずだ。

「失礼します」

背中を向けて玄関の鍵を開けると、「もう一点だけ」と女性は声を低くした。

「被害者は、血を抜き取られていたそうです」

ドアを閉めて、背中を押し付ける。鼓動が耳の奥に響いて、膝から崩れ落ちそうになる。記者が聞き耳を立てているような気がして、両手で口を覆った。

杏梨の血が、抜き取られていた？

薄暗い玄関に、大きなポリ袋が置かれていた。口が二重に結ばれ、半透明の袋の中には、空のポリタンクが入っている。見慣れた豚の血の容器だ。

赤黒い液体。血液の成れの果て……。

⚖

和泉が社会科準備室を訪ねて来た翌日。

約束を果たすために、私は父親の和泉淳《じゅん》に電話をかけた。すると、「息子から話は聞いています」そう前置きしてから、逮捕されている妻から事情を聞いてもらえないかと頼まれた。

和泉が先回りして、父親を説得してくれたようだ。少し拍子抜けしながらも、引き受けた以上はやり遂げなければならないと責任を感じた。さっそく、『弁護人となろうとする者』として、警察署で面会を申し込むことにした。

留置係に電話をかけて被疑者の所在を確認した際、反射的に教師と名乗りそうになった。このままではまずいと思い、数年ぶりに弁護士バッジをジャケットの襟に付けた。念入りに髭を剃り、ネクタイを締めて鏡の前に立ったが、そこに映っているのは、バッジの輝きをもってしても威厳を取り戻せない、ただの中年男だった。

知識も経験も錆び付いているが、そんな言い訳が通用する世界ではない。

地元紙の彩事新報の朝刊に、和泉静香の逮捕記事が掲載されていることを確認した。

『山中に血を抜き取られた女子高校生の遺体　死体遺棄・損壊容疑で臨床工学技士を逮捕』

高校二年の女子生徒（17）の遺体を山中に遺棄したとして、I県警は9月7日、死体損壊及び死体遺棄の容疑で臨床工学技士の和泉静香容疑者（46）を逮捕した。県警は容疑者の認否を明らかにしていない。

県警によると、女子生徒は、和泉容疑者が勤務する透析クリニックで透析治療を受けていたという。遺体には血液を抜き取られた痕跡があり、県警は女子生徒が死亡した経緯について詳しく調べている――。


ネットニュースも検索したが、現時点ではそれ以上の情報は得られなかった。

傷害致死や殺人が容疑に含まれていないことに、まず着目した。しかしこれは、現時点での警察の判断を示しているに留まる。嫌疑が濃厚な罪で逮捕状を請求して身体を拘束し、捜査の経過次第で再逮捕に踏み切る。そのような捜査が一般的に行われている。

裏を返せば、死体損壊と死体遺棄については、警察は既に和泉静香が犯人だと確信して、ある程度の証拠も揃えている可能性が高い。

問題は、その具体的な内容である。

死体遺棄が、セキレイ峠での遺棄を指していることはすぐにわかる。

一方の死体損壊は？　死体損壊罪は、その名称のとおり、遺体や遺骨などの全部又は一部を破壊した場合に成立する犯罪だ。

対象は幅広いが、記事中に目を引く記述があった。

『血液を抜き取られた痕跡』が関係していると読み解くのが素直だろう。

つまり、水瀬の遺体から血を抜き取った行為を〝損壊〟とみなしたのではないか。血液量も、方法も、動機も、記事では明らかにされていない。

どうすれば、遺体から血液を抜き取れるのか。注射器を使った採血ならイメージしやすいが、死体現象の一つとして死後凝血というものがあったはずだ。時間が経って血液が体内で固まれば、抜き取るのも困難になるだろう。

和泉静香は、臨床工学技士として透析クリニックで働いていた。血液透析について詳しい知識は有していないが、水瀬や和泉の担任を受け持つことが決まった際に、入門書を数冊購入して目を通した。

機械に血液を循環させて、体内の老廃物などを取り除く……。

その辺りの事情が、遺体から血液を抜き取った方法や、容疑者を特定した経緯にも関わっているのだろうか。

警察署の駐車場に車を停めるまでに、初期段階の検討は一通り終わった。当然、被疑者と対面して得られる情報量の方が圧倒的に多い。だが、適度な先入観は、被疑者の本心を探る際の物差しになるというのが、コモレビの代表の持論だった。

被疑者側とも被害者側とも、私は今回の事件の前から接点を持っている。時間が不足しているからこそ、周辺情報を最大限に利用するしかない。

山中に血を抜き取られた女子高校生の遺体。新聞を手に取った者は、あの見出しからどのような犯人像を思い浮かべるだろう。

嗜虐癖を満足させるために死体を傷つける猟奇犯。

シリアルキラーのように、自らの犯行であることを誇張する快楽犯。

あるいは――、

「宏哉くんの担任の佐瀬友則です」

接見室で向かい合った和泉静香は、姿勢正しくパイプ椅子に座り、長い髪を下ろしているからか、どこか儚《はかな》げな雰囲気を漂わせながら私を見つめていた。

「この街に来るまでは、弁護士として多くの刑事事件に携わってきました。今日は、教師ではなく、弁護士の立場でうかがっています。既に、他の弁護士を選任されていますか？」

「いえ……」

「一両日中に勾留請求がされた場合は、その時点で弁護人が選ばれると思いますが、逮捕中でも依頼することが可能です。もちろん、無理強いをするつもりはありませんので、今日はご家族への伝言役として使っていただければと思います」

逮捕されてから、約二十四時間。ほとんど眠れていないのだろう。疲労が顔に色濃く現れている。この状態が続くと、正常な判断能力が徐々に失われていく。

「夫が先生に依頼したのですか？」

「淳さんも、宏哉くんも、静香さんのことを心配しています。逮捕中は家族でも面会が認められないので、私が仲介役を引き受けました。ここでお聞きした内容は、静香さんが希望しない限り、鏡沢高校の関係者も含めて第三者には伝えません」

和泉静香は、言葉を探るように視線を左右に動かした。

「ですが、担任の先生にお話しするのは……。このまま手続が進めば、弁護士が選ばれると仰いましたよね。それを待った方がいいのではないでしょうか」

「私のことが信用できませんか？」

「いえ、そういうわけでは」

「鏡沢町の事情を知っている弁護士は、おそらく私しかいません」

この一言を告げるのが、もっとも効果的だと判断した。あとは、彼女の天秤がどちらに傾くのかを見守るしかない。

和泉静香は大きく息を吐き、私の目を見て小さな声で言った。

「夫と宏哉には、謝ることしかできません」

「それが本心だとしても、二人は説明を求めていると思います」

逮捕の一報を受けてから時間が経ち、逮捕記事も地元紙に掲載された。記者も、既に接触を図っている可能性が高い。それまでの信頼関係があったとしても、無罪だと信じ切ることは困難になっているかもしれない。

一縷の望みが残っていれば、人はすがってしまう。自白でも否認でも、本人がどのような主張をしているのかを、家族は何より知りたがっているはずだ。

「……どこから話せば良いのでしょうか？」

「今日の朝刊には、死体遺棄と死体損壊の容疑で逮捕したと書かれています。セキレイ峠での遺棄と、血液の抜き取りを指していると私は理解しました」

「そのとおりです」

「心当たりはありますか？」

「私がやりました」

和泉静香は、あっさりと罪を認めた。

「血液の抜き取りも含めてですか」

「はい。水瀬さんの身体から血液を抜き取って、セキレイ峠に運んで埋めました」

この告白を、私は和泉父子に伝えなければならない。

二人の反応を想像しただけで、胃を鷲掴みにされたような感覚が走る。水瀬の死に母親が関わっているなら赦せないと、和泉は言っていた。それほど大切な友人だったのだ。

「何があったのか、教えていただけますか」

俯き気味に視線を天板に向けて、和泉静香は話し始めた。

「水瀬さんの透析治療で、私がミスをしたんです。三週間前の水曜日のことでした。治療を始める前に、珍しく宏哉が話しかけてきたのを覚えています。夜ご飯のメニューを訊かれて、まだ決めていなかったので、どうしようかなと思って。あっ……、それと私のミスは、全然関係ないんですけど……」

「ゆっくり話してくだされば大丈夫ですよ」

「すみません。緊張してしまって」

何度も同じ話を刑事の前でしているはずだ。徐々に記憶が整理されていく被疑者が多いが、細かい点に拘りすぎて先に進めなくなる者もいる。

「ミスをしたと仰いましたね」

「動脈側から吸い上げた血液を体外で循環させて、静脈側から体内に戻すのが基本的な透析治療の流れです。宏哉も水瀬さんも、腕にシャントと呼ばれる特殊な血管を作って、そこから血液を出し入れしていました」

「入門書を読んで、少しだけ勉強しました」

動脈と静脈の一部を繋げるシャント造設術は、その発想も含めて印象に残っている。

落ち着いてきたようなので、説明を任せて問題なさそうだ。

「その日も、脱血用と返血用の注射針をシャントに刺して、普段通りの除水量で二人の透析を開始しました」

「何か問題が起きたのですか？」

「はい。一通りのチェックが終わった後は、少し離れたところで別の作業をしていました。もう一度ベッドに近づいたとき、水漏れのような音が聞こえて……。何だろうと思って目を凝らしたら、水瀬さんのベッドから床に、血が滴り落ちていました」

「えっ」

急に話が核心に迫ったので驚いた。新聞記事の『血液を抜き取られた痕跡』という記載を再び思い出す。血液は、遺体から抜き取ったと考えていたのだが……。

「水瀬さんの腕を確認したら、先ほどお話しした二本の注射針のうち、返血用の針が抜けかかっていました。ダイアライザで余分な水分や老廃物を取り除いた血液を、体内に戻すためのアクセス針です」

「体内に戻るはずの血液が、漏れていたということですよね」

「はい。すぐに血液ポンプを停止してバイタルサインを確認しましたが、失血量がそれほど多くなかったのか、異常は見て取れませんでした。水瀬さんの意識もしっかりしていたので、回路内の血液が固まっていないことを確認して透析を再開しました」

医療用語も多く出ているが、まずは全体の概要を把握したい。

「注射針が抜けた原因は何だったんですか？」

「抜針を防ぐための固定テープが捲れていました」

「バッシン？」

「針が抜けることです。しっかり固定していたので、簡単には外れないはずなのですが……」

途中で言い淀んだように感じ、「どうされましたか？」と水を向けた。

「いえ。私の穿刺が甘かったのだと思います。透析を再開した後は、特に異常が起きることもなく。返血まで終了しました。失血してしまった分は補液で調整して、余裕をもって休ませてから帰ってもらいました」

「大事には至らなかったのですね」

だが、水瀬杏梨は死亡している。ここで言及した以上、今回の事件と無関係とは思えない。

「次の日、やはり水瀬さんの体調が心配で、宏哉にメッセージを送って確認したら、学校を休んでいることを知りました」

水瀬の無断欠席が始まった日のことだろう。前日の透析治療で、体調を崩していたのか。いや、体調不良だとしても、欠席の連絡はできたはずだ。

「それで、どうされたのですか」

「すぐに水瀬さんの家に行きました。十時頃だったと思います。インターフォンを鳴らしても誰も出なくて、鍵が開いていたので中を覗いたら、水瀬さんが玄関に倒れていました。駆け寄って声を掛けても反応がなく、脈拍も呼吸も止まっていて……」

死亡を確認したと、和泉静香は続けた。

「外傷は見当たらなかったし、身体も冷たくなっていて、帰って来てそのまま倒れたように見えました。鍵を閉めることもできなかったんだと思います。家には、水瀬さんしかいませんでした。前の日の抜針事故が関係している気がして――」

「あの、ちょっと待ってください。失血量は多くなかったし、返血まで無事に終了したと仰っていませんでしたか？」

「ええ、そのとおりです。でも、確認が不十分だったかもしれません。全身の血液を循環させる透析治療では、一分間に二百ccくらいの速さで返血が行われます。失血量を見誤った可能性があると思いました。それに、中断した透析を再開したときに、加圧された空気が血管内に流入したのかもしれないと……」

早口で言われたのでうまく聞き取れなかったが、透析治療の際は異常が生じていないように見えても、失血や空気の流入による症状が時間差で発現し得るらしい。

「通報しなかったのですね」

水瀬の遺体は、一週間以上経ってからセキレイ峠で発見された。

「そうするべきだったのはわかっています。でも、責任を問われるのが怖くて……。何とかしなくちゃいけないと思って、水瀬さんの遺体を車でクリニックに運びました。夫も患者も昼過ぎまでは来ないとわかっていたので」

「遺体をクリニックに隠したということですか？」

「いいえ。血を抜き取りました」

「……どうして」そう訊かざるを得なかった。

「失血や空気の流入が原因なのだとすれば、遺体に痕跡が残っていると思いました。それを隠すためです。固まった血液を溶かして、透析装置を使って脱血しました」

背筋が粟立った。理解の範疇を超えたからだ。

犯行に至る経緯を被疑者が語るとき、一線を越える際の思考の流れを聞き落とさないよう意識してきた。多くの被疑者は、小さな選択の失敗を積み重ねた結果、袋小路に迷い込んで罪を犯してしまう。そのように段階を踏んで犯罪に至った場合は、動機で首を傾げることが少なく、弁護人としても主張を組み立てやすい。

和泉静香の説明は違った。突然、幾つものシーンが飛ばされたように感じた。

「血を抜き取って、死因を特定できないようにしたと？」

「はい。全ての血を抜き取りました。診療時間が迫っていたので、遺体は車のトランクの中に隠して業務に戻りました。セキレイ峠に水瀬さんの遺体を埋めたのは、その日の夜です。家を抜け出したので、遠くに埋めに行く時間はありませんでした」

表情を失った顔付きで私を見て、和泉静香は続けた。

「取り返しのつかないことをしてしまいました。遺体が見つかったときから逮捕されることは覚悟していたのですが、家族にも打ち明けられませんでした。夫や宏哉には、ありのままの事実を伝えていただければと思います。本当に申し訳ありません」

透析中に抜針事故が起こり、その翌日に水瀬杏梨の死体を自宅で発見した。事件が明るみに出れば責任を問われると思い、隠蔽を決断した。

そして、死因の特定を防ぐために血液を抜き取り、山中に埋めた。

納得とは程遠い動機だが、その疑念を今この場で指摘するべきだろうか。

死体損壊と死体遺棄。どちらの罪も認めた上で、反省の言葉を口にしている。初回の接見で確認するべき最低限の情報は得られたと言っていいだろう。

手の平にじっとりと汗が滲んでいる。久しぶりの接見で緊張しているわけではない。和泉静香との向き合い方を迷ってしまっている。

「失血に気付いたとき、淳さんに相談しなかったのはなぜですか？」

「私の判断で充分だと思ってしまいました」

臨床工学技士に、そのような裁量が与えられているのだろうか。看護師の役割も兼ねていたようだが、緊急事態の対応は医師の判断に委ねるのが一般的なはずだ。

「水瀬さんには、どのような説明を？」

「私の不手際だと謝罪して、心配しなくて大丈夫だと……」

「本人は気付いていなかったのですか？　水漏れのような音がしたと言っていましたよね。眠っていたわけでもないようですし」

「そんなことを言われても……、困ります」

「静香さんを責めているわけではありません。注射針が抜けた原因を訊いた際に言い淀んだように見えたので、心当たりがあるのではないかと思いました」

沈黙が流れてから、和泉静香は私に訊いた。

「先生は、なぜ鏡沢町に引っ越してきたのですか」

「というと？」

「鏡沢町の事情を知っていると仰いましたよね」

「よそ者扱いされていることは知っています。単身で移り住んできたわけですから、怪しまれても仕方ありません。皆さんが何に怯えているのかは、おおよそ理解しているつもりです」

値踏みするような視線を向けられる。

彼女たちが抱える事情からすれば、すぐに信用できないのは当然だろう。

「詳しく教えていただけますか？」

「わかりました。長話になってしまうかもしれませんが」

この事件を引き受けると決めたとき、私は過去と向き合う覚悟を決めた。

誰にも相談せずに縁もゆかりもない街への移住を決めて、十年以上続けた弁護士業の一線からも退いた。教職に就き、生徒や保護者の行動を分析しながら、自分にできることを探してきた。

しかし、問題は想像以上に根深かった。

「十八年前、私は女子高生殺害遺棄事件の弁護人を引き受けました」

「それは――」

和泉静香の表情に動揺の色が浮かぶ。

「被疑者の名前は、樫野征木です。彼は、被害者の殺害と死体遺棄を認めた上で、それまでに犯してきた罪を私に打ち明けました」

記録が手元になくても、過去を思い起こすことができる。

アクリル板の向こう側に座る和泉静香が、あのときの樫野の姿と重なった。

＊

水瀬の訃報を校長に告げられたとき、私はすぐに十八年前の事件を思い出した。

その後、遺体が遺棄されていた可能性を警察が指摘して、母親が逮捕されたという報告を和泉から受けて、血が抜き取られていたことを新聞で知った。

少しずつ事件の輪郭が浮かび上がっていくに従って、樫野征木と接見室で言葉を交わした際の記憶が鮮明に蘇ってきた。

私が途中で投げ出した、最初で最後の事件。

殺人事件の被疑者として逮捕された高校教師は、中学の同級生だった。絵に描いたような優等生だと思っていたが、その頃から彼は犯罪者の道を歩んでいた。

誰かが本性に気付いていれば、死者は生まれなかったかもしれない。

ある日の夜、公園に呼び出された樫野は、悲鳴を上げようとした被害者の口を塞ぎ、そのまま首を絞めて命を奪った。

被害者は、停学処分のきっかけを作った樫野を陥れようとしていた。しかし、殺害に至るほどの確執が存在していたとは、少なくとも私には思えなかった。

口を塞がれたとき、その手が首に掛かるとは、被害者も想像していなかったはずだ。

しかし樫野は、呼吸が止まるまで被害者の首を絞め続けた。彼にとっては、その首が誰の所有物であるかは大きな意味を持たなかった。

「そんな人だとは思いませんでした。同級生にインタビューをしたら、そう答える人がたくさんいるんだろうね。他人の本性なんてわかるはずがないのに。もしも佐瀬のところに来たら、いつかこうなると思っていましたって答えておいてよ」

口の端を歪めた樫野を見て、こんな笑い方をする人間だったろうかと思った。

「自分語りは好きじゃないんだ。でも、少しだけ付き合ってくれるかな」

衝動を抱えながら生きてきた――、そう樫野は切り出した。

「僕の家はそれほど裕福ではなかったから、我慢を強いられることが多かった。友達みたいに、ゲームを楽しみたい。それが、衝動の原点だった気がする。欲しいけど、親は買ってくれない。それなら、レジを通さずに店から持ち去るか、友達の家から持って帰るしかない。ありふれた非行だと思うけど、僕は手際がよかったみたいで、一度も見つからずに成功体験を積み重ねた。でも、途中で目的がすり替わっていることに気付いたんだ。盗んだゲーム機は、押し入れの奥底にしまって見向きもしなかった。困っている店員や悲しんでいる友達の姿を想像した方が、僕の欲求は満たされた。わかるかな？　自分の幸福より、他人の不幸を求めていたんだ」

私が相槌を打たなくても、樫野は語り続けた。

聞き役として選ばれただけで、共感を求めているわけではないように見えた。

「美味しい物を食べたい、好きな子と付き合いたい、地位や名誉を得たい。そういう欲求は何一つなかったし、誰かを不幸にすることでしか、僕は生きている実感を得られなかった。窃盗だと、相手の苦しみは想像するしかない。リアリティがほしくて、心じゃなくて身体を傷つけるようになった。なるべく武器は使いたくなかったけど、痕跡を残さないようにナイフやアイスピックを選んだ。自分がまともじゃないこともその頃には理解していて、厄介な衝動を抱えながら社会に溶け込むために、一つだけルールを決めた」

自分の意思で被害者を選ばない。それが十年以上守り続けた唯一のルールだと、樫野は私に向かって言った。

「大袈裟に言ったけど、難しい制約じゃない。優等生を演じていれば、勝手に人が集まって来る。夜道で顔を隠した男に襲われても、僕を疑う人はいなかった」

金銭、怨恨、色欲……。樫野にとって犯罪の動機は不純物でしかなかった。本来の目的が曖昧にぼやけて、むしろ犯人の特定に繋がるヒントを与えてしまう。

逮捕を免れるために、被害者を選ばず無色透明の犯罪を積み重ねた。

「同じような衝動は多くの人が抱えていると思うんだ。エスカレーターで、前の人の背中を突き飛ばしたくなったことは？　すれ違いざまに、老人の杖を蹴り飛ばしたくなったことは？　立ち漕ぎをしている自転車のホイールに、傘を巻き込みたくなったことは？」

淀みなく披露される悪意に、鳥肌が立った。たまたまその場に居合わせた相手に対して、罪悪感も抱かずに危害を加える。共感などできるはずがない。

「佐瀬の友達に手を出した記憶はないから安心してよ。顔見知り程度のクラスメイトまでは保証できないけど。高校でも大学でも、状況は変わらなかった。だらだらと通り魔ごっこを続けるだけで、コップに溜まった欲求はどんどん増えていった」

樫野の告白をどう受け止めるべきか、当時の私は判断がつかずにいた。

慣れない環境で疲弊して、自暴自棄に陥る被疑者を多く見てきた。落ち着き払っているように見える樫野も、妄想に取り憑かれているのかもしれない。それに、彼が言及した過去の罪はどれも抽象的で、被害者の顔が見えてこなかった。

「自分が変われそうなチャンスが一回だけあった。大学で、一人の女性と出会ったんだ。少し優しくしたら、すぐに距離を詰めてきて、今度はこの子の血を見るんだろうなって思った。二人で会う約束をして、前の日に襲おうとした。そうすれば、慰めるふりをして表情を観察できるから一石二鳥だった」

私の反応すら樫野は愉しんでいるようだった。

「尾行したら、その子は意外な行動をとった。ペットショップ、映画館、レストラン……。次の日に僕と行く予定の場所を、一人でメモを取りながら下見していたんだ。呆気に取られているうちに、襲う機会を逃しちゃってさ。当日、その子は同じ服装で現れて、映画も料理も初めましてを装っていた。ぎこちない笑顔を見て、僕は初めて他人に興味を持った」

突然の転調……。

終着点はどこなのだろうと思いながら、すっかり聞き入っていた。

「彼女を傷つけることすら我慢できなければ、僕は誰とも関係性を築けない。会うたびに、今日こそ衝動を抑えられなくなるんじゃないかと不安だった。でも、彼女といるときは心が落ち着いていた。殺人犯が何を言っても、説得力がないことはわかってるよ。僕は改心したわけじゃない。彼女と付き合い始めた後も、変わらず人を傷つけていたわけだから。そんなこんなで、僕は教師になって彼女と結婚した。そして、生徒を殺した。この二面性を理解している人間は、自分しかいなかった。だけど、もう隠す必要もない」

被害者の女子高生も、自分の意思で樫野に近づいた。

夜の公園で被害者の口を塞いだとき、怯えた目と白い首筋が視界に入って、理性が吹き飛んだ。

樫野は、目を細めながらそう言った。

「妻は、何が起きたかわかっていないと思う。きっと、ニュースも見ないで部屋にこもっている。僕を見限って、新たな人生を送ってほしい。でも、彼女は僕の本性を知らないから、帰ってくるのを待つと言いかねない。もしかしたら、冤罪だと思い込んでしまうかもしれない。それくらい純粋な女性なんだ」

その女性に自分の本性を伝えてほしいというのが、樫野の望みだった。

弁護士の私ですら、半信半疑で彼の言葉に耳を傾けていたのだ。私が女性のもとを訪れて説明したところで、信用されないことは目に見えていた。

「ちゃんと保険をかけておいた。僕がかけた呪縛から、彼女を解放してくれないか」

続けて樫野が口にしたのは、私たちの地元の住所だった。

実家を訪れて、預けた荷物を受け取りに来たと母親に伝える。その危うい依頼を私が引き受けたのは、事件が行き着く先を見届けたいと思ってしまったからだ。

翌日、私は車で帰省して、樫野の実家のインターフォンを鳴らした。恐る恐るといった様子で姿を見せた母親は、息子が殺人事件を起こした事実を受け入れられず、何かの間違いに決まっていると涙ながらに私に訴えた。

母親でさえ、樫野の本性を見抜けていなかった。

殺害した被害者を山中に投棄した後、樫野が逮捕されるまでには、一週間以上の猶予があった。おそらく、何食わぬ顔で妻が待つ家に帰り、普段通りの日常を送っていたのだろう。

被害者の遺体を運んだ車や犯行時に着ていたスーツを樫野は処分しなかったが、逮捕状が発付される二日前に、彼は実家に段ボール箱を持ち込んでいた。宅配便を使用せず自ら車で運んだので、その事実を警察が把握することもなかった。

樫野が妻に見せようとしていたのは、その段ボール箱の中身だった。留置場から手紙を出そうとしても、職員が事前に内容を確認してしまう。そのチェックを逃れるには、立会人を排除して接見を行える弁護士を頼るしかなかった。

だから、樫野は私を呼び出した。弁護士であっても、証拠隠滅に加担すれば処罰を受ける。段ボール箱の中身次第で、その後の方針を決める必要があった。

手袋をはめて段ボール箱の封を切ると、チャック付きのビニール袋が大量に入っているのが見えた。警察が、証拠物の保管に使うようなビニール袋である。樫野が一人暮らしを始めるまでに使っていたという和室で、畳の上に袋を並べていった。

それらが何のコレクションであるのかは、作業を始めてすぐに理解した。

樫野は、過去の犯行を記録として残していたのだ。

袋の表面には、日付、時間、場所などが赤色のペンで記載されていた。さらに、インスタントカメラで撮影したと思われる写真、先端が赤黒く染まった刃物やアイスピックが、袋の中に規則正しく並んでいた。

写真は、背後と正面から撮影した全身写真、そして顔のアップがセットで入っていた。写し出された被害者の表情は、いずれも恐怖で歪んでいた。

尾行によって行動パターンを把握しながらその姿を写真に収め、襲撃時もカメラでの記録を欠かさない。注意深さと拘りの強さが垣間見えて、袋を持つ手が震えた。

カッター、果物ナイフ、アイスピック……。

錆びと血痕が混ざった独特の色合いは、それが凶器として用いられたことを指し示していた。スタンガンや劇薬を使用しなかったのは、コレクションとして形に残すことを優先したからかもしれない。

全てを並べ終えて、私は額に浮かんだ汗をハンカチで拭った。袋の数は三十個を超えた。それは、被害者が三十人以上に上ることを意味していた。

何を思いながら写真を撮り、日時や場所を記録して、凶器を眺めていたのか。

もっとも新しい日付は、女子高生が扼殺された犯行日だった。着衣が乱れた遺体の写真と、制服のボタンらしきものが袋の中に入っていた。捜査機関の手に渡れば、犯行を裏付ける証拠となることが予想できた。

私は封をした段ボール箱を母親に返して、樫野の妻に送付するよう伝えた。詰め込まれた犯罪の痕跡を見れば、夫が犯した罪を受け入れざるを得ないはずだった。

樫野の実家を後にした時点で、私はこの件から身を引くことを決めていた。弁護人として関わることに身の危険を感じたり、世間の批判を恐れたからではない。

コレクションの中に、私の妹の写真を見つけてしまった。

二つ下の妹が泣きながら家に飛び込んできたのは、彼女が中学三年生のときだった。塾からの帰り道、キャップで顔を隠した男に押し倒されて、ふくらはぎにアイスピックを突き刺された。その際に写真も撮られたのだろう。

妹は夜道を一人で歩けなくなり、成績が大幅に下がって第一志望の高校に進学できなかった。何とか立ち直って、笑顔も取り戻したが、通り魔事件によって心に深い傷を負ったことは間違いなかった。そして、その姿を私は間近で見ていた。

樫野の言葉を信じれば、妹の方から接触したことになる。私が二人を引き合わせた記憶はなかったが、年齢もそれほど離れていないので出会う機会はあったはずだ。

何より恐ろしかったのは、樫野が被害者についてほとんど覚えていないことだった。写真を撮影して、日時や場所を記録していたにもかかわらず、接見室で過去の罪を振り返る際に抽象的な情報しか口にしなかった。

私の友達には手を出していないと、樫野は言った。家族は友達に含まれないという、悪趣味な言葉遊びのつもりだったのか。いや、違うだろう。私の妹を襲ったことも忘れていた。だから、平然と接触してきた。

憤りを覚えるよりも、まず恐ろしいと思ってしまった。彼にとっては、自身がどのような罪を犯したのかだけが重要で、被害者は一種の人形でしかなかった。

仕事に私情を挟まないことを信条としていた私でも、妹に手をかけた男の弁護は引き受けられなかった。その選択が正しかったのかは、今でもわからない。

翌日、警察署を訪れた私は、依頼を受けられない旨を伝えた。樫野は、理由を問うこともなく、興味を失ったように一方的に接見を打ち切った。その後、知り合いの弁護士が樫野の弁護を引き受けることになり、事件の情報は守秘義務に反しない範囲で私の耳にも入ってきた。

殺人と死体遺棄の罪で起訴された樫野には、懲役十八年の実刑判決が下された。被害者が一人で計画性も認められない殺人事件としては、かなり重い部類に属する懲役刑が宣告されており、犯行の理不尽さが量刑に影響したとみられている。

樫野は控訴せず、十八年の実刑判決が確定した。

私がこの事件に関わったことを知る人物は、ほとんどいない。多忙な日々を送るうちに、事件の記憶も薄れていった。

十八年の時を超えて、和泉静香の弁護人を引き受けることになった。

運命の悪戯という言葉で片付けるわけにいかないことは、私が一番理解していた。

◎

腕に刺さった二本の太い針。

脱血と返血――。双方が揃って初めて僕の血液は循環する。

母さんが逮捕されてしまったため、在宅透析のハードルも一気に上がった。シャントへの穿刺は医師である父さんに任せられるが、機器の操作は僕が手探りで進めなければならない。

この状態が、いつまで続くのか。父さんに訊いても、きっと答えは帰ってこない。

分厚いマニュアルを開く度に、〝魔女の原罪〟とタイトルが付けられた散文を思い出してしまう。ファイルのポケットに差し込まれていた黒い表紙の冊子。一度目を通しただけで、内容が記憶に刻み込まれた。

淡々とした文章で綴られた、一人の少女が辿った数奇な運命。

それを不幸と形容して良いのかもわからなかった。

母親に捨てられたが、裕福な養親に迎え入れられて何不自由なく育てられたはずだった。しかし、十三歳で強盗の罪を犯し、十七歳で少年院に入ってしまう。その後、少年院を脱走した少女は、養母と養父を惨殺して刑務所に収容される。

動機は明示されていない。邪魔だったから殺した——そのように読めた。

ここで終わっていれば、救いのない物語として、不快な読後感を味わうだけで済んだかもしれない。けれど、まだ続きがあった。少女の母親も罪人であった事実が明かされるのだ。それも、十代から非行を繰り返し、十七歳で両親の命を奪ったという。

少女は、顔も名前も知らない母親とよく似た人生を辿っていた。

なぜ、このような真相を付け足したのだろうか。理由の補足もなく、最後の一行は、『少女はただ、生まれながらにして魔女だった』で終わっていた。

少女が道を踏み外すことは、あらかじめ決まっていたとでもいうのか。母親に窃盗を指示された柴田のように、非行を促す環境で育てられたわけではない。

――魔女と魔法使いの違いを知ってる?

杏梨は僕にそう尋ね、魔女は存在自体が悪だと答えを口にした。魔法使いは、どのように魔力を行使したかによって善か悪かが決する。しかし魔女は、悪魔と結託して神を裏切った時点で、悪であることが確定するのだと。

どうして杏梨は、魔女狩りの歴史について調べていたのか。

母さんが〝魔女の原罪〟を僕に渡したのは、ただの偶然なのか。

抜き取られた杏梨の血液は、どこに消えたのか。

疑問が幾つも積み上がり、右往左往してしまっている。どこから考えればいいのか迷っているうちに、時計の針がどんどん進んでいった。

チューブの中を通る赤い液体を眺めていると、インターフォンが鳴った。時刻は二十時を回っている。無精髭を生やした父さんがおもむろに立ち上がり、玄関に向かった。

日中も、インターフォンが繰り返し鳴らされた。全て父さんが対応してくれたが、記者がしつこくコメントを求めてくるらしい。血液を抜き取った理由を訊かれても、僕たちが答えられるはずがないのに。

「非常識な時間に押し掛けて申し訳ありません」

父さんに続いてリビングに入ってきたのは、ジャケットを着た佐瀬先生だった。

「お話は……、別の部屋でお聞きした方がいいですか?」

僕にちらりと視線を向けて、父さんが言った。

「いいえ。お二人に聞いていただきたいので。でも、透析中だったんですね。事前に連絡するべきでした」佐瀬先生は頭を掻き、「さっきまで、警察署で静香さんと接見していました。その報告にうかがった次第です」と訪問の目的を明らかにした。

「ここから動けませんが、僕にも話を聞かせてください」

「よろしいですね？」

迷う素振りを見せてから父さんは頷き、リビングの扉を閉めた。

僕が座っているソファから少し離れたテーブルに、佐瀬先生と父さんは向かい合って腰を下ろした。テーブルの上には麦茶が注がれたグラスが置かれている。

「お忙しいはずなのに、ありがとうございます」

父さんが頭を下げると、佐瀬先生は顔の前で手を振った。

「逮捕後の四十八時間は瞬く間に状況が変化するので、速やかに接見を行うのは当然のことです。これで褒められたら、他の弁護士に笑われてしまいます」

昨夜、父さんが家に帰ってきたのは二十二時頃だった。クリニックでの実況見分を警察が行うことになり、その対応に追われていたらしい。それから、僕たちは何時間も話し合いを続けた。

佐瀬先生の提案を伝えると、父さんはとても驚いていた。

そして、今日の午前中に電話で佐瀬先生と父さんが話して、母さんとの接見をお願いすることになった。報告は明日以降になると思っていたのだが、さっそく動いてくれたようだ。

「それで、妻は何と？」

堪えきれない様子で、父さんは尋ねた。

「長時間の取調べで、静香さんも疲弊していましたが、受け答えはしっかりしていました。結論から申し上げると、死体損壊と死体遺棄の容疑をいずれも認めています」

「そう……、ですか」

覚悟はしていた。けれど、言葉が出てこなかった。

「一方で、故意に水瀬さんの命を奪ったわけではないようです。傷害致死や殺人で再逮捕される可能性は低いと思われます」

「どうして、妻はそんなことをしたんですか」

「透析治療が関係しているようです」

佐瀬先生は、母さんから訊き出した情報を明らかにしていった。

透析治療中に起きた抜針事故――。僕は何も知らず、父さんも目を見開いていた。失血量が少ないと判断して、透析を再開したという。その翌日、自宅の玄関で死亡している杏梨を発見した母さんは、遺体を車のトランクに乗せてクリニックに運んだ。

そして、抜針事故の発覚を恐れて血液を抜き取り、セキレイ峠に遺体を埋めた。

納得できる動機が存在すると思っていたわけではない。しかし、あまりに無計画で……、何より身勝手な行動に、背筋が寒くなった。

「妻が……、そう説明したのですか」父さんの声は震えていた。

「はい。率直に、どう思われますか?」

「信じられません。そんなの、あり得ませんよ。抜針による失血は、透析で注意しなければならない医療事故の代表例です。取り返しのつかない結果を招くことが、充分考えられる。私に相談もせずに、妻の独断で治療を再開するはずがありません」

「責任を問われると考えたのかもしれません」

「そういう問題じゃないでしょう。それに、私たちは夫婦なんですよ。ミスを隠したって、何の意味もないじゃないですか」

父さんは、強い口調で反論した。

「その点の静香さんの説明は不自然だと、私も思いました。追及しても同じ答えを繰り返していたのですが、終了間際に、本当のことを話しますと言ってくれました」

麦茶を口に含んでから佐瀬先生は続けた。

「水瀬さんが、自分で返血用の針を抜いたと、静香さんは考えているようです」

「それは――」父さんが言葉に詰まる。

僕は、思わず自分の腕を見た。血液を体外で循環させている二本の針。一方のみを抜けば何が起きるかは、容易に想像できる。

「静香さんから聞いた説明を、そのままお伝えします。失血に気付いて血液ポンプを止めた後、緊急呼び出し用のボタンを押そうとしたら、水瀬さんに腕を摑まれて、そのまま透析を続けてほしいと言われたそうです」

「どういうことですか」

「私からも質問させてください。まず、水瀬さんが定期的に透析治療をサボっていたというのは、事実でしょうか」

「半年ほど前から、月に一回程度、クリニックに来ないことがありました」

母さんが治療の重要性を説いても、実際に体調が悪化しても、杏梨のサボり癖は治らず、その理由を彼女が語ることもなかった。

しかし、それが今回の件と何の関係があるのだろう。

「手首にリストカットのような傷跡があったのは、ご存じですか?」

続けて佐瀬先生は尋ねた。父さんが、記憶を探るようにゆっくりと答える。

「ええ、診察で目に入りますから。それに気付いたのも、半年くらい前です。妻からも相談されていました」

「ちょっと待って。僕、知らなかったよ」

初めて二人の会話に口を挟んだ。それほど驚いたからだ。

「夏になっても長袖のシャツを着ていたし、腕時計で隠していたからね。難しい問題だから、宏哉にも話せなかった」

透析治療中も、僕と杏梨のベッドの間にはカーテンが引かれていた。

「シャントを隠そうとしているんだと思ってた。そういえば、シャントをリストカットしたらどうなると思うって、杏梨に訊かれたことがある」

あのとき僕は、物騒な質問だと思いながら、額面通りに受け取ってしまった。手首の傷跡に気付いていれば、もっと踏み込めたはずだ。

リストカットに及ぶほど、杏梨は追い詰められていたのか。

「精神的に不安定だったのは、事実のようですね」佐瀬先生は再び父さんに顔を向けて、「自傷行為として、返血用の針を抜いた可能性はあると思いますか?」と訊いた。

「……すぐには答えられません」

「少し、先走ってしまいました。静香さんも、最初は自分の穿刺ミスだと思ったそうです。水瀬さんの反応を見て、先ほどの結論に至ったと」

杏梨は、透析治療を定期的にサボるだけではなく、手首にも傷跡を残していた。

透析治療の中断も、一種の自傷行為だ。その延長として、返血用の針を抜いたのか。母さんが気付かなければ、そのまま血を流し続けるつもりだったのか……。

「そのようなことがあったなら、なおさら私に報告があったはずです」

父さんの指摘に、佐瀬先生は頷き返した。

「その場で騒ぎを大きくすると、水瀬さんを追い詰めかねない。そう考えて、次回の透析治療までに相談するつもりだったと言っていました。ですが、翌日に自宅で遺体を見つけて、手遅れになってしまったわけです」

「自殺の可能性もあると考えているのですか？」

「詳しい死因は発表されていませんが、首吊りやリストカットによって命を絶ったのなら、静香さんは今回の犯行を決断しなかったと思います」

抜針事故が死因に繋がったのかもしれないと考えて、偽装工作と死体遺棄に及んだ――。それが、佐瀬先生が母さんから訊き出した犯行の動機だった。自殺が疑われる状況で杏梨が死亡していたなら、その前提が成り立たなくなる。

「昨日の実況見分で、透析装置についてさまざまな説明を求められました。理由は教えてもらえませんでしたが、血液を抜き取った方法を特定しようとしていたのですね」

「そうだと思います」

杏梨の治療に使っていた透析装置は、警察が捜査のために運び出したらしい。

「水瀬さんが自分で返血用の針を抜いたなら、あんな罪を犯す必要がないじゃないですか。おかしなことばかりですよ」

「仰るとおり、説明がつかない点は多く残っています。初回の接見では、ここまでしか訊き出せませんでした。もう少し、時間をいただければと思います」

「取り乱してしまい、申し訳ありません」

「また報告にまいります。夜分遅くに失礼しました」

外まで佐瀬先生を見送りたかったが、まだ透析が終了していなかった。今、返血用の針を抜けば、行き場を失った血液が溢れだす。それを杏梨は実行したのか。

「宏哉……、少し話そうか」

リビングに戻ってきた父さんは、僕の隣に静かに腰を下ろした。

「凄い先生だね」

「うん。授業の評判はいまいちだけど、優しくて頼りになる」

「言いにくいことも、はっきり伝えてくれた」

母さんが罪を認めていることを、佐瀬先生は最初に明かした。

「クリニックは、どうするの？」

「装置のメンテナンスができる人がいないから、しばらくは閉めるしかない。他の患者さんには、事情を説明して紹介状を書くよ。診察は続けられないかなと思っていたけど、難しそうだね」

母さんの逮捕は、既に住人に知れ渡っているはずだ。遺体をクリニックに運んで血を抜き取ったことも、いずれ報道されるかもしれない。そのような事件現場に通って治療を受けたいと望む患者が多くいるとは思えなかった。

「僕も、もう少し学校を休んでいい？」

「無理して通う必要はないよ。でも、すぐに状況が落ち着くことも期待できない。血を抜き取ったことが強調されて、世間の注目を集めてしまっている。今は耐えるしかない。私たちが何を言っても、状況は悪化するだけだと思う」

「わかった。なるべく、家からも出ないようにする」

記者に囲まれてカメラを向けられたら、平静を保っていられる自信がない。

「宏哉だけでも、おばあちゃんの家に行くのはどうかな」

「え？」

「ここにいても辛い思いをするだけなら、ほとぼりが冷めるまで離れてもいいんだよ。孫の顔を見せろって、いつも催促されているし」

父さんの実家のことだろう。母さんの両親には、僕は会ったことがない。仲が悪いのか、既に亡くなっているのか。詳しい事情は聞かされていない。

「僕は、この街に残りたい」

「どうして？」

「一回離れたら、もう戻れない気がするから」

「そっか。うん……、そうだね」

それ以上の説得はされなかった。意地を張っていると思われたかもしれない。僕の身を案じて提案してくれたこともわかっている。

「ありがとう、父さん」

けれど、まだ鏡沢町を離れるわけにはいかない。

やり残したことがあるからだ。

＊

約束の時間の五分前に、八木詩織はスーパーの駐車場に姿を現した。

ブロックされているかもしれないと思いつつ、会って話がしたいとメッセージを送ると、すぐに既読のマークが付いて、了解と描かれたスタンプが返ってきた。

この場所を指定したのは、説明の手間を一つ省くためだ。

「来てくれてありがとう」

「どういたしまして。でもさ、そんなふうに堂々と出歩いてたら、後ろから刺されかねないよ。お尋ね者一家なんだから」

Tシャツに薄手のパーカーを羽織ったラフな格好。人工的な甘い匂いがした。

「母さんが逮捕されたのは知ってるんだね」

「当たり前でしょ。どうして私を呼び出したの？　残念ながら、和泉と仲が良かった自覚はないんだよね。他の人に既読スルーされたとか？」

「八木が一人目だよ」

「何が目的？」

鋭い視線。苛立ちや憤りが込められているように感じた。

「僕のことを嫌いながら、質問には答えてくれる。条件を満たすクラスメイトが、八木しか思い浮かばなかった」

「無視されてたのに、随分なお気楽思考だね」

「あれは、個人の意思じゃないんだろ」

はっきりとした原因は、未だにわかっていないが。

「前から気に食わないと思ってたよ」

「無関心より憎まれる方がいい」

「話の内容次第では、すぐに帰るから」

どのような話が切り出されると、八木は予想しているのだろう。

「この駐車場で、柴田くんと話したんだ。夏休みの窃盗事件で停学処分を下されて、自主退学したテニス部の後輩。覚えてる？」

「被害者が誰か忘れたの？」

そろそろ夕食の時間帯なのに、駐車場にはほとんど車が停まっていない。

「彼は、このスーパーで万引きを繰り返していた。母親に指示されて、どうしても断ることができなかった。覚悟を決めて店長に打ち明けたら、警察沙汰にしない代わりに街から出て行くことになったらしい。そんな理不尽な要求をする理由が、僕はわからなかった」

「和泉には、理解できないだろうね」

「柴田くんにも、そっち側なんですねって言われたよ。その意味をずっと考えていた。多分、僕をカッテの孫と勘違いしたんだと思う」

「ああ……、そういうことか」

居を構えた時期によって、この街の住人は二分されている。

中学校から友人の涼介がカッテの孫だと知らなかったように、どちら側の住人であるかは、一見しただけではわからない。

「世代間で確執があることは知っていた。カッテは、僕たちを目の敵にしている。話しかけても無視されるし、関わることを避けようとしている。侵略者みたいに、大群で押し寄せて来たのが気に食わないんだと思ってた。でも、もっと根深い問題があるんじゃないか？」

「あいつらが何を考えてるかなんて、知りたくもない」

嫌悪感を示しながら、僕の推測を否定する言葉は口にしていない。

「僕の家族は、ニュータウンだった頃からこの街に住んでいたわけではない。それなのに、どうして僕だけが仲間外れなのか？　いくら考えても答えが見つからなかった」

「自分探しってやつ？　ちゃんと現実と向き合いなよ」

車止めに爪先を乗せる。かかとを浮かせると、少しだけ視線が高くなった。

「足元が不安定だと、現実とも向き合えない。自分がどこに立っているか知りたいんだ。涼介や佐瀬先生に訊いても、教えてくれなかった」

「その二人も仲間外れ」

涼介はカッテの孫。佐瀬先生は単身で引っ越してきた。

この事実から、何を導けるのか。

「だから、八木に連絡した」

「私の名前が出てくる理由がわからない」

「ここの店長って、八木のお父さんでしょ」

「……だったら？」

以前に八木は、雇われ店長の娘だと自虐的に語った。『店長　八木』というネームプレートを付けた男性を見掛けた際に、もしかしたら、と思い至った。

「万引きを繰り返すだけじゃなくて、店長の娘の財布にまで手を出した。スーパーと学校――。親子二代で窃盗の被害者。そんな偶然、さすがにあり得ない」

「よっぽど恨まれてたんじゃない」

自嘲めいた口調で、八木は言った。

「柴田くんは、母親の窃盗の指示を拒否できなくて、自分に嫌気がさしたから、一番慕っていた先輩の財布を盗ったと言っていた。わざと見つかって、居場所を失うために」

「へえ。そんな趣味があったんだ」

「罰を受けるためだよ。だけど、かなり回りくどい方法だよね。八木が店長の娘なら、万引きを打ち明けるだけで、簡単に嫌われることができる。というか、そうしたんじゃない？」

柴田は、店長の素性を最後まで明らかにしなかった。

「捻くれた考え方だね」

「先輩のお父さんのスーパーで、何度も万引きをしてしまいました。お母さんを裏切れなかったんです。可愛がっていた後輩から、そんなことを言われたら、めちゃくちゃムカつくと思うし、復讐だってしたくなるかもしれない」

「はっきり言いなよ」

車止めから降りて、八木と向き合った。

「夏休みの窃盗事件は、八木の狂言だったんじゃないか？　ロッカーの前に立って財布を持っていた……。窃盗の場面を目撃したと言っているのは、被害者の八木だけ。それでも、柴田くんが認めている以上、処分を下すしかなかった。警察と違って、学校は細かな証拠にこだわらない」

僕が計画した監禁騒動のように、窃盗事件も実体が存在しなかったのではないか。

「達弥が否定しなかった理由は？」

「負い目があったから。万引きを公にしない代わりに、学校での居場所を奪う――。柴田くんにとって釣り合う罰だった」

「それで終わり？」

「八木が認めてくれるなら」

考える素振りを見せてから、八木は口を開いた。

「七十点ってところかな。和泉の認識だと、その辺りが限界なのは仕方ないけど」

「意外と高得点で驚いてる」

「そうやって余裕ぶるところも気に食わない。お互いに納得して、あの形で収まったんだ。和泉が余計なことをしなければ、達弥が街を出て行く必要もなかった」

「僕はただ、柴田くんの話を聞いて……」

「だから、それが偽善なんだって。探偵ごっこに付き合えば満足すると思ったのに、どんどん暴走しちゃってさ。部外者が首を突っ込んでいい問題じゃないんだ」

「杏梨にも、そう忠告されたよ」

八木は溜息をついて、長い髪を耳にかけた。

「名推理を披露して褒めてもらいたいの？　それとも、私を脅してるつもり？　自作自演だったって言いふらせば、一人くらいは信じてくれるかもね。達弥のときみたいに、校長に掛け合ってみれば？」

「僕が校長室に行ったことも知ってるんだね」

涼介や杏梨にも、僕は話していない。校長から伝わったのか。

「論点をずらさないで」

「脅してるわけじゃないよ。柴田くんの無実を証明する証拠があるわけでもない。この話を八木にしたのは、鏡沢町の秘密を教えてもらうため。万引きをしただけで街から追い出されるなんて異常じゃないか。その理由が知りたいんだ」

「それを脅迫っていうんだよ」

「佐瀬先生、杏梨、涼介、柴田くん……。いろんな人に同じ質問をした。でも、誰も答えを教えてくれなかった。それが優しさなのもわかっているけど、今は真実を求めてる」

「和泉を嫌ってる私なら、残酷な答えでも平気で口にするだろうって？」

「情に流されないで、客観的に判断してくれる。そういう信頼」

「信頼の意味を調べ直しなよ」

八木は、父親が働くスーパーに視線を向けてから、僕の要求に応じるかを明らかにしないまま、再び口を開いた。

「私の父親の店って知りながら、達弥は万引きを繰り返していた。さっき、和泉がべらべら喋ったとおりだよ。素直に認めて頭を下げれば、赦してもらえるとでも思ったんだろうね。自首する覚悟もない癖に……。罪悪感を薄めたかったんだろうけど、そんな自己満足に付き合うつもりはなかった」

「だから、学校で窃盗騒動を起こしたの？」

後輩の悪行が赦せなかったなら、学校や親に万引きの事実を告げれば済んだ話ではないのか。女子の部室に侵入したという汚点を付け加えるために、一から事件を創り出したのか。

「スーパーでの万引きと、学校での窃盗。どっちの罪の方が重いと思ってる？」

「どっちって……、比べられないよ」

「この街での答えは、決まってる。学校で問題を起こしても、よほどヤバい内容じゃない限り、一度目なら説教か停学で済む。でも、同じことを街に出てやれば一発アウト。警察に突き出されるんじゃない。家族揃って居場所を失って、いずれ追い出される」

すぐに噂が広まり、街を歩いているだけで白い目で見られるようになる――。万引きを名乗り出た時点で、柴田は住民に迫害されることを覚悟していた。

「万引きでも？」

たかが万引きと考えているわけではない。それでも、街から追い出されるというのは、罪と罰が釣り合っていないように思えた。

「校舎に大量に設置されている防犯カメラ、全校集会での吊し上げ。和泉は、自由を奪われてるとか思ってるんでしょ？」

「うん」

「逆だよ。ちゃんと監視して厳しく処分を科す。その条件で、大人は今のバランスを受け入れている。学校が厳しいんじゃない。むしろ、敷地内だけが安全地帯なんだ」

「安全地帯？」

「校内での不祥事は大目に見るけど、校外では容赦しないってこと」

「何が変わるって言うんだよ」

「カッテに弱みを見せるわけにはいかない」

涼介のようなカッテの孫は生徒にいるが、親や祖父母は学校の敷地内のことに口を出せない。カッテに監視されていないから安全地帯——。

「それも鏡沢町のルール？」

「この街の住人は、絶対に犯罪を赦さない。達弥は、その一線を越えた」

困惑している僕に冷ややかな視線を向けて、八木は続けた。

「裏切られても後輩は後輩だから、街から追い出すのは気が引けた。かといって、お咎めなしで水に流せる話じゃない。それで達弥が提案してきたのが、あの窃盗騒ぎだった。達弥は罪を償った気になれるし、私の気も少しは晴れる」

不祥事で済む校内での窃盗に切り替えた。そう言いたいのか。

「処分を軽くしてほしいって、先生に直談判したのは？」

「そうした方が怪しまれないと思ったから……。どう、見損なった？」

「柴田くんは、自分で考えたとしか言ってなかったよ」

「自分に酔ってただけでしょ。和泉が好き勝手に動き回って、それに感化された達弥が自爆して街を出て行った。今になって言い出すなら、最初から万引きなんかするなよ」

吐き捨てるように八木は言った。

「街を出て行く前に話したとき、本気で後悔しているように見えた」

「父親と同じ罪を犯したんだ。今さら後悔なんて――」

「罪の重さが、ぜんぜん違うよ」

「そういう問題じゃない」

「やっぱり、それが関係しているんだね」

予期せぬ反応だったのか、八木は何度か瞬きをして押し黙った。

この場所で、柴田は父親が犯した強盗の罪を打ち明けた。

酔っぱらって他人の家に上がり込み、住人を殴って捕まった。そして、父親が刑務所に服役している間に、母親と鏡沢町に逃げ込んできたと……。

突然の告白に驚き、脈絡も見いだせなかったため、追及することを躊躇った。あの時点では、柴田は僕が〝そっち側〟の人間だとは認識していなかった。事情を把握していることを前提に、共感を求めて身内の汚点をさらけ出したのだとしたら。

父親の前科について、『よくある話』だと柴田は言った。初めて万引きに及んだ息子に対して、母親は『やっぱり父親の血が流れてるんだね』と告げたという。

一つ一つの発言に、真意が隠されていたのではないか。

「鏡沢町の住人は、犯罪を過剰に恐れている」

「和泉には、私たちが滑稽に見えてるんだろうね。どうせ、勝手に想像を膨らませて、わかった気になってるんでしょ」

校則を定めずに、法律に違反しているかを絶対的な物差しに据える。防犯カメラで違法行為を抑止して、違反者に対しては厳しく制裁を科す。集団無視によるいじめも見て見ぬふりをする。

万引きを名乗り出た生徒が、自主退学を余儀なくされた……。

他の生徒が受け入れているルールに、僕は違和感を覚えてきた。

思い切って異論を唱えても、白い目で見られるか、相手にされなかった。それでも納得できずに行動に移したら、僕自身が集団から排除された。

どうして頑なに法律に拘るのか。僕の考え方が間違っているのか。

疎外感を味わいながら、それでも抵抗を試みた。

「僕の母親が、この冊子を持っていたんだ」

ショルダーバッグから取り出した〝魔女の原罪〟を、八木の眼前に差し出す。黒い表紙を見ただけで、八木の表情がいっそう険しくなった。

「見覚えがあるみたいだね」

「……………」

内容はすっかり覚えている。

「たくさんの罪を犯した少女の半生が描かれていた」

「それが何か知ってるの?」

「少女はただ、生まれながらにして魔女だった……。最後の一行が印象に残った。杏梨は、中世の魔女狩りについて調べていた。柴田くんは、父親が犯した罪を僕に打ち明けた。どこかで繋がっているような気がして、この冊子の出所を調べた」

〝魔女の原罪〟というタイトルだけでは、インターネットで検索してもめぼしい情報に行き着かなかった。『鏡沢町』をキーワードに追加しても、検索結果は変わらなかった。そこで、『魔女の原罪　女子高生』という組み合わせを試してみた。

　辿り着いたのは、予想もしていなかった過去の事件だった。

「十八年前の女子高生殺害事件。〝魔女の原罪〟は、その犯人——樫野征木が書いた手記だった。被害者は杏梨と同じ年齢で、遺体は山中に遺棄された。僕たちが生まれる前に起きた事件なのに、共通点が多すぎる。どう考えればいいのか、わからないんだ」

　八木は冊子を受け取ることなく、小さく息を吐いた。

「絶対に後悔するよ」

「覚悟はできてる」

「……わかった。そこまで言うなら、自分の目で確かめなよ」

　駐車場の出口に向かって歩き出した八木の背中を、僕は慌てて追いかけた。

＊

透析治療中に起きた抜針事故を隠蔽するために、遺体の血液を抜き取って山中に埋めた。佐瀬先生から伝えられた動機が、僕はどうしても受け入れられなかった。

あまりに不合理な動機に思えたからだ。

母さんは、死体損壊と死体遺棄の罪を自白しているが、殺人の容疑を掛けられているわけではないらしい。自宅で杏梨の遺体が発見されたとしても、前日の抜針事故が死を導いたと認定されるのかは未確定の事項だったはずだ。

それなのに、遺体をクリニックに運んで血を抜き取り、セキレイ峠に埋めた……。保身のためだけに、今回の罪を犯す決断に至ったというのだろうか。杏梨が自分で返血用の針を抜いたと疑っていたのであれば、なおさら説明がつかない。

父さんも、同じような疑念を抱いているように見えた。

けれど、佐瀬先生は、直接母さんと会って事情を聞いている。向こう見ずだと感じた動機は、母さん自身の口から語られたものなのだ。

弁護士に対して事実と異なる説明をしたとすると、どのような理由が考えられるだろう。都合の悪い事実を隠すために、虚偽の動機をでっち上げてごまかそうとした……。考えたくはないが、母さんが杏梨の命を故意に奪ったのだとすれば、そのような隠蔽行為に及んでもおかしくない。抜針事故についても、母さんが話しているだけで明確な証拠はないのだから。

あるいは、本当の動機を明らかにできない事情が別にあったのか。

――遺体の血液を抜き取った目的は？

血液から連想できるものは多くあった。血液を体外で循環させる透析治療。動脈と静脈を繋げた第三の血管とでも言うべきシャント。杏梨の手首に刻まれていたという傷跡。

疑心暗鬼に陥っているだけで、無関係なものばかりかもしれない。だが、杏梨と交わした魔女についての会話と、母さんから受け取った〝魔女の原罪〟の繋がりを探っていくうちに、十八年前の事件に辿り着いた。

発見したウェブサイトには、過去に起きた重大犯罪の情報がまとめられていた。五年ほど前に更新が止まっているが、それまでに採り上げた事件の情報量には目を見張るものがあった。

検索結果に表示されたページにアクセスすると、『担任教師による女子高生殺害遺棄事件』というタイトルが、まず目に留まった。

地名や関係者の実名が記載されていたが、被害者や犯人の名前も含めて、心当たりがあるものはなかった。ただ、事件の内容が似通っていた。被害者の年齢、遺体の遺棄場所――。それだけでも、今回の事件と結びつけるには充分な共通点だった。

母さんが残した冊子から手繰り寄せた事件だ。偶然に一致したとは思えない。

必然だとすれば、どちらかが模倣したことになる。過去と現在……。二択の結論は、時間の不可逆性から導くことができた。

一読してすぐに、犯行に至る経緯や動機の異質さに気付いた。

犯人は、三十件以上の傷害事件を起こしてきたと、取調べで自供したらしい。通り魔的な犯行を装いながら、顔見知りばかりを狙い続ける。高校生の頃から積み重ねた犯行を記録していて、そのコレクションが裁判で証拠として提出されたという。

苦痛に歪む表情を観察できるなら、傷つける相手は誰でもよかった。殺害した被害者も、偶然その場に居合わせたにすぎない——。犯人は、裁判でそう供述している。

十八年。僕が生きてきた年月よりも長い懲役刑が、犯人に宣告された。

〝魔女の原罪〟は刑務所で服役中の犯人が、手記として発表したものだと記載されていた。詳細な経緯は書かれていなかったが、獄中から出版社に送り付けたのかもしれない。

全文は掲載されておらず、僕の手元にある冊子と内容が一致しているのかは不明だ。市販された様子もなく、手記に関してそれ以上の情報は見つからなかった。

人生を振り返り、道を踏み外したのは親のせいだと決めつけて、刑罰や社会システムに対するアンチテーゼのつもりで発表したのだろうか。繰り返し目を通したが、大勢の共感を得られる内容だとは到底思えなかった。

実際、キーワードを変えて検索しても、この手記が社会的な反響を呼んだという情報には行き当たらなかった。理解不能な凶悪犯罪者。それが、犯人に対する一般的な評価だった。

殺人犯が書いた手記から、母さんは何を感じ取ったのだろう。

常識に囚われないメッセージ性に感銘を受け、犯人と自身を同化させるために、十八年前の事件を再現したのか？　だが、ウェブサイトを隅から隅まで読み込んでも、遺体の血液が抜き取られていたとは書かれていなかった。

上澄みだけをすくいとって、模倣した。そのような単純な話ではない。

魔女は存在自体が悪だと言い切った杏梨、父親と自身の罪を同列に語った柴田。母さんの行動。

〝魔女の原罪〟と鏡沢町は、どこかで繋がっているような気がした。

行き詰った思考を打開するために、涼介でも佐瀬先生でもなく、八木を頼ることにした。

駐車場を出てしばらく歩いた後、八木は緑色の三角屋根が目印の公民館の中に入っていった。一見して老朽化が進行しているとわかる木造二階建て。少し風が吹くだけで、屋根や柱が軋《きし》んで悲鳴を発しそうだ。敷地に足を踏み入れたのも久しぶりで、小学生の頃に、子供会のイベントが開催された記憶くらいしかない。

どこに向かっているのかも、そこで僕に何を見せたいのかも、具体的な説明はなかった。公民館なので、鏡沢町の歴史を紐解く資料が保管されているはずだ。世代間の分断が起きた経緯から説明しようとしているのかもしれない。

八木は、無人の受付を素通りして、奥にある小部屋に入った。

室内は電気もついておらず、椅子や机が雑多に置かれているだけの狭い空間だった。受付に人がいなかったとはいえ、職員の許可を得ずに入って良かったのだろうか。

電気をつけないまま、八木は小さな丸椅子に腰かけた。

時刻は十八時十分。窓から差し込む光も、そろそろ夜の気配を漂わせ始めるはずだ。

「適当に座りなよ。大きい声は出さないでね」

机の上に溜まった埃を指でなぞって、八木は息を吹きかけた。

「どうして公民館に？」

「ここが集会の会場だから。隣の広間でさっき始まったはず。しばらく集まるなって言われてるけど、聞く耳を持たない参加者が結構いる」

「集会……」

「不定期で開かれてる。偶然、今日が開催日だった。参加資格があるのは、カッテ以外の住人。街で起きている問題を報告して、対策を講じる。自警団って呼んでる人もいる。和泉を無視することも、その集会で決まった」

「どうして、学校のことが大人の集会で決まるんだ」

「本当に何も知らないんだね。議題に上がるくらいの問題を起こしたからだよ」

「校長に直談判したことが？」

柴田に対するいじめの対策を講じるよう校長室で求めた。翌日、鏡高での僕の居場所はなくなっていた。その決定が集会でなされたというのか。

「それはきっかけにすぎない。心当たりならあるでしょ」

「納得はしてないよ」

少なくとも、無視が正当化されるような悪事を働いた自覚はない。

「一年の教室に乗り込んだことも、わけのわからない監禁騒動を起こしたことも、全て集会で共有されている。ああ……、誰がチクったのかを考えても無駄だよ。防犯カメラに記録されているのはわかってたでしょ」

教室にも校庭にも、確かに防犯カメラは設置されていた。

「膨大なデータを全て確認してるってこと？」

「和泉に注目していた人が、たくさんいたってだけ。ずっと前から扱いに困っていたけど、特殊な境遇の家族だから見逃されてきた。いや、希望でもあったんだ」

「僕が……、希望？」

八木の口ぶりからすると、学校での僕の行動は監視されていたことになる。そんなことをして、どんなメリットがあったというのか。

「大人しくしていれば、それだけで良かった。でも和泉は、鏡高のルールを軽視した行動をとり続けた。自分の価値観や信念を、法律よりも優先させる。それは、私たちの親が一番恐れていることだった。校長室に乗り込んで、自主退学した達弥に接触したでしょ。その情報が広まって、和泉を見守ることで得られる成果より、野放しにするリスクの方が大きいと判断された」

薄暗い部屋で語られた八木の説明は、半分も理解できなかった。

公民館での集会は、何のために実施されているのか。鏡高での僕の行動が、なぜ監視されていたのか。特殊な境遇の家族とは、希望とは——、どういう意味なのか。

「ほら、そこ」

八木が指さした先には、段ボール箱が置かれていた。

中を覗くと、黒い表紙が見えた。

「これ……」手に取って、〝魔女の原罪〟だと確信する。下にも、その下にも……。おそらく、何十冊もの冊子が、段ボール箱の中に詰め込まれている。

「記者が嗅ぎまわってるから回収したんだと思う。私たちは、それを繰り返し読まされてきた。絵本の代わりに読み聞かせられたり、寝る前に音読させられたり。嘘だと思う？　この場で暗唱してあげようか」

駐車場で八木に冊子を見せたときの反応とも合致する。母さんだけが、〝魔女の原罪〟を手にしていたわけではなかった。

「十八年前の事件が、何か関係しているの？」

そこで、八木は薄く笑った。

「その冊子に出てくる少女と一緒だよ。何も知らないし、与えられてもいない。押し付けられただけ。私たちはただ、生まれながらにして魔女だった」

「………」

八木は、僕の返答を待たず、丸椅子から立ち上がった。そのまま入口と反対側の壁際まで歩き、小窓に取り付けられたブラインドに指を差し入れて隙間を作った。

「そろそろか。あとは自分の目で確かめて」

言葉だけで説明できるなら、駐車場から移動する必要はなかったはずだ。

僕も、八木と同じようにブラインドの隙間から窓の奥を覗いた。

教室くらいの広さの部屋に、二十人くらいが集まっていた。机や椅子は隅の方に寄せられて、フローリングの床に正座している。クッションのようなものも置かれていない。

この位置からだと後ろ姿しか見えず、誰が座っているのかはわからない。ただ、大人と子供が交ざっているようだ。

そして、全員が、黒一色の服をまとっていた。女性はブラウスやワンピース、男性はシャツやジャケット……。素材や組み合わせではなく、色調で統一感が保たれている。髪を明るく染めた学生らしき参加者も、一様に黒い服を着ていた。

黒尽くめの集団。正座をしたまま微動だにしない。

異様としか形容できない光景だった。

集会というよりも、何かの修行か儀式が行われているように見えた。言葉を交わしている素振りもない。日が暮れ始めているとはいえ、まだ蒸し暑い季節なのに、肌を覆い隠す長袖の服装。彼らは、ここで何をしているのだろう。

その状態が、しばらく続いた。ブラインドに指を差し入れたまま、何かが起きるのを待った。冷房もきいていないため、額から汗が滴り落ちそうになる。

扉が開く音がして、静止していた集団の肩が揺れた。

中に入ってきたのは、久保柚葉だった。

「柚葉……」

「ああ、和泉の知り合いなんだ」

文芸部の後輩。柚子色を自称している長い髪を下ろしている。普段の感情豊かな表情とは異なり、目を細めて集団を眺めている。そして、白い衣装を着ていた。

白装束というのだろうか。ガーゼのような薄い生地で、腰の辺りを太い紐で縛っている。神社で見掛ければ巫女を連想したかもしれないが、黒尽くめの集団と向き合っている状況では、神聖さはまるで感じ取れない。

教壇に立つ教師のように、柚葉だけが集団とは反対の方向を向いている。

柚葉の近くに、装飾が施されたお盆が運ばれてきた。台の上にお盆を置いた後、音もなくその場を離れていく。目を凝らして、何が載せられているのかを確認した。

白い布で包まれた細長い物体。

中央には、花瓶のような形状の容器が置かれている。

注がれているのは、赤色の液体。

「あれは……」

「煮沸した豚の血だよ」

低く抑えた八木の声が耳元で聞こえて、背筋がぞくりとした。

豚の血を使った料理が、数日おきに僕の食卓に並んだ。ポリタンクに入った冷凍の豚の血を、スーパーで買って家に持ち帰ったこともある。

黒、白、赤。

なぜ――、この組み合わせなのか。

集団の半分ほどが立ち上がり、柚葉がいる方向に揃って歩み出た。あらかじめ順番が決まっていたように列を作り、一定の距離を保ってぴたりと止まった。

立ち上がったのが、子供ばかりだと気付いた。

視界が揺らぐ。ブラインドに差し入れた指先が震えていた。

この光景に、僕は怯えている。

柚葉が手に取ったのは、お盆と同じ装飾が柄に施されたナイフだった。

先ほどまでは、白い布で刃先が隠されていた。

柚葉は、無表情のまま左手を前に伸ばして、豚の血が入った容器の上に乗せた。

右手に持ったナイフが、左手首にあてられる。

表情は、未だ変わらない。

刃先が横に動く。手首に線を引くように。

手首と刃先。見慣れた赤。

虚ろな動作で、手首を返す。

血が滴り落ちる。

容器の中で、赤と赤が混ざる。

列をなしている子供も、正座している大人も。

柚葉に駆け寄る者はいない。

これを待っていたのか、望んでいたのか。

穢れ——。
八木がそう呟いた。

⚖

十八年前に世間を震撼させた女子高生殺害遺棄事件は、樫野征木に対する有罪判決が確定したことで、一応の決着がついた。

コモレビの事務所に一通の手紙が届いたのは、その数カ月後の出来事だった。

封筒の差出人には樫野の名前、宛先には私の名前、手紙の一行目には〝魔女の原罪〟と、それぞれ几帳面な字で記されていた。挨拶も近況報告も謝罪もなく、少女が辿ったとされる半生が、ただ整然と便箋に並んでいた。

二度三度と読み返した。

しかし、私にはその意図がまったく理解できなかった。

一週間後、樫野征木が手記を発表したことを週刊誌が報じた。私が情報をリークしたわけではない。どうやら樫野は、複数の人間に同一の手紙を送っていたらしい。その中の誰かが出版社に持ち込んだのだろう。

受刑者はコピー機も使えないため、同じ内容を書写し続けたのだと気付いた。執念以外に何を読み取ればいいのか——。

答え合わせができたのは、十年以上が経った後だった。

全文が週刊誌に掲載されたが、インターネットに転載されたりニュースでとり上げられることもなく、世間の注目を集めるには至らなかった。

凶悪犯罪者の戯言と、読者は受け止めたのかもしれない。

だが、樫野の両親や妻は、どのような気持ちで手記に目を通したのか。

二〇〇四年——樫野が女子高生を殺害したのと奇しくも同じ年に、『犯罪被害者等基本法』が国会で成立した。被害者に対する支援の議論が深まってきた時期であり、捜査や裁判において、さまざまな措置が講じられるようになった。しかし、その対極に位置するとみなされていたのが、加害者家族だった。

突然、家族が逮捕されたら……。自身は何も恥ずべきことをしていないにもかかわらず、加害者家族のレッテルを貼られてしまう。

異変や予兆にも気付かず、身内の暴走を止められなかったのだから、加害者家族は〝犯人側の人間〟と扱われてしかるべきだ。その結論に異議を唱える者は、刑事事件を扱う弁護士の間でも限られていた。

卑劣な罪を犯した犯人の家族ほど、強い非難に晒される。

十八年前の事件は、その典型例だった。

当時はSNSも普及していなかったため、インターネットで犯人やその家族の個人情報が拡散されることは少なかった。だが、加害者家族が見逃されたわけでもない。近所、職場、学校……。直接的なコミュニケーションによって、じわじわと尾ひれがついた噂が広まっていった。

教師による教え子の扼殺。何十件もの傷害事件を積み重ねた過去の告白。

理解が及ばない行動や発言に人は恐怖を覚える。私が、接見室で相対した樫野に対して同様の感情を抱いたように。犯人の経歴や人となりを分析する報道が落ち着いた後、世間の興味や批判の矛先は、両親や配偶者に向けられた。

親の育て方が悪かったから、人殺しが生まれた。

結婚したのは、人殺しの価値観や考え方に共感したからだ。

そのような判断が半ば無意識に行われ、加害者家族への攻撃が正当化される。

声を荒らげたり抵抗を試みれば、罪の意識を持ち合わせていないのかとさらに反感を買う。人の噂も七十五日。興味関心が薄れるまで、存在を消して耐え忍ぶしかない。

裁判が終わり、ようやく一息をつけたはずだった。

そのタイミングで、樫野の手記が唐突に発表された。自身に非はない。そう主張するかのような内容を目にして、加害者家族が心の平穏を保てたとは思えない。

針のむしろの日々が再び始まるのかと、絶望しただろう。

しかし、樫野の弁護を引き受けず逃げ出した私に、彼らと関わる資格はなかった。いや……、それも目を背ける言い訳にすぎなかったのかもしれない。

手紙に封をして簞笥の奥底にしまい、弁護士業に忙殺されているうちに、十年の年月が経過して事件の記憶も薄れていった。

樫野は、同じ時間を刑務所で過ごし続けた。家族のその後は、知る由もなかった。

コモレビに持ち込まれる事件と向き合う日々に変化はなかったが、加害者家族の支援も並行して取り組むようになった。

インターネットでの誹謗中傷、理不尽な解雇、学校でのいじめ、被害者との紛争。年齢や立場に応じて、彼らが直面している問題は多岐にわたった。

報われることが少ない支援活動なので、協力者もなかなか増えなかった。私が途中で投げ出さずに続けられたのは、やはり樫野の事件を引きずっていたからだと思う。過去の犯罪のコレクションや手記を目にした家族の反応を想像するたびに、あのような苦しみを味わわせてはならないと決意を新たにした。


ある日、一組の母娘が事務所を訪ねて来た。

「一年ほど前にお世話になりました、久保美月《みつき》です」

私と同年代の女性の顔を見て、事件の概要がすぐに頭に浮かんだ。

再婚相手が、小学生の義理の娘に性的虐待を加えていた。抽象化した要素だけで、これ以上の嫌悪感を抱かせる犯罪類型は限られているだろう。

偶発的な犯行ではなく、虐待は日常的に行われていた。その事実に気付いた久保美月が警察に駆け込んで、監護者わいせつ事件が発覚した。

久保美月は、加害者の妻であると同時に、被害者の母親でもあった。

私は、父親の弁護人としてではなく、被害者をサポートするために事件に関わった。性的虐待に気付くのが遅れたことを久保美月は悔いていた。小学生の娘をそのような対象として見ているとは想像もしていなかったという。

捜査が進んだ後、母娘の供述に加えてＤＮＡ鑑定などの客観的な証拠も揃っていたため、父親は起訴されて被告人となった。

「娘に触ってほしいと言われて断ることができませんでした」

被告人は、裁判の罪状認否で、沈痛な表情を浮かべながらそう述べた。

義理の父親である自分に好意を抱いていたようで、無下に断れば傷つけてしまうと思い、やむを得ず応じてしまったと。私の隣に座る久保美月の手が震えていた。

捜査段階から、同様の主張を繰り返していたのだろう。検察官は動じることなく、被害者の証人尋問を請求した。

監護者わいせつ罪は、暴行や脅迫の事実が認められない場合でも、監護者の立場を利用してわいせつ行為に及んだ場合は、罪に問うことができる。

性の知識も経験も不十分な小学生が、母親に相談することもなく義理の父親を誘惑した。理解に苦しむ事態であり、被告人の主張が認められる可能性は低かったが、被害者とのやり取りが争点になってしまった以上、証人尋問は実施せざるを得なかった。

　別室で待機している被害者と法廷を映像で繋ぎ、被告人とは直接対面させないまま尋問が進められた。

「お父さんのことは、今でも好きです」

　小学五年生の被害者は、自分がどのような被害に遭ったのかを概ね理解していた。だが、そのような行為に及んだ義父を悪人だとみなせずにいた。

　拙い言葉で、特殊な家庭環境を被害者は語った。

「本当のお父さんは、私のことが嫌いでした。話しかけても無視されたし、出かけるときについていくと嫌な顔をされました。子供が嫌いで……、自分の子供でも好きになれなかったみたいです。お母さんは好きだけど、私は嫌いだって言われました」

　実父は、被害者に対して愛情を示さなかったらしい。暴力を振るわれたわけではないが、日々の生活を送っているだけで心の傷が蓄積していった。離婚の話し合いが行われた際、当然のように実父は親権を放棄した。

「新しいお父さんは優しくて、私から話し掛けなくても、遊んでくれました。すぐに嫌われるんじゃないかと不安だったけど、一緒にいると笑ってくれたし、無視もされませんでした。本当の家族みたいで、毎日がすごく楽しかったです」

　実父の影響で、良き父親のハードルが低く設定されていたのだろう。優しさや愛情に飢えていたからこそ、それらを敏感に汲み取って心を開き、信頼を寄せてしまった。

　弁護人は、被害者の葛藤を最大限に利用して、被告人に有利な証言を引き出していった。しかし、性的虐待について訊かれた途端、被害者は黙り込んでしまった。辛い記憶なので、言葉にすることを躊躇っているのだと思った。

「……私が認めたら、お父さんは刑務所に入るんですか？」

法廷が静まり返った。裁判官は、「被害者の証言だけで有罪無罪が決まることはありません」と、刑事裁判の仕組みを説明したが、被害者が求める答えになっていないことは明らかだった。自身の証言の重要性を、被害者は小学生ながらに理解していた。

「また一緒に暮らしたいので、話したくありません」

それ以降、尋問の終了が告げられるまで被害者は口を開かなかった。

久保美月の証言や、捜査段階の被害者の供述調書が証拠として提出され、最終的には懲役二年の実刑判決が下された。被害者の境遇や信頼を逆手にとって、繰り返しわいせつ行為に及んだ。社会的な常識に合致する判断だと私は感じた。

各紙誌が有罪判決の報道を行う中、独自の着眼点で事件を深掘りすることを売りにしている記者が、被害者の証言を美談としてとり上げた。

被害者の境遇や被告人を庇うような発言に焦点を当てて、多少の脚色と推測を交えて記事にしたのである。

その記事は大きな反響を呼んだ。被害者に同情する声ばかりではなく、事件が起きた心理的な背景を考察したり、ストックホルム症候群に結びつけるコメンテーターまでが現れて、世間の注目を集めていった。

関係者の名前や住所は当然伏せられたが、この手の噂はあっという間に広まってしまう。被害者であるはずなのに、彼女たちは好奇の視線に晒され続けた。

あろうことか、娘が父親を誘惑したという被告人の主張を支持して、見るに堪えない罵詈雑言をインターネットの匿名掲示板に書き連ねる者までが現れた。

小学生の被害者に対して、なぜそのような言葉のナイフを向けることができるのか……。明確な憤りを感じたが、当時はインターネット上の誹謗中傷対策が講じられていなかった。

匿名の投稿者の暴走に歯止めがかからないまま、被害者の自宅住所や電話番号が、掲示板に晒されるに至ってしまった。無言電話や嫌がらせのファックス、郵便受けの中には精液らしきものが付着したティッシュまで入っていたという。

スーパーで買い物をしているだけで後ろ指を指され、被害者は小学校にも通えなくなった。遠く離れた街に引っ越す以外に、現状を打開する方法は見いだせなかった。離婚や行政支援の手続など、私が手助けできることは限られていた。

それから約一年が経った後、久保美月が娘を連れてコモレビの事務所に再び顔を見せた。住居を移してからは連絡がなかったが、平穏な日々を送っていることを願っていた。

「先生は、鏡沢町というニュータウンを知っていますか？」

母親の隣に座る久保柚葉は、値踏みするような視線を私に向けていた。

義父に襲われた少女は、純粋な被害者だった。

＊

何気なく見ていたテレビ番組で、一九九〇年代にアメリカのとある州の高校で起きた銃乱射事件を深掘りしていた。

銃社会の光と闇や、事件の背景が議論された後に、思わぬ方向に話題が飛んだ。

重大事件と判断したマスコミが、加害少年の実名と写真を公開したところ、少年の母親に大量の手紙が届いたと、ドラマ仕立ての再現VTRで紹介されたのだ。

そこで司会者がコメントを求めると、「銃乱射事件を通り魔事件に置き換えて考えれば、日本でも同じ展開を辿りそうですよね」と得意げに語った出演者がいた。

「どのような内容の手紙だったと思いますか？」「罵詈雑言でしょう。日本でも、よくあるじゃないですか」「なるほど。それでは、続きをご覧ください」

そういったやり取り（おそらく台本通り）を経た後に、感動を誘うようなBGMが流れ、便箋がアップで映し出された。

『あまり思いつめないでね』

『あなただけが責任を感じる必要はないんだよ』

『心の平穏が訪れるよう祈っています』

手紙に書かれていたのは、激励の言葉ばかりだったという。

親の育て方が悪かった、被害者に申し訳ないと思わないのか、どうして銃の管理を怠ったんだ。

そのように責め立てるのではなく、母親や他の子供の将来を慮《おもんぱか》ってエールを送る。

子供は子供、親は親——。

これが個を尊重する国かと、缶ビール片手にテレビを見ながら思った。

欧米では、加害者家族を〝Hidden Victim〟（隠れた被害者）、あるいは、〝Forgotten Victim〟（忘れられた被害者）と表現することがあるらしい。

『犯罪者の家族は、加害者ですか？　被害者ですか？』

ＶＴＲの最後に浮かび上がったテロップを見て、酔いが一気にさめた。

日本とアメリカでは、価値観や文化だけではなく、犯罪認知件数も、人口当たりの前科者の割合も大きく異なるため、一概にその善し悪しを語ることはできない。

〝和を以て貴しとなす〟ことを善とする日本では、草の根運動を続けるくらいしか、加害者家族の支援の輪を広げる方法はないだろう……。

久保美月から鏡沢町の話を聞くまで、私はそう思っていた。

「新しい街に引っ越してからは、職場や学校で事件の話題が出ることはありませんでした。ですが、どうしても周りの目が気になるんです。知り合いが街に来たらとか、柚葉が学校で口を滑らせたらとか……、不安ばかりが募っていきました」

娘が裁判で義父を庇ったから、住み慣れた街を去らなくてはいけなくなった。久保美月は、心のどこかでそのように考えていたのかもしれない。

「それで、同じような境遇の人たちの体験談を知りたくてネットで調べたら、自助グループのサイトを見つけました」

同じ問題を抱えるメンバーが集まり、互いに支え合いながら理解を深めることで、問題の解決や克服の糸口を探る。そのような目的のもとに集うグループを総称して、自助グループと呼んでいる。刑事弁護活動の中で、薬物依存症やアルコール依存症の自助グループと連絡を取り合ったことがあった。

一方で、加害者家族の自助グループの存在は、このとき初めて認識した。

「罪を犯した家族との向き合い方、社会に対する責任の取り方、辛い記憶をどう乗り越えていくのか。そういった問題を専門家と一緒に考えていると紹介されていて、気になったから問い合わせてみたんです」

サイトには問い合わせフォームが準備されていて、そこからコンタクトを取ったという。メッセージ、メール、電話。段階を踏みながら少しずつ打ち解けていき、久保美月は加害者家族でありながら被害者家族でもある苦悩を吐露するに至った。

「担当者の女性がすごく聞き上手で、被害者側の話をしたら迷惑かなと思ったんですけど、きちんと受け止めてくれました。やり取りを続けていたら、ミーティングに参加しないかと誘われて、一カ月くらい前に鏡沢町に行ってきたんです」

ミーティングは自助グループの代表的な活動の一つだ。当事者のみが参加するクローズドミーティングや、第三者も参加できるオープンミーティングなどの種類がある。

その会場として指定されたのが、鏡沢町の公民館だったらしい。

「初めて聞く街で、どうしてこんなところで集まっているんだろうと不思議に思いました。会場には五十人くらい参加者がいて、大きなグループなんですねって訊いたら、二百人以上メンバーがいると教えてくれました」

大規模の自助グループに分類されるはずだが、驚くべき点はそこではなかった。

「参加者全員が、鏡沢町に住んでいるらしいんです。正式にグループに入るには、転居する必要があるらしくて……」

ミーティングに参加するために集まったのではなく、全員が同じ街に住んでいる。

加害者家族が集う街——。にわかに信じがたい話だった。

「彼らは、家族が犯した罪を隠さずに生活していると言っていました。グループのメンバーが、そのまま住人でもあるから、周囲の目を気にする必要もないと」

グループに特別な名称はなかった。久保美月が辿りついたサイトには抽象的な情報が書かれているだけで、鏡沢町の存在も伏せられていた。グループが発足したのは、犯罪被害者等基本法が国会で成立したのと同じ年——、二〇〇四年だった。久保美月がグループの存在を知った時点で、既に発足から十年以上が経過していた。

特定の検索キーワードでしかサイトを表示させないフィルタリング。当事者のみが興味を持つよう計算された情報発信。コンタクトがあった場合も、加害者家族本人かを念入りに調査する。審査を突破した対象者のミーティングでの囲い込み……。

部外者を紛れ込ませないための方策が、至る所に張り巡らされていた。

「ようやく、安心して暮らせる場所を見つけることができた……。それを脅かされたくない気持ちはよくわかります。転居を決断した場合は、刑務所にいる元夫にはもちろん、身内にも話してはいけないそうです」

細かいルールは、他にも数多くあった。

自助グループが受け入れる加害者家族は、『配偶者に実刑判決が宣告された後に、離婚が成立している家族』に限られていた。

加害者本人と家族。二つの側面から要件を課していたのである。

まず、配偶者に前科があるだけでは足りず、刑務所に入ることなく社会復帰を果たしている場合は声が掛からなかった。刑の重さと加害者家族に向けられる非難の程度に相関関係があることは、私も支援活動を通じて実感していた。

前科の内容に加えて離婚が成立していることまで求めたのは、加害者本人が鏡沢町に足を踏み入れるのを防ぐためだった。

一切のルールに例外は認められなかった。

自らは罪を犯していない者のみが、鏡沢町での居住が許された。

出所後の元配偶者に居場所を突き止められないように、住民票に閲覧制限をかける。転居後の住所は、親にも友人にも伝えない。仕事は、可能な限り鏡沢町の中で見つける。中学や高校も、鏡沢町外からの進学を基本的に認めない……。

「過去を切り捨てて、新たな人生をスタートさせる。住民の望みを実現するために、あえて厳しいルールを定めているんだと思います」

〝犯人側の人間〟である加害者家族の大量転入が判明すれば、既存の住民の反発が予想される。治安の悪化、外部から向けられる好奇の視線、生理的な嫌悪感。手放しで歓迎する住民が多数派を占めたとは思えない。

鏡沢町が選ばれたのは、衰退の一途を辿っていたからだろう。

第二世代の転出による高齢化と人口減少。逆転の一手を捻り出せないまま、次第に増えていく空き家。自治体も手を差し伸べることができず、手詰まりに陥っていた。

そんな折に、数組の若い世帯が同時期に鏡沢町への転入を申し入れた。元配偶者が犯した罪は伏せたまま……。街の衰退を憂いていた既存の住民は、転入者を快く受け入れたはずだ。彼らが、自助グループの発起人だった。

加害者家族であるという事実だけで冷遇され、逃げるように住居を移しても怯え続けなければならない。呪縛から解放されるには、加害者本人との関係を絶つだけでは足りず、同じ苦痛を経験している者同士で結束する必要がある……。

初期の転入者たちは、加害者家族のネットワークを広げながら、放置されている空き家を底値で買い受けていった。自助グループのメンバーを少しずつ街に招き入れ、既存の住民が異変に気付いたときには、百世帯近くの転入が完了していた。

当時の事情を知る複数の住人から話を聞いて、何があったのかを把握していった。その際に、「奴らは侵略者だ」と言い放った老人の顔が強く印象に残った。

「暴落しているとはいっても、シングルマザーで一軒家を買うのは抵抗がありました。もう結婚はこりごりですし……。でも、私たちには補助金を出してくださるそうです」

久保親子は、特別な存在になり得るとみなされていた。

「詳しいことはわからないのですが、グループの活動を支援している団体があって、そこから援助を受けられると聞きました。私たちに声が掛かったのは、被害者家族でもあるからだそうです。

ミーティングなどで考えを聞かせてほしいと頼まれました」

加害者家族と被害者家族——。双方の立場を兼ねている者は、確かに少ない。

これも後に判明したことだが、自助グループを援助していたのは、犯罪社会学、犯罪心理学、神経犯罪学といった学問の研究者だった。

加害者家族が一つの街で集団生活を営む。前例がない試みであり、犯罪認知件数の増減、子供たちの成長に及ぼす影響、心理的な変化など、自助グループの活動を通じて採取可能なデータは多岐にわたった。その折衝にあたったのも、グループの発起人たちだった。

「その申し出を受けるべきか、すごく悩みました。私たちの苦しみを理解してもらえるのか不安だったからです。同じような経験をした人が多くいるとは思えませんでした。そう素直な気持ちを伝えたら、発起人の話を聞かせてもらいました」

そこで打ち明けられたのは、やはり加害者家族の経験談だった。

「二〇〇四年に起きた女子高生殺害遺棄事件。ニュースで大きく採り上げられていたので、私でも知っていました。あの事件がきっかけで、自助グループができたそうです」

樫野征木の配偶者——。

離婚が成立した後、旧姓に戻った和泉静香は鏡沢町に転居した。

再婚相手である和泉淳。そして、樫野征木との間に生まれた和泉宏哉と共に。

＊

昨日に引き続き、私は接見室で和泉静香と向き合っている。

逮捕三日目。間もなく、検察官が勾留請求をするはずだ。逮捕から勾留に切り替わると、身体拘束がさらに続く。その後、検察官が起訴に踏み切れば、保釈が認められない限り釈放されず、裁判で実刑判決が宣告された場合は刑務所に送り込まれる。

今後の手続の見通しを伝えるのも、弁護人の役割だ。

初回の接見では、被疑事実に関する言い分を確認した後に、抜針事故が起きた経緯を追及したが、どうして鏡沢町に引っ越してきたのかと和泉静香に尋ね返された。

そこから私は、樫野との繫がりや十八年前の事件について、簡潔に説明していった。

逮捕直後の樫野征木と接見して、過去の犯罪を打ち明けられたこと。犯罪コレクションに目を通し、妹が傷つけられていた事実を知ったこと。受刑中の樫野から〝魔女の原罪〟を受け取ったこと。加害者家族の支援活動に取り組み始めたこと。自助グループの存在や、和泉静香が鏡沢町に住んでいる事実を知らされたこと。久保美月（名前は明かさなかったが）と連絡を取り合い、鏡沢町の内部事情を把握したこと。

そして、法教育者を求めていた鏡沢高校に履歴書を送付したこと。

久保美月と和泉静香――。私が関わった事件の加害者家族が、同じ街で生活していることを知ってしまった。個人での支援活動にも限界を感じていたため、過去の清算を兼ねて転居と転職を決意したのだった。

事務所の席は空けておく。コモレビの代表に相談した際に、そう背中を押してもらえたのも大きかった。きっと、思い悩んでいたことも見抜かれていたのだろう。弁護士業の一環として取り組んでいた支援活動が、いつの間にかライフワークとなっていた。

事実のみを淡々と伝えたが、和泉静香の顔は次第に曇っていった。

樫野の弁護を投げ出していなければ、私たちは十八年前に顔を合わせていたはずだ。

質問は受け付けず、最低限の理解を得られたと判断したところで、抜針事故の経緯を再度確認して初回の接見を終えた。それから約二十時間が経過したが、その間にも警察や検察による取調べが繰り返し行われている。

「昨日の接見の後、淳さんや宏哉くんとご自宅で話してきました。静香さんの言葉も、きちんと二人に伝えています」

「宏哉は、樫野と血が繋がっていることを知りません」

あらかじめ話す内容を決めていたように、和泉静香は俯いたまま言った。

「淳さんが、実の父親だと信じているんですね」

「話せるわけないじゃないですか。……殺人者の息子だなんて」

この事実が明かされなかったことで、和泉は鏡沢町に転入してきた家族が抱える事情を知らず育つことになり、他の住人との間に疎外感を抱くことになった。

親が犯した罪の内容が、鏡沢町では大きな意味を持っている。

鏡沢高校の生徒は、和泉や宇野涼介のようなカッテの孫を除いた全員が、加害者家族の一員であることを自覚している。両親のいずれかが罪を犯して刑務所に入り、誹謗中傷や非難の視線から逃れるために鏡沢町に転居してきた。

「宏哉くんが生まれたのは、樫野が刑務所に入った半年後――。逮捕された時点で、樫野は妊娠に気付いていた。その理解であっていますか？」

　和泉の生年月日は学校の記録から確認できたので、当時のニュースや記憶と照らし合わせて、時系列を整理した。その前後関係に意味があると思ったからだ。

「そうです。宏哉が生まれたときには、あの人は既に刑務所に入っていたし、離婚も成立していました。今の夫と再婚をして、三人家族として鏡沢町で生活してきたんです。今さら本当のことを知ったら、どれくらい傷つくか……」

　血縁関係がないことを伏せたまま、実親として子供と接し続ける。子供が成人するまで、あるいは自分の墓場まで――。そのような選択は、珍しいものではないだろう。父親が殺人の前科を有する和泉の場合は、存在を伏せる積極的な理由があった。

　そして、鏡沢町という特殊な環境は、秘密を共有することに適していた。

「地元紙の彩事新報の記者が、今回の事件を熱心に調べているようです。十八年前の事件を嗅ぎつけられたら記事になってしまうかもしれません。それに、宏哉くんは以前から鏡沢町のルールに疑問を持って調べていました。これまでは他の住民が口を閉ざしていましたが、この先どうなるのかはわかりません」

「そんな……。お願いします。私には、あの子しかいないんです」

　アクリル板越しに、和泉静香は頭を下げた。

　和泉は、聡明で行動力もある生徒だ。事件の内容と鏡沢町の秘密に繋がりを見いだして、関係者に接触しているかもしれない。

　それまでの人生を否定しかねない事実に行き着いたとき、人は何を考えるのか。

部外者の私には、想像することしかできない。

「精神的なフォローを含めて、できる限りのことはします。そのために、十八年前の事件について何点か質問させてください」

「あの事件は、何も関係ありません」

「宏哉くんと向き合うために、事情を把握したいんです」

「……わかりました」

二度目の接見を迎えても、和泉静香の真意が見えてこない。

実父の存在や前科が世間に露見することで、息子が追い詰められることを危惧している。母親としては、当然の心配と言えるのかもしれない。

だが、そのような状況を作り出したのは、彼女自身なのである。

和泉は、今の時点で、既に心に深い傷を負っている。当たり前だ――。共に透析治療を受けてきた友人が死亡し、死体遺棄と死体損壊の容疑で母親が逮捕されたのだから。それぞれの容疑を認めているため、有罪判決を宣告される可能性が高い。

二つ目の加害者家族のレッテルが、和泉のすぐ背後に迫っている、
実父が犯した殺人。実母が犯した死体遺棄と死体損壊。一方の十字架を取り除いても、犯罪者の息子という呪縛から逃れることはできない。

本心を探るには、十八年前の事件にも踏み込まなければならない。

「樫野が書いた〝魔女の原罪〟には、モデルとなった事件があるそうですね」

「……よくご存じですね」

「静香さんが気付いたのですか」

「いつの間にか、街で噂が広まっていました」

一九六〇年代にアメリカのとある州で生まれた乳児は、生後数カ月で施設の前に置き去りにされた。この時点で、両親との繋がりは断たれたはずだった。

学者の養父と養母の夫婦が乳児を引き取り、裕福な家庭で育てられた。

少年は、十一歳のときに強盗未遂で逮捕された。そこから麻薬中毒になって窃盗を重ね、やがて少年院に送り込まれる。そして、二十歳で幼馴染の友人を刺殺した。子供の名付け親になってほしいと頼まれたから殺した——、理解が困難な動機を口にしたという。二十年の懲役刑を宣告されたが、約七年後に刑務所からの脱走に成功する。

自由の身となった青年は再び殺人を犯す。被害者は、電気コードで首を絞められて殺されていた。青年は逮捕され、殺人罪で死刑の宣告を受けた。

刑務所で死刑の執行を待つ青年の前に、彼の実父を知る囚人が現れる。

実父も、若い頃から犯罪者の道を歩んでおり、麻薬中毒者で、殺人を二度犯していた。さらに、実父は青年と同様に、刑務所から脱走した経験をも有していた。

犯した罪の内容から、有罪判決を宣告された後の行動まで、二人の間には共通点があった。

一切の接点がなかったのだから、示し合わせたわけでも、実父の背中を追いかけたわけでもない。偶然か、その他の要因があったのか。

この事件をどう理解するべきかは、半世紀以上が経った今でも見解がわかれている。

「奇妙な事件ですよね」反応をうかがうことにした。

「都市伝説みたいなものだと思っています」

「本当に樫野がこの事件を参考にしたのかは、本人に訊かなければわかりません。ですが、実在する事件との類似性に気付いた住人は疑心暗鬼に陥ってしまった」

初めて、和泉静香は首を左右に振った。

「一部の住人が、過剰に反応しただけです。何十年も前に海外で起きた事件ですし、本当は実父の存在をどこかで知ったのかもしれません。全て事実だったとしても、似たような事件が一件あったから……、それが何だって言うんですか」

「正論だと思いますが、住民の多くは異なる解釈を導いた」

自助グループの発起人の一人が、和泉静香だった。樫野が起こした事件の内容、その後の報道での扱われ方、加害者家族に対する非難、服役後の〝魔女の原罪〟の発表――。

加害者家族の中でも、和泉家は特別な存在とみなされていた。和泉静香が自らの体験談や想いを伝え、それが参加者の共感を呼んだからこそ、これほど多くの加害者家族が鏡沢町に集うことになった。初期の段階においては、彼女が主導者の役割を果たしていた。

平穏な生活。グループの目的は、その一言に尽きた。

加害者本人や他の親族とは縁を切り、過去を隠すことなく新たな生活をスタートさせる。定期的にミーティングを開催し、悩みや不安を共有しながら互いに支え合う。大きな問題が起きることもなく、思い描いた通りの集団生活を営んでいた。

分裂の兆しが見え始めたのは、グループが発足してから十年が経過した頃だったという。その要因となったのが、〝魔女の原罪〟の解釈についての対立であった。

非行に走った原因を親に擦《なす》り付ける、責任逃れの戯言だったのか。あるいは、実在する過去の事件を踏まえた、『魔女の子は魔女になる』という問題提起だったのか——。

「恵まれた環境で育てられたのに、実父と同じ犯罪者の人生を辿った人間がいる。テレビで採り上げられても雑学として聞き流す視聴者が大半だと思います。一方で、鏡沢町の住人は、抽象化した事件の構図を身内と重ね合わせてしまった」

「愚かですよね。自分の子供すら信じられないなんて」

和泉静香は、溜息を吐くように俯いた。

「犯罪は決して赦されない行為だと教え諭しても、道徳や倫理の重要性を説いて聞かせても、何かのきっかけで道を踏み外してしまうのではないか……。同じような境遇に苦しんできた人たちが集まっていたことで、歯止めが掛からないまま、不安が膨れ上がっていった」

「その考え方は間違っていると、私たちは訴え続けました」

ミーティングを開催して悩みを打ち明け合うだけでは、不安を払拭できない。父親や母親から引き継いだ呪縛を、どこかで断ち切らなければならない。

集団の中で負の感情が増幅していき、過激な思想と結びついてしまった。

「定期的にミーティングを実施して意見交換を続ければ、子供たちとの向き合い方も見えてくる。静香さんたちが現状維持を訴えても、問題解決に向けて手を打つべきだという声が、次第に大きくなっていった」

「向こうの考え方はあまりに極端でした」当時の状況を思い出すように視線を天井に向けて、「過激派のせいで、あの街はおかしくなったんです」と和泉静香は続けた。

「静観していたら、やがて子供たちは非行に走ってしまう。教育だけでは正しいレールに乗せることはできない。大切なのは、予兆を見逃さずに、過ちに対しては厳しく制裁を科すこと。それが、過激派の基本的な考え方ですよね」

「初期の段階では、そうでした。子供たちを信じるべきだと何度も説得しましたが、彼らは聞く耳を持たず、ミーティングとは別に独自の集会を開くようになりました。時間が経てば落ち着くと思っていたのですが――」

事態は、和泉静香の予想とは逆の方向に向かっていった。過激派の考え方に賛同する者が増えていき、やがて多数派が入れ替わるに至った。加害者家族の苦しみを一度味わっていたからこそ、子供たちの将来に怯えてしまったのかもしれない。

そこから、鏡沢町の社会システムやルールは大きく変容していった。

非行の予兆を見逃さないために、学校の敷地内にも防犯カメラを設置した。『知らなかった』を赦さず、過ちに対する制裁を徹底した。処分を受けた者の氏名や事件の内容を公表することで、抑止力を高めようとした。犯罪を防止するために、刑法に基づいた指導を重視した。

ルールに違反した者の情報は共有され、学校での行動も報告の対象になった。

「私が街に来たときには、過激派の声が大きくなりすぎていました。学校で問題を起こした生徒は、すぐに退学処分にして街から追い出すべきだ。そういった意見が、保護者から多く寄せられていたくらいです」

当然、私は反対した。元法律家として到底受け入れられないと。

「カメラでの監視や情報共有は続けた上で、どんな処分を科すのかは学校の裁量に委ねる。先生の提案は私たちの考え方と合致していたので、保護者会で支持しました」

「ご協力がなければ、納得は得られなかったと思います」

成長を見守るべきだと主張する保守派と、不穏分子の排除を求める過激派。

防犯カメラなどの非行防止策を講じることは、保護者会の中でも意見がまとまっていた。

問題は、秩序を乱した生徒を即座に排除するか否かだった。

子供たちは、犯した過ちを反省して次に活かすことができる。失敗なくして成長はない。せめて、校内で問題を起こした生徒の処遇は、教師の判断に委ねてほしい。長時間にわたる議論の末、ようやく保護者会の了解が得られた。

一方、校外で起きた問題については、集会での処理を認めざるを得なかった。学校も集会も、互いの判断に口を挟まない。同じ違法行為に及んだとしても、事件現場が校内か校外かで結論が変わる。そのような歪んだ秩序を、我々は消極的に受け入れてきた。

「鏡沢町に転居してから、さまざまな情報を集めてきました。ですが、集会への参加だけは認められませんでした。今は、どのような活動をしているのですか？」

「私も距離を取っているので、詳しいことは知りません。ただ……、あの手記を、教典のように扱って、より過激な集会を開いているようです。儀式――、とでもいうのでしょうか。それ以上はわかりません」

「宏哉くんがどのような対象とみられているのかは、ご存じですか」

何度か瞬きをしてから、和泉静香は答えた。

「この街で宏哉だけが、加害者家族であることを自覚していません。他の子供たちは、自分の親が犯罪者だという認識が頭に刷り込まれている。非行に走ったとしても、その境遇が影響を及ぼした可能性を否定できません。だから、宏哉がどう育つのかが、注目されてきました。あの子が罪を犯せば、〝魔女の原罪〟の正しさが裏付けられる。そう考えているのだと思います」

「宏哉くんが、街の秘密や樫野との繋がりを知ったら、その前提が崩れる。だから、他の住人も口を閉ざし続けたのですね」

「私は、宏哉を傷つけたくなかっただけです」

鏡沢町の住民にとって、和泉宏哉は希望であると同時に危険分子でもあった。和泉が善良な少年で在り続けることを、彼らは願い続けてきた。

「静香さんは、〝魔女の原罪〟をどのように解釈したのですか」

「……どういう意味ですか？」

「私は、樫野と直接話をして、あの手記も受け取りました。自分の意思で被害者を選ばない――。それが唯一のルールだと、彼は言っていました。被害者も含めて、他者に対して徹底的に無関心だった樫野が、社会に向けてメッセージを発信したことが不思議でなりませんでした」

「服役中に手記をばら撒いたのは事実です」

「そうせざるを得なかったのだと思います。不特定多数の人にメッセージを届けたかったわけではなく、特定の個人に訴えかけるための苦肉の策だったとしたら？」

和泉静香は、一つ息を吐いてから答えた。

「私は、すぐにわかってしまいました」

「やはり、あなたへの脅迫状だったのですね」

「そうだと思います。出産するなと、そう言いたかったのでしょう」

通り魔的な傷害事件を何十件も積み重ね、教え子の命まで奪った卑劣な殺人者が、道を踏み外した責任を両親に転嫁しようとしている……。その解釈は、〝魔女の原罪〟が樫野自身の半生を描いた手記であることを前提にしている。

だが、樫野は、自らの人生を嘆いていたわけでも、犯した罪を悔いていたわけでもなかった。

少女のモデルが樫野自身ではないとしたら――、

「重ね合わせる人物を読み違えていました」

「悪知恵が働く人だったので」

手記に登場する、『生まれながらにして魔女だった』という烙印を押された少女は……、

樫野の血を受け継ぐ子供を指していた。

接見中、被害者に対する謝罪や反省の言葉を一切口にしなかった樫野が、唯一心配していたのは妻の将来だった。――僕がかけた呪縛から、彼女を解放してくれないか。〝呪縛〟とは、婚姻関係だけではなく、受胎した子も含んでいたのかもしれない。

衝動を抑えきれず他人を傷つけて、殺人まで犯した。

自らの遺伝子を〝呪い〟と形容して、妻に背負わせることを恐れたのではないか。

「樫野が私との接見を望んだのは、積み重ねた過去の犯罪の証拠を静香さんに渡すためでした。本来であれば、隠し通したいと望むはずのものです。実際、それらの証拠は警察の手に渡って、余罪の起訴には至りませんでしたが、犯行の悪質さを裏付ける結果を招きました」

「懲役十八年というのは、殺人罪の中でも重い部類だそうですね」

「あのコレクションが見つかっていなければ、刑期はもう少し短くなっていたと思います。裁判で不利に働くことを理解した上であのような行動に出たのも……、同じメッセージを伝えるためだったのかもしれません」

中絶手術を受けさせるため。そう明言することは躊躇われた。

有罪判決を下されて刑務所に収容された樫野は、手紙や面会を通じて、妻が出産の意向を固めていることを知ったのだろう。直接接触することはできない。本人に手紙を出しても、読まずに捨てられる可能性が高い。

だから、〝魔女の原罪〟を複数の宛先に送り付けた。犯罪者の手記として話題になり、出産を控えている妻の目に留まることを願って。

「両親にも反対されて、縁を切られました。でも、産まれてくる子供には何の罪もない。宏哉を産んだことは後悔していません」

どうして樫野は、子供が産まれることをそこまで恐れたのか。親は親、子は子――。そのように割り切れないほど、自分の遺伝子を忌避していたのか。

いずれにしても、〝魔女の原罪〟と鏡沢町の繋がりが、少しずつ見えてきた。

「水瀬さんも、特別な存在だったのですか？」

「…………」

「戸籍を遡れば、あなたと樫野の関係が浮かび上がる。警察は、既に十八年前の事件に辿り着いていると思います。女子高生、年齢、死体遺棄。これらの共通点を無視できるはずがありません。取り調べでも追及されているのでは？」

なぜ、水瀬杏梨の血を抜き取ったのか。

報道に目を通したとき、呪術的な信仰がすぐに思い浮かんだ。

「昨日もお伝えしたとおり、事故だったんです」

「弁護人として、意に反する供述を強制するつもりはありません。ですが……、今の説明では、淳さんも宏哉くんも納得しませんよ」

彼女は、何かを隠している。だが、その先に踏み込めない。

「宏哉に伝えていただけませんか」

アクリル板に顔を近付けて、和泉静香は続けた。

「お父さんの言うことをよく聞いて、周りの声に惑わされないように、と」


集会が終了する前に、僕と八木は公民館を抜け出した。

白装束に身を包んだ柚葉の虚ろな表情。装飾が施されたナイフ。手首から滴り落ちる血。列をなした黒衣の集団。盃に注がれた赤い液体。跪き、飲み口に唇を近付ける。

どんな感想を抱くべきだったのか、どう解釈すればよかったのか……。何一つわからず、思考が追いつかないまま、八木が何か言ってくれるのを待って二人で夜道を歩いた。

スーパーの駐車場まで戻った後、彼女は三つの事実を明らかにした。

集会の目的は、血液の浄化であること。

あの場にいた参加者全員が、加害者家族であること。

僕の本当の父親は、樫野征木であること。

「恨むなら、私じゃなくて親を恨んで」

そこからどうやって家まで帰ったのかは、よく覚えていない。八木とは、駐車場で別れたはずだ。途中で雨が降ってきたが、折りたたみ傘も持っていないので、濡れるしかなかった。水気を含んだ靴下、肌に張り付くシャツ、視界を遮る前髪、全てが不快だった。

だから、後悔すると忠告したじゃないか。別れ際の僕の表情を見て、八木はそう思ったかもしれない。佐瀬先生、涼介、杏梨。僕が食い下がっても、事情を明かしてくれなかった。逆の立場だったら、僕も同じ選択をしたはずだ。

殺人者の息子……、その事実を知らないまま十七年も生きてきた相手に、真実を告げる。どれほど残酷な宣告を求めていたのか、ようやく理解した。

八木が嘘をついているとは思えなかった。これまで抱いてきた違和感や疎外感が、血縁関係を受け入れれば一本の線で繋がるような気がした。

身に覚えがなかったのは当然だ。

僕自身ではなく、父親が特別だったのだから。

最初の記憶は四歳くらいのとき。公園でトンボを追い掛け回して転び、膝を擦りむいた。僕は泣き喚いて、すぐ傍に母さんと父さんがいた。
七五三、入学式、卒業式。たくさんの家族写真がアルバムに保存されている。メンバーは一度も代わっていない。

血が繋がった父親が別にいた。

そして――、その男は犯罪者だった。

父親が何者であろうと、母さんが逮捕されても……、僕が罪を犯したわけじゃない。女子高生の命を奪ったのも、杏梨の遺体から血を抜いて山中に埋めたのも、僕は何も関係ない。今までの人生が否定されるわけじゃない。

そう自分に言い聞かせながら、玄関の戸を開いた。

待っているのが実の父親ではなくても、他に帰る家はない。大丈夫。本当の息子ではないことを理解した上で、ずっと受け入れてきてくれたんだ。僕がこれまで通りに振る舞えば、親子としての関係を維持できる。

タオルで髪を拭い、濡れた服を着替えてから、リビングに向かった。

「ただいま」

「お帰り。雨は大丈夫だった？」

父さんの髪はぼさぼさで、髭も伸びていた。ずっと家にいたのかもしれない。

「うん。外で食べてきたから、ご飯はいいや」

「わかった。身体を冷やさないようにね」

どこに行って誰と会っていたのか、母さんだったら追及してきただろう。心配性の母さんと、物静かで放任主義の父さん。そういう性格なのだと、ずっと思っていた。

「佐瀬先生から連絡はあった？」

「今日はないよ」

父さんと僕の顔が似ていないと、誰かに指摘された覚えもない。母さんはもちろん、他の住人も、あえて触れないようにしてきたのだろうか。鏡に映る自分の顔を毎日見てきたが、そこに両親の面影を求めたりはしなかった。

自分の部屋に入って、ベッドに倒れ込む。

公民館で見た異様な光景が、頭にこびりついて離れない。八木は、断片的な説明しかしてくれなかった。不定期で実施される集会。あの場にいた全員が加害者家族だという。

悪趣味な儀式を執り行っているようにしか見えなかった。

血液の浄化と、八木は言った。

そして、穢れとも——。

人の血液を混ぜた豚の血を少量飲み干す。儀式の内容をまとめれば、そのように表現するしかないだろう。

血液の提供者は、文芸部の後輩の久保柚葉。なぜ柚葉が、あの場にいたのか。

列をなしていたのは、同年代の学生。大人は、ただ見守っていた。

白装束と黒衣。参列者と傍観者。人の血液と豚の血……。対比できる要素は多くあった。そこから、どのような意図が読み取れるのか。

参加者の中で唯一、個としての役割を与えられていたのは、白装束の柚葉だった。

手首にナイフの刃先をあてて、血液を提供する。持ち回りの役割なのか、それとも、柚葉の血であることに意味があったのか。明るい性格で友人も多い。人気者の生徒だからといって、あのような儀式と結びつく理由は見いだせない。身体を傷つけて血液を提供するなんて。

血液の浄化。血で血を清める儀式。

医学的に意味がある行為だとは、到底思えない。信仰や祈禱の意味合いが強いのではないか。穢れた血を清めるために、別の血を取り込んでいるのだとしたら……。

蒸し暑い夜なのに、悪寒が走る。

血液の混合によって、浄化の目的を達せられると考えているのか。

やはり、柚葉が特別な存在だったのかもしれない。彼女自身についても家族についても、僕は詳しく知らない。涼介と同じようにカッテの孫なのか。僕と同じように加害者の子供なのか。

公民館には二十人ほどの住人が集まっていた。今回の事件が起きるまでは、もっと多くの参加者がいたらしい。母さんも、儀式の存在は認識していたはずだ。

〝魔女の原罪〟を持っていたことだけが、そう考える理由ではない。

容器に入った赤黒い液体に見覚えがあった。

ブラッドフードである。腎臓の働きが制限されている僕の健康に配慮した料理だと思っていた。

しかし、鏡沢町では豚の血が別の用途で使用されていた……。

集会の参加者は、加害者家族であることを自覚している住人しかいないはずだ。あの場に僕を連れて行けば、街の秘密や実父の存在を打ち明けざる得ない。事情を知らずに豚の血が入った盃を手渡されても、僕は絶対に唇を近付けなかっただろう。

その代替策が、豚の血を使った手料理だったのかもしれない。

集会の目的が〝穢れた血の浄化〟なら、そして、あれほど多くの住民が受け入れていたのなら、殺人者の息子である僕も参加条件を満たしていた。

自宅で儀式が執り行われていたのだ。僕は無自覚に参加させられていた。

ブーダンノワール、ディヌグアン、チーイリチャー。

母さんは、樫野征木の存在を隠し通したまま、それでも血を清めなければならないという強迫観念に駆られて、何年間も豚の血を僕に摂取させ続けた。新しいレシピに挑戦しても、核となる食材が変わることはなかった。

それほど、僕の中に流れる血を忌み嫌っていたのか。

〝魔女の原罪〟に登場する少女のような、呪われた運命を恐れていたのか。

豚の血よりも穢れている。そう思われていたのか。

長い時間を共に過ごしてきたのに、母さんが抱いた不安は払拭されなかった。僕の性格や行動から、道を踏み外す予兆を感じ取ったのかもしれない。どこかで樫野征木の影を感じ取ったのかもしれない。

父さんも、母さんが豚の血を食卓に並べるのを止めなかった。健康のためという僕の誤解を解こうとしなかった。ずっと騙されていたんだ。

家族に信じてもらえなかった。

枕に顔を押し付ける。雨音だけでは、嗚咽をかき消せない。

＊

携帯の着信音で目が覚めた。カーテンの隙間から差し込む光……。いつの間にか眠っていたようだ。点灯した画面には涼介の名前が表示されている。

「……もしもし」

「休日にごめん。寝てた？」

画鋲でとめた壁掛けのカレンダーに視線を向ける。

「ああ、土曜日か」

「大丈夫かよ」

学校を欠席し続けているうちに、曜日感覚が曖昧になっていた。

「どうしたの？」

「しばらく連絡しなくて悪かった。さすがに……、驚いちゃってさ」

杏梨の死について、どのような情報や噂が流れているのか、涼介は学校を休んでいる僕に教えてくれていた。杏梨の母親が疑われていると、最後に受信したメッセージには記載されていた。

その翌日、僕の母さんが警察に連れて行かれた。

「関わりたくないと思うのが普通だよ」

「そういうわけじゃないって」

「学校に行くつもりもないから安心して。無理に連絡しなくていい」

「それは俺が決めることだろ」短い沈黙を挟んで、「昨日の夜に、八木から電話があった。集会に行ったんだって？」と涼介に訊かれた。

「自分が何者なのか、ようやくわかった」

「そっか。俺も知ってたけど、宏哉に伝えることができなかった。どうするべきだったのか今も

「わからない」

「僕が無理やり訊き出したんだ」

八木が涼介に話したことに驚いた。集会を目撃させたと他の住人に非難されるリスクを伴ったはずなのに。

そんな僕の考えを察したように、「カッテの孫だから俺に電話をかけてきたんだろうな。信頼されてるとは思えないし」と涼介は自嘲するように言った。

「その報告だけ？」

「いや、俺から補足しろって頼まれた。まあ……、八木も微妙な立場なんだと思う」

「補足してくれるの？」

「隠す意味もなくなったからな。俺も全てを知ってるわけじゃないし、愉しいゴシップ話を期待されても困る。それでもいいなら――」

「聞かせてほしい」

傷つく心配なんて不要だ。そんな段階はとっくに超えている。

直接話したいと言われて、一時間後に涼介の家に向かった。記者が張り込んでいるかもしれないので、玄関ではなく裏口から外に出た。駐車場に車が見当たらず、父さんもどこかに出かけているようだ。

アスファルトや道端の草木に、昨夜の雨の余韻が残っていた。

自転車を走らせながら、今さら鏡沢町の秘密を探って何になるのだろうと考えた。

調べれば調べるほど、足元がぐらつくかもしれない。今以上に不安を掻き立てられる情報に行き着く可能性だってある。それでも、立ち止まって沈んでいくのを待つよりはマシだ。何もしなければ、悪い方向にばかり思考が向かってしまう。

「久しぶり」

玄関から顔を覗かせた涼介は、トレードマークの赤髪を黒く染めていた。

僕の視線に気付いたのか、「悪目立ちするなって親がうるさくてさ。記者がうろついてるせいで、神経質になってる」と髪を触りながら言った。

「僕を家に上げていいの?」

鏡沢町の秩序を乱したのは母さんだ。家族ごと恨まれても仕方ない。

「俺しかいないから」

そう言って、涼介は僕を玄関に通した。

「おばあさんは?」リビングに誰もいないことを確認して訊くと、「隣町に透析治療を受けに行ってる」涼介はコップに麦茶を注ぎながら答えた。

クリニックは一度閉めざるを得ないと、父さんが言っていた。

「ここでも迷惑を掛けてるんだね」

「謝らなくていいよ。宏哉の親父さんがうちに来て、頭を下げてくれた。紹介状ももらったみたいだし、ばあちゃんも気にするなって言ってた」

そんなことをしているなんて知らなかった。今日も、車で患者の家を回って謝罪しているのかもしれない。涼介の祖母のように、理解を示してくれる患者ばかりではないだろう。

リビングのソファに座るよう勧められた。

「それで、八木からはどこまで聞いた？」

「僕の本当の父親のこと。それと、集会の参加者も加害者家族で――」

スーパーの駐車場や公民館の小部屋で聞いた内容を、記憶に従って伝えていった。言葉にするだけで、集会の光景を思い出して吐き気が込み上げてきた。

「八木らしい、必要最小限の説明だな」

「涼介も事情を知ってるわけ？」

カツテに集会の参加権限はないと、八木は言っていた。

「俺は部外者だから、そっちの内部情報には疎い。傍から見てると、何をそんなに恐れてるんだろうって正直思うよ。少しでも共感できる考え方だったら、ここまで世代間で対立することもなかったんじゃないかな」

加害者家族か否か。そこには明確な線引きが存在する。

「あんな集会まで開いてるなら、嫌われるのも仕方ないよ」

カツテが、僕らを侵略者として忌み嫌うのには理由があった。土地や家屋を奪うだけではなく、価値観まで塗り替えようとしていたのだ。

「学校では、カツテの孫は絶滅危惧種みたいなものだ。生徒の親の多くが、集会の考え方に共感している。宏哉がおかしいと言ってた防犯カメラとか全校集会での吊し上げも、集会に参加している保護者が圧力をかけて定めたルール」

「涼介は、僕たちをどう思ってる？」

「どうって？」

「犯罪者の子供は、放っておいたら道を踏み外すか」

蛙の子は蛙。同じように、犯罪者の子供は犯罪者になるのか。

「柴田の窃盗事件が話題になったとき、貧乏だから盗んだんじゃないかって俺が言ったら、宏哉は何て答えたか覚えてる？」

「いや……」

一カ月も経っていないのに、ずっと前の出来事のように感じてしまう。

「人の物に手を出さない善良な貧乏人もたくさんいる。その通りだと思ったよ。それと同じ話なんじゃないか。道を踏み外さない善良な犯罪者の子供もたくさんいる。結局は、自分がどうするか次第ってこと」

「集会の参加者は、そう考えていない」

「距離が近すぎるせいで、冷静に判断できないんだよ」

「あんなに多くの参加者がいるのに？」

「大勢いるから――、じゃないか」

集団心理みたいなやつだろ、と涼介は付け足した。

そこで、インターフォンが鳴った。「俺が呼んだゲストじゃないかな。カツテの孫だけだと、力不足だから」涼介は立ち上がって玄関に向かった。

涼介と一緒にリビングに入って来たのは、淡い水色のワンピースを着た柚葉だった。

「お久しぶりです」

想定外の人物の来訪に驚き、説明を求める視線を涼介に向ける。

「俺はほぼ初対面だよ。昨日の集会で血を提供していたって、八木が電話で言ってたんだ。部活の後輩に連絡先を教えてもらって、ゲストとして招いた」

柚葉からも話を聞きたいと思っていたが、先延ばしにしてしまっていた。

「半信半疑でしたが……」涼介が運んできた木製の椅子に、柚葉は腰かけた。「あの集会を見ていたっていうのは、本当ですか？」

「うん。隣の部屋にいた」

「恥ずかしいところを見られちゃいましたね。私も和泉さんに訊きたいことがあったので、招待に応じました」

砕けた口調だが、表情に憂鬱な影が漂っている。

「僕に訊きたいこと？」

「杏梨さんは、透析治療が原因で亡くなったんですか」

「えっ……」

抜針事故のことを言っているのだと思った。透析中に返血用の針が抜けかかって失血に至り、その翌日に杏梨の遺体を自宅で発見した。抜針の原因は、杏梨が自分で針を抜いたのではないか。母さんの言い分は、佐瀬先生から聞いている。

「クリニックに刑事が集まってるのを見たって、友達が言っていました。透析治療をサボっていたから、それで体調が悪化して――」

「ちょっと待って。何でそんなことを知ってるの？」

僕たちが透析治療を受けていることすら、鏡高の生徒には知られていないと思っていた。

祖母がクリニックに通院していた涼介が知っていたのは理解できる。しかし、文芸部の後輩という共通点しかない柚葉は……、

「杏梨さんがクリニックに行けなかったのは、私のせいなんです」

「どういうこと？」

一ヵ月に一回程度、杏梨は透析治療をサボってクリニックに姿を見せないことがあった。それが自分のせいだと、柚葉は言った。

「真っ白の服を着て、手首をナイフで切って、血を捧げる……。ドン引き間違いなしの光景だったと思います。杏梨さんも、私と同じ立場で集会に参加していました。集会が開かれるのは夕方だから、クリニックに行けなかったんです」

あの儀式に、杏梨が参加していた？　それも血液の提供者として。

「どうして」

「特別な血だったからです」

「じゃあ、杏梨の手首の傷跡も――」

「これのことですね」

柚葉は腕時計を外して、手首を僕たちに見せた。そこには、幾重にも重ねて線が引かれていた。

昨夜の光景を目撃していなかったら、リストカットの痕だと思っただろう。

「酷いな」涼介が呟いた。

目を背けたくなるのを堪えた。杏梨の手首を直接見たわけではない。佐瀬先生や父さんが話し

ているのを聞いただけだ。傷跡に気付いたのは、半年くらい前だと言っていた。杏梨が透析治療をサボるようになったのも、同じ時期からだ。

「一人では耐えられなくて、杏梨さんを巻き込んでしまいました」

「何があったのか、教えてくれないかな」

「うまく話せるかわかりませんが……」

五年ほど前に柚葉の身に降りかかった事件から、回想は始まった。

柚葉は、加害者家族であると同時に被害者でもあった。

義理の父親から性的虐待を受け続け、裁判で父親を庇うような発言をしてしまった。そのやり取りが記事になり、次第に報道が熱を帯びていった。そして、好奇の視線や心無い噂話に晒されて、母子で引っ越さざるを得なくなった。

「どうして、あんな証言をしてしまったのか。今でも後悔しています」

新生活が始まって少し経ってから、母親が加害者家族の自助グループのメンバーと連絡を取り合うようになったらしい。

鏡沢町に居を構えて、過去を隠さずに生きている。グループの理念に共感した人間が集まっているので、平穏な生活を送ることができる。

母親も、鏡沢町への転居を望んだ。資金を援助するという申し出まであったらしく、その条件が自助グループの活動に協力することだった。

加害者家族としてミーティングを実施していく中で、被害者やその家族の想いを知りたいという声が多く上がったという。純粋な被害者家族を鏡沢町に招くことはできない。そこで注目されたのが、どちらの立場も経験している久保親子だった。

　援助を受けて鏡沢町の住人となった二人は、約束通りミーティングに参加して、体験談を語った。どのような二次被害を経験したか。加害者本人に対する憤り。双方の立場を兼ねているからこその葛藤……。

　正直な気持ちを話せばよかったので、負担は感じなかったと柚葉は言った。

「でも、本当の役割は別にあったんです」

　久保親子を招いたときから、自助グループは分裂していた。

　一方が、公民館で集会を開いている過激派で、血液の浄化を目的に掲げて活動している。僕が昨日見たのも、その活動の一環だった。

「彼らの理念はシンプルです。罪を犯せば、悲しむ人や傷つく人がいる。他人の苦しみに無頓着だから、躊躇わず平気な顔で刃物を突き刺したり、商品を持ち去ってしまう。自分の心を律するには、相手が感じる痛みを知らなければならない」

　そこまでは理解できる。間違った考えとも思わなかった。

「犯罪による苦痛を直接経験しているのは、被害者本人だけ。ずっと前の出来事でも、心や身体を傷つければ、記憶が蘇る。痛みと結び付いた被害者の血を取り入れることで、加害者の穢れた血は浄化できる」

　淀みなく語られた歪な論理に、グラスを持つ手が震えた。

「そんな考え方を……、あの場にいた参加者は本気で信じているのか？」

「嫌気がさしている子供はたくさんいると思います。自分もいつか犯罪者になるって勝手に決め付けられてるんだから、そりゃムカつきますよね」

　柚葉は、集会を批判することに抵抗がないようだった。

「血を清めなきゃって必死になってるのは、ほとんどが親です。極端な思想に支配されて、自分の子供を無理やり参加させている。そんなところじゃないですかね」

　自助グループの活動に協力すると、柚葉の母親は約束してしまっていた。反故にすれば、援助を打ち切られるかもしれないし、どのような扱いを受けるのかも想像できた。除け者にされる苦しみも、彼女たちは一度経験していた。

「中二からなので、もう二年くらい手首を切っています。夏休みに沖縄旅行に行けたのも、集会の謝礼のおかげです。少しでも血を出せば満足するので、力加減もばっちり」

「無理しなくていいよ」

「そうですね。結構キツかったです。瘡蓋《かさぶた》みたいになって痒いし、大人のギラついた目も、子供の死んだ魚みたいな目も、トラウマものです。何回やっても慣れません。でも、そんなことはどうでもいいんです。私は、杏梨さんの話をしに来たので」

　同情は求めていない。そう言われた気がした。

「杏梨にも、被害者の血が流れてたってこと？」

「さすがですね。自助グループは、三つの派閥に分かれています。さっきから話に出ている血液の浄化を目指す過激派。ここが最大の勢力です。二番手に甘んじているのが、ミーティングを実施して、子供たちを見守るべきだと主張している保守派。自助グループの発起人が何人か残っていて、和泉さんのお母さんもその一人です」

「母さんが……」

「もう一つは、派閥と言っていいのかも微妙ですが、ミーティングにも集会にも参加していない無気力派です。帰宅部みたいなものですね。活動に疲れちゃったり、最初からやる気がなくて、他の住民との関わりを断つようになった。柴田くんの母親なんかがそうです」

柴田の母親は、むしろ息子が罪を犯すように導いていた。過激派の集会とは異なる方向で暴走していたのだ。だから、居場所を失って追い出されたのか。

さらに柚葉は続けた。

「保守派同士は横の繋がりがありますし、過激派との話し合いも行っていたので、集会で何が行われているのかも、ある程度把握していました」

そこで涼介が、「カッテと似たような感じだな」と補足した。「俺たちの親も、情報共有はしているみたいだし。ああ、遮っちゃってごめん」

「いえ、ありがとうございます。そういう意味では、集団の中で孤立しているのは無気力派です。この街に住んでいながら、断片的にしか情報を把握していない」

「杏梨も、その一人だった？」

「そうです。でも、無気力なのは母親だけで、杏梨さんは、街で何が起きているのかを調べていました。和泉さんの場合とは違って隠す必要がないから、すぐに集会の存在を知ったそうです。それで、私に会いに来ました。中三の秋頃の話です」

杏梨は高校一年生だった。文芸部で出会う前から、二人には接点があったのか。

「私が血を提供していることも知っていて、その理由を訊かれました。さっき話したような経緯を杏梨さんにも伝えたんです。そうしたら杏梨さんは、自分も条件を満たしているかもしれないと言いました」

　血を提供する条件について、柚葉は既に説明してくれた。

「……杏梨の親が犯した罪は？」

「義理の父親が、巨額の詐欺事件を首謀したそうです。ああ、言い忘れていましたが、私や杏梨さんが特別扱いされてきたのは、加害者本人と血が繋がっていないことも、一つの理由です」

　罪を犯したのは義理の父親だから、杏梨や柚葉は穢れていない。過激派の懸念も、彼女たちには当てはまらなかった。

「杏梨に被害者の血は流れてないんじゃないか」

　詐欺事件によって、杏梨が直接傷つけられたわけではないだろう。

「はい。共有されているのは起訴された事件の情報だけなので、杏梨さんは被害者側の人間とみなされていませんでした」

「起訴されていない事件があったってこと？」

「義理の父親は酒癖が悪くて、杏梨さんに暴力を振るっていたそうです。母親も止める気がなかったみたいで、詐欺事件で逮捕されるまで虐待を受けていました」

　柚葉も、杏梨も。この街の住人は、どれほどの不幸を抱えて生きてきたのだろう。

「杏梨が自分から打ち明けたんだよね」

「そうです。一緒に血を提供しても構わないって。集会の頻度が増えてきていて、逃げ出したくなっていました。止めるべきだったのに話を通してしまったんです。透析治療と日程が重なっていても、集会を優先したみたいで。そのせいで体調が悪化したなら、私……」

その頃から、杏梨は集会に参加して、血を提供していた。透析治療をサボり始めた時期とも、母さんや父さんが手首の傷跡に気付いた時期とも合致する。

「透析治療で循環させた血を戻すための針が抜けそうになっていて、そこから失血したのが死因に繋がったかもしれないらしい。杏梨が治療をサボっていたのは確かだけど、それが直接の原因ではないと思う」

「本当ですか？」

「うん。それに、杏梨が自分で決めたことなんだろ」

「自意識過剰なのはわかっています。それくらい、私にとっては大切な存在でした。一人だったら、絶対に耐えられませんでした」

どうして杏梨は、自ら血を提供しようとしたのか。その理由を考えようとしたが、柚葉が赤いお守り袋をおもむろに取り出したのを見て検討を中断した。

「それは？」

答える代わりに、柚葉はお守り袋を開けてガーゼを中から出した。そのガーゼには赤黒い染みのようなものが付いていた。

「血……、だよね」

「はい。最初に杏梨さんが集会に参加したとき、私も近くで見ていました。終わった後に、このガーゼで止血しました」

「じゃあ、杏梨の血ってこと？」

なぜ、そんなものをお守り袋に入れているのか。僕の思考を読み取ったように、柚葉は「気持ち悪いですよね」と苦笑して続けた。

「私が杏梨さんを巻き込んだのは事実です。その罪を忘れちゃいけないと思って、捨てずに持ち帰ってしまいました」

罪の意識の表れということか。それ以上は追及できなかった。

「学校では、距離を取っていたよね」柚葉は積極的に話しかけていたが、杏梨の反応は淡泊で、名前ではなく苗字で呼んでいた。

「集会の参加者が見てるから、目立たない方がいいって。気にする必要はないと思ったから私は付きまとっていましたけど」

「杏梨が魔女について調べていたのも、何か関係してる？」

「それは……、教えてもらえませんでした」

クリニックや部室で、僕と杏梨はさまざまな話をした。

――魔女は、存在自体が悪なの。

――世界を穢す存在なんだよ。

その考え方が中世の魔女狩りに繫がった。悪魔と結託したとみなされた魔女は、あらゆる罪を背負わされて命も奪われた。魔法で悪事を働いたからではなく、魔女であるという事実だけで、裁くことが正当化された。

中世の人間は恐れていたのだろう。飢餓や疫病といった世界の不条理に直面して、運命という言葉では片付けられなかった。悪魔や魔女のせいにするしかなかった。

――この国に魔女はいないと思ってる？

――どうしようもなく理不尽な運命を辿ったとき、個人が魔女の存在を信じてしまう可能性はある。そうしないと生きていけない人だっている。

公民館で開かれている集会も、魔女狩りと同じようなものではないか。

犯罪者の血が流れているという事実だけで、やがて道を踏み外すかもしれないと一方的に決めつける。本人の意思とは無関係に、血液の浄化を求める。集団のルールに反した途端、異端とみなされて街での居場所を失う。

この街に住む多くの子供が……、生まれながらに魔女の烙印を押されていた。

杏梨が血塗られた中世の魔女の歴史に興味を示したのも、鏡沢町の現状と重ね合わせたからではないか。未来で何が起きるかは、その瞬間が訪れるまで確定しない。ただし、過去の出来事から推測することはできる。

杏梨は、自身の血を提供していた。特別な価値があるとみなされていたからだ。

魔女の呪縛から解放されるには、被害者の血を取り入れる必要があった。

母さんは、なぜ杏梨の遺体から血を抜き取ったのか。

その血がどこに消えたのかではなく――、
何に使ったのかを、僕は考えるべきだったのかもしれない。

＊

「やあ、お帰り」

デッキブラシを手に持った佐瀬先生が、門扉の近くに立っていた。

「何をしてるんですか？」

「見ての通り――、水遊びかな」

コンクリートの門柱に、赤いスプレーで何かが描かれていた。おそらく三文字。ブラシで擦ったらしく、一文字目はもう判別できない。残りの文字から推測すると……、

「ケガレ、ですか」

「一点集中じゃなくて、満遍なく消すべきだった」

白シャツの背中に汗が滲んでいる。僕の家を訪ねて来たら、悪趣味な落書きを発見した。バケツとデッキブラシを調達してきて、家主が帰ってくる前に原状回復を試みた。そんなところだろう。元通りにするには、清掃業者に依頼する必要がありそうだ。

「漢字を思い出せなかったんでしょうね」

「常用漢字ではないから、犯人は絞り込めない」

「その意味も、昨日知りました」

「……そう」

母さんではなく、僕に向けられたメッセージだ。

プレートの破片のようなものが地面に散乱していて、何かと思ったが、インターフォンの上に取り付けていた表札だと気付いた。『和泉』の残骸を手に取る。

「わかりやすい嫌がらせですね」

「想像力が貧弱で、性根が腐った人間もいるんだよ」

「教師がそんな暴言を吐いていいんですか」

「もう解放されたからね」

「えっ？」

「とりあえず、これを片付けてしまおう」

残った二文字も力任せにブラシで擦った結果、解読はできないようになったが、ぼやけた赤いスプレーは飛び散った血痕のようにも見えた。そんな感想を口に出すわけにもいかず、黙々と表札の破片も拾い集めてから二人で家の中に入った。

門柱への落書きや表札の破壊には、何かしらの犯罪が成立するはずだ。加害者家族に対する犯罪は正当化される。そのような特別ルールがこの街にはあるのか。

父さんは、まだ帰って来ていなかった。

「学校を辞めるつもりなんですか？」

「ああ……」リビングのソファに座ってから、佐瀬先生は頷いた。「いずれわかることだから、先に伝えておこうと思って」

「母さんの弁護を引き受けたせいですよね」

「関係がないと言えば嘘になる」

やはり、担任教師が特定の生徒に肩入れするのは、問題があったのだろう。隠し切れないことも、佐瀬先生ならわかっていたはずだ。

「母さんの言い分も聞けたし、もう充分ですよ」

「他の生徒や保護者には申し訳ないと思っているし、責任放棄と批判されても何も言い返せない。これは……、私の問題なんだ。二年一組の生徒のフォローは他の先生に任せられるけど、和泉のお母さんの弁護は私にしかやり遂げられない」

「他の弁護士じゃダメなんですか」

その問いには答えず、逆に質問を向けられた。

「さっき、〝穢れ〟の意味を知ったと言っていたけど、どこまで調べたんだい?」

数時間前に涼介にも話した内容を繰り返し、柚葉から聞いた自助グループの派閥や集会の秘密について説明を終えると、佐瀬先生は神妙な顔つきで僕を見つめていた。

「補足する必要はほとんどないみたいだね。というか、私より詳しいくらいかもしれない。今回の事件で状況が変わったとはいえ、目を背けずによく調べたと思うよ」

「先生は、事情を知った上で引っ越してきたんですか」

「うん。樫野は、中学の同級生なんだ」

「樫野征木と……?」

今度は僕が聞き役に回る番だった。

佐瀬先生は、十八年前に樫野征木と直接話をしていた。留置施設で中学の同級生と再会を果たし、過去の罪を打ち明けられたという。

長い年月を経て、今度は母さんの弁護を引き受けるに至った。全てが偶然というわけではない。あの男が事件を起こさなければ、佐瀬先生が鏡沢町に転居してくることもなかった。同じことは、きっと父さんや母さんにも当てはまる。

やはり、樫野征木が大勢の人生を狂わせたのだ。

加害者家族に対する支援活動を続ける中で鏡沢町の存在を認識して、自助グループの発起人の一人が僕の母さんだと知った。そこから佐瀬先生は、グループの内情を少しずつ把握していき、高校教師として鏡沢町に住居を移した。

「静香さんが捕まったと聞いて、私が引き受けなければならないと思った。和泉から頼まれなくても、同じ行動を選択していたんじゃないかな」

「十八年前の事件が、何か関係してると考えているんですか」

「詳しいことはまだわからない。でも、女子高生の死体遺棄という共通点があるのは事実だ」

だが、樫野征木は遺体の血を抜き取ったわけではない。

「弁護士を辞めて、わざわざこの街に引っ越してきたんですよね」

「加害者家族の共同生活という実態を知ったときから、危うさは感じていた。友情は喜びを二倍にし、悲しみを半分にする。そんな言葉があるけど、同じ苦しみを経験した人たちが、何十人、何百人……、と集まったからといって、ポジティブな効果ばかりが増えるとは限らない。むしろ、負の感情が共鳴して暴走する危険性の方が高いと思った」

「実際、その通りになったわけですね」

「過激派と呼ばれるグループの派閥も、私が街に来たときには既に存在していた。彼らは、自分の子供の善性を信じられず、オカルト的な集会を実施してきた」

「血液の浄化なんて、何の対処法にもなっていません」

「集会の内容が世間に知れ渡ったら、非難が殺到するだろう」

「当たり前じゃないですか」

あの儀式を肯定するような発言は、たとえ佐瀬先生でも受け入れられない。

「彼らを追い詰めたのは、大衆の不作為かもしれないんだよ」

「……不作為？」

社会科準備室で、消極的な行為を意味する不作為の考え方を学んだ。

落ちてるゴミは拾わなければいけない、溺れてる人は助けなければいけない——。そのような不作為の禁止は、基本的に罰することができないと。

「加害者家族の支援活動を行っていく中で、居場所を失って身動きが取れなくなるケースをたくさん見て来た。自分は何もしていないのに、ある日突然、加害者の肩書が付くんだ。犯罪者の子供といじめられる、内定を取り消される、嫌がらせ電話がかかってきたり、郵便物が送られてくる、ネットで名前や住所を晒される……。自己責任で片付けられる話じゃないよね」

自分は何もしていないんだから、と佐瀬先生は繰り返した。

「不作為じゃないのも混ざっていませんか」

「うん、その通り。そういった実体験が採り上げられると、かわいそうだとか、家族に罪はないとか……、耳触りのいい言葉が並べ立てられる。でも、実際に手を差し伸べる人はほとんどいない。直接攻撃した人を悪者に仕立て上げて、自分たちは危害を加えない代わりに、傍観者を装って関わりを断つ。事件が起きる前は友人だった人たちも、見て見ぬふりをするんだ」

「集団無視と似ている気がします」

誰と話すかは個人が自由に決めていい。集団の秩序を乱した事実が、罪悪感を抱かずに見殺しにする免罪符となっていた。近所付き合いや、友人関係を断ち切るのも自由。近くにいた人たちが、一斉に離れていったとしたら……。

「崖を背に立っている人に対して、石を投げつける加害者と、横一列に手を繋いで逃げ道を塞ぐ傍観者。その人が崖から飛び降りたら、非難されるべきは加害者だけなのかな。逃げ道が残っていなかったから、後ろに下がってしまったとしたら？」

「傍観者に追い詰められる人もいると思います」

「そういう状況に陥った加害者家族を、私は何十組と見てきた」

「不作為を罪に問うのは難しいんですよね」

よく覚えているね、と佐瀬先生は目を細めた。

「オセロの終盤で、急に自分のコマを大量にひっくり返されたことはある？　突然周りが敵だらけになって、逃げ道も残されていない。状況を打開するために、同じ境遇の人たちが集結して別の盤面に移動した。それまでの人間関係を清算して、ようやく安心して暮らせる環境が整いつつあったのに、また冷たい視線を向けられた」

「……カツテですか」

誰も住んでいない広大な土地なんて、そう簡単には見つからないだろう。新しい街を開発するのは非現実的な選択だったはずで、どこかに紛れ込むしかなかった。

当時のやり取りを僕は知らない。だが、現在の拗れた関係性は把握している。

「加害者家族である事実を伏せて転居してきたのは、不誠実な対応だったのかもしれない。でも、話し合いによる解決を諦めてしまった理由も想像できる。正直に打ち明けて受け入れてもらえるなら、鏡沢町に逃げ込む必要もなかったはずなんだ。それまでの一つ一つの経験が、他人の善意を信じる恐ろしさを彼らに植えつけた。和泉が坂道でグレープフルーツを拾ったとき、凄い剣幕で睨まれたのを覚えてる?」

「はい。あれも、加害者家族に対する嫌悪感だったんですね」

名前も知らない住民から向けられた敵意。その意図がようやくわかった。

「危害を加えようとしたんじゃない。むしろ、感謝されるのが普通の行動だった。先入観に囚われて、子供に対してまで理不尽な対応をとる。参考にしちゃいけない人生の先輩だよ。そういう一触即発の睨み合いが、長く続いた。街で何か問題を起こしたら、それを口実に退去を迫られるかもしれない。弱みを握らせないために、自助グループ内でも厳しいルールを定めざるを得なかった。そして、身内に対しても疑いの目を向けるようになった」

暴走する前に、不安の芽を摘もうとしたというのか。防犯カメラの設置や法教育の徹底に留まらず、オカルト的な血の儀式まで開催して。

「だからって、あんなこと……」

「過激派の行動を正当化できる余地はないと思っているよ。でも、過程を無視して結論だけを非難しても、相手の理解は到底得られない。一度信じた価値観を覆すには、時間を掛けて向き合いながら対話を試みるしかなかった」

「教師として、ですか？」

「よそ者に対する警戒心は、私が予想していたよりもずっと強かった。説得どころか、まともに言葉を交わす機会すら与えられなかった。街の現状に違和感や不信感を抱いているのは、むしろ子供たちだった。息苦しさを感じているんだと思う」

「それは……、何となくわかります」

八木は、集会の様子を眺めながら〝穢れ〟と呟いた。

柚葉も、血の提供に応じる苦悩を訴えていた。

「社会科準備室を訪ねてくる生徒も少なくなかった。よそ者だからこそ、相談しやすかったのかもしれない。大人がしていることは何の解決にも繋がらない。そう言い切った生徒もいたよ」

「それでも、集会への参加は断れなかったんですね」

嫌気がさしている子供はたくさんいると、柚葉も言っていた。

「疑問を抱いたからといって、それを自分の言葉で伝えられるとは限らない。相手が親ならなおさら難しい。身近にいる人が常識として受け入れている価値観を否定するのは、人格を否定するのとほとんど同義だ」

「じゃあ、親の暴走は誰が止めるんですか」

「誰の言葉なら、耳を傾けるか。矛盾しているように聞こえるかもしれないけど、真っ先に思い浮かんだのは子供だった。直接伝えなくてもいい。道を踏み外した親とは違う。自分の頭で考えて倫理的な行動を選択できる。そういった子供たちの成長を目の当たりにすれば、血の恐怖から解放される。私は、そう考えた」

「簡単なことではないですよね」

親の信用を勝ち取れていないから、集会が開かれ続けてきたのだろう。

「子供は、親の正しさを疑わなくてはいけない。親は、子供の正しさを信じなくてはいけない。疑念と信頼は表裏一体なんだ。閉じた世界で生きている限り視野は広がらない。社会に出て新しい価値観に触れるだけでも、それまでの常識を疑うきっかけになる。私のような第三者にできるのは、生徒の可能性の芽を摘まずに見守るくらいしかなかった」

校内で起きた問題については、判断を学校に一任する。そのルールを保護者に認めさせるために奔走したのも、佐瀬先生だったらしい。

「精神的に未熟で、心理的にも不安定なのが少年だ。人格が発達途上だから、処罰ではなく教育的手段によって更生を促す。それが少年法の考え方で、非行に走る可能性は多くの少年が抱えている。だけど、この街では、非行を親の犯罪と一足飛びに結びつけてしまう。一度過ちを犯しただけで、犯罪者の烙印を押し付けるなんてことは、絶対にあってはならない。そう思って、他の先生や保護者を説得してきたんだ」

校外で問題を起こせば、カッテに糾弾される危険性がある以上、集団の秩序を守るために排除するしかない。だから八木は、学校での窃盗よりもスーパーでの万引きの方がこの街では重いと言い切った。

窮屈に感じていた学校のルールは、僕たちの自由を保障するために存在していた。自由を守るために自由を制限する。それがルールの本質だと、校長は全校集会で言っていた。

「考え方は変わってきたんですか？」

「どうだろう。あの集会が続いている以上、多数派の価値観は維持されていると言わざるを得ない。それでも、集会に参加する頻度を減らしたり、親子で話し合うようになったと教えてくれた生徒もいた」

少しずつ、流れが変わっていたのかもしれない。加害者家族である事実を自覚していない僕が清廉潔白に生きていれば、その後押しができたはずだ。けれど、僕はルールを軽視する行動をとり続けた。これ以上秩序を乱されないように、排除することにしたのだろう。

もっと早く、僕たちを鏡沢町から追い出すべきだった。

「母さんが事件を起こしたせいで、全て台無しです」

「記者に過去を嗅ぎつけられることを恐れて、街を出て行った家族もいる。欠席者が増えているのも、疑心暗鬼に陥っているからかもしれない。だからこそ、どうして今回の事件が起きたのかを明らかにしたいと考えている」

「住民を納得させられる理由なんて、あるはずないですよ」

「それは調べてみないとわからない」

昨夜の集会も、事件の情報が広まったことで不安が煽られて開催に至ったのではないか。杏梨がいなくなった今、集会が開かれるほど柚葉の手首の傷跡が増えていく。

事件の背景を明らかにすることで、状況はさらに悪化するかもしれない。

「血を抜き取った理由について、母さんは何か言っていましたか？」

「抜針事故の発覚を防ぐため――。初回の接見から、答えは変わっていない」

「先生は、母さんが本当のことを話していると思いますか」

頭を掻いてから、「本心が見えてこないんだ」と佐瀬先生は言った。

何のために、遺体から血を抜き取ったのか。集会の異様な光景を目の当たりにするまで、その理由は見当もつかなかった。

杏梨も、柚葉と同じように血を提供していた。被害者の血が流れていたからだ。その儀式に僕は参加していなかったが、用いられていた豚の血に見覚えがあった。

杏梨の身体から抜き取られた血は、どこに消えたのか？

二つの答えが思い浮かんでいる。どちらも到底受け入れられない結論だ。そして、推論の正しさを確認する証拠も、僕の手元に揃っている。

母さんの罪を暴く結果に繋がってしまうかもしれない。

子供は親の正しさを疑わなくてはいけない——。これも僕の役割だというのか。

立ち上がって台所に向かい、冷凍庫からタッパーを取り出した。逮捕される前に、母さんが作り置きしたブラッドフードだ。

ひやりとした感触。佐瀬先生の前に置くと、怪訝な表情を浮かべていた。

「それは？」

「豚の血を使ったブラッドフードです」

「………」

「この中に、杏梨の血が含まれているのかもしれません」

一つの答えを提示した。もう一つは、僕自身が調べるしかない。

逮捕から約一ヵ月後、和泉静香は、死体損壊と死体遺棄の被疑事実で起訴された。

私は、弁護人として受け取った起訴状に目を通した。

水瀬杏梨が最後の透析治療を受けた翌日の昼頃、クリニックで透析装置を用いて遺体から血を抜き取り、その日の夜に、セキレイ峠に遺体を遺棄した。

接見を通じて和泉静香から聴取した内容と公訴事実の間に、大きなズレはなかった。そのような犯行に及んだ動機までは、起訴状には記載されていない。

時間が許す限り留置施設に足を運んだが、初回の接見で口にした内容を繰り返すだけで、手応えを感じる追加事実は聴取できなかった。

自宅で被害者の変死体を発見して、前日の抜針事故が頭をよぎり、証拠隠滅のために血を抜き取って遺棄した。返血用の針を抜こうとしたのは被害者だと思うが、責任を追及されることを恐れてしまった――。

そのストーリーを何度聞いたことだろう。弁護人という立場上、嘘と決めつけるわけにもいかず、一方で頑なな態度に違和感を覚えていた。

何か隠しているのか、あるいは、常識では測れない動機で罪を犯したのか。

接見中、樫野の顔が何度も脳裏にちらついた。

検察が保有している証拠の一部が起訴後に開示された。逮捕や勾留の手続は、有罪判決を導くための証拠集めの期間と言っても過言ではない。少人数で動かざるを得ない弁護人は、開示証拠に目を通すまで事件の全体像を把握できないケースも珍しくない。

ファイル三冊分ほどの証拠を、隅から隅まで読み込んだ。

死体遺棄については、車のトランクから採取された水瀬のDNAと、ホームセンターでのシャベルの購入記録などから、犯行の立証が可能だと判断したようだ。和泉静香が日常的に運転している車であり、本人の説明と合致する場所に被害者のDNAが付着していた事実は、特に大きな意味を持つ。

世間の注目を集めている死体損壊の方が、やはり証拠の量も多かった。

クリニックには、駐車場や出入り口の様子を記録する防犯カメラが設置されていた。しかし、犯行日のデータが存在しないことを明らかにする報告書も開示された。車で遺体をクリニックに運んで血を抜き取ったのであれば、和泉静香の姿が防犯カメラに映し出されていたはずだ。記録したデータにアクセスできる人物は限られている。犯行の発覚を恐れて削除したという弁解が、供述調書に注意深く録取されていた。

さらに、クリニックから押収した透析装置は、脱血時に予期せぬ動作を検知してポンプが自動で停止しないように、設定が変更されていたらしい。本来は脱血と返血がセットで作用する透析装置を脱血のみで動かす——、つまりは、血液を一方通行で抜き取るための設定と理解するのが自然であろう。

決定的な物証が存在するわけではないが、開示証拠を頭の中で繋ぎあわせていくと、血を抜き取った犯人として浮かび上がるのは、やはり和泉静香だった。

証拠書類のコピーを勾留中の和泉静香に差し入れたが、大きな反応は示さなかった。接見中も、沈黙が流れている時間の方が長い。

死体損壊も死体遺棄も、命が失われた後の行動を対象とした犯罪だ。死の責任それ自体は問われていないため、水瀬の死因に関する証拠は開示されなかった。遺体の発見状況や行方をくらましていた期間からして、司法解剖を実施していないとは思えない。その結果、故意に命を奪われた可能性は低いと判断されたのだろう。

水瀬の母親の所在も、事件発覚後まもなく判明していたらしい。

今回の事件が起きる二ヵ月以上前に、母親は鏡沢町を去っていた。娘を家に残したまま、一人で元夫――水瀬の義父が住む街に転居したのである。義父は、半年ほど前に刑務所での服役を終えていた。

特産品の輸出ビジネスを持ちかける投資詐欺の首謀者が、水瀬の義父であった。数億円規模の被害弁償も果たさなかったため、懲役五年の実刑判決が宣告された。

詐欺事件の概要程度しか私は把握していなかったのだが、今回の事件を調べていた記者が母親の居場所を突き止めて、元夫と共に高層マンションで華やかな生活を送っていることを明らかにした。投資詐欺によって得た金銭を、複数の海外口座を用いて巧みに隠し、出所後に引き出した可能性があるという。

一億円を出所後に回収できれば、五年間の服役期間の年収は二千万円になる。そのような考え方で計画を立てる詐欺師もいると、先輩弁護士から教わったことを思い出した。

母親は、大金と共に元夫が出所するのを待っていたのかもしれない。社会復帰を果たしてほとぼりが冷めた頃に、娘を捨てて何度目かの再スタートを切ろうとした……。

二ヵ月もの間、水瀬は一人で生活していたことになる。おそらく、母親に見捨てられたことも理解していただろう。

担任教師なのに、その気配すら感じ取れなかった。どこかで気付けたはずだ。魔女裁判の法制度について、水瀬が社会科準備室に訊きに来たこともあった。三者面談を待たずとも、ベテランの教師なら異変を察知できたのではないか。

開示された母親の供述調書には、責任逃れとしか思えない言葉が並んでいた。

まとまった現金を生活費として置いてきたし、足りなくなったと連絡があったら追加で口座に振り込むつもりだった。娘を見捨てたわけではなく、元夫を説得した上で呼び寄せようと考えていた。元夫と娘の関係性は逮捕される前から拗れていて、酔うと暴力を振るうこともあった。元夫が多額のお金を持っている理由は知らない――。

息苦しさを覚えながら、何とか目を通した。

本当に呼び寄せる気があったのなら、定期的に連絡を取り合っていたはずだ。水瀬が死亡してから発見されるまでに約十日。その二日後に警察が母親のもとを訪ねたが、娘が行方をくらましていたことすら把握していなかったらしい。

母親が家を出て行かなければ、水瀬が助かった可能性もあったのではないか。透析治療の後に体調が悪化したのなら、発見が遅れたことで死に繋がったのかもしれない。

仮定の話に意味がないことは理解しているが……。

母親の育児放棄と、今回の事件の間に繋がりがあるのかはわからない。少なくとも、母親が家にいれば、和泉静香が遺体を発見することも、クリニックに運んで一連の犯行に及ぶこともなかっただろう。

特集記事で明かされたのは、水瀬の母親の行動だけではなかった。樫野征木が和泉静香の元夫であることも暴露されてしまった。女子高生の死体遺棄という共通点が煽情的に書きたてられ、記者の興奮や熱量が文章を通じて伝わってきた。

『被害者も、加害者も、それぞれが過去に大きな闇を抱えていた。〝魔女裁判〟と呼ぶべき事件が、令和の時代に起きてしまったのかもしれない』

そのような表現で記事は締め括られていた。

鏡沢町の秘密――、多くの住民が加害者家族である事実には、言及していなかった。加害者と被害者の秘密を暴いたことで満足したのだろうか。

真偽は不明だが、これ以上嗅ぎ回られることを嫌った住人が、和泉家と水瀬家の過去を記者にリークしたという噂も流れている。

和泉静香が起訴される前に教職を辞したので、街の事情を把握することは難しくなった。久保美月との繋がりはかろうじて保たれているものの、いつ連絡が取れなくなってもおかしくない。久保柚葉が集会で血を提供していると和泉から聞いて、私は言葉を失った。そのような話は一切知らされていなかった。

どうすれば住民の暴走を止められるのか。彼らは、血に対する異常な拘りを持っている。犯罪者の血を恐れて、浄化する方法を躍起になって探している。

過激派の集会について、和泉静香は接見で痛烈に批判していた。

自分の子供すら信じられないなんて愚かだ――、とまで言い切っていた。

転入してきた鏡沢町の住人全員が、過激派の考え方に賛同しているわけではない。関わりを避けている者や、集会の中止を求めている者もいる。自助グループの発起人の一人である和泉静香は、後者の立場だと理解していた。

だが、和泉から聞いた話によれば、彼女は食卓に豚の血を使った料理――、ブラッドフードを並べていたという。和泉は自身の健康に配慮した献立だと当初は考えていたようだが、透析患者にとって天敵となる『リン』が豚の血には多く含まれているらしい。

ブラッドフードで、息子の血を清めようとしていたのか。

集会で参加者が摂取していたのは豚の血だけではない。煮沸した豚の血に、被害者の血を混ぜていた。血液の提供者の役割を果たしていたのが、久保柚葉や水瀬杏梨だった。

同様の状況を食卓で再現したのだとすれば……、
どうして、水瀬の遺体から血を抜き取ったのか？　その疑問に対するシンプルな答えは、血が欲しかったから、になるだろう。しかし、遺体の血の活用方法は思い浮かばず、医療における用途も調べてみると、死体血の輸血は実施されていないことがわかった。

血液の浄化を成し遂げるための素材として、水瀬の血を使った。和泉はその可能性を疑って、私に冷凍保存されていたブラッドフードの成分分析の実施を求めた。

和泉の要求に応じるべきか、その場では即断できなかった。

弁護人は、真実を探求する名探偵にはなり得ない――。コモレビの代表が、酒の席で私に語って聞かせた弁護士倫理の話を今でも覚えている。

警察官や検察官の取調べでは一貫して無罪主張をしている被疑者が、弁護人に犯行を自白した場合、その事実を捜査機関に開示することが許されるか。刑事弁護における弁護倫理の在り方として、長年にわたって議論されてきた問題だ。

弁護人が真実を探求する義務を負っているのであれば、全ての情報をオープンにした上で公平な裁判を求めるべきとも思える。

その一方で、弁護人は被疑者との関係で、誠実義務と守秘義務を負っている。

誠実義務は『被疑者のために最善を尽くすべき義務』と理解されており、無罪主張をしている場合は、無罪を勝ち取ることが〝最善〟の結果となる。そして、被疑者から聴取した情報を理由なく第三者に伝えることは守秘義務にも反する。

真実を追求すべきか、被疑者の利益を追求すべきか――。

真実義務と誠実義務は必ずしも両立するものではない。双方が対立するケースでは、誠実義務が優先するというのが、現在の主要な見解と理解されている。

被害者が存在する事件であっても、真実発見より被疑者の利益を第一に考える。その結論に違和感を覚える者も多くいるはずだ。真実の発見なくして被疑者の更生なしというのが、一般的な国民感情かもしれない。

しかし、被疑者には黙秘権が保障されているし、真相を解明する義務を負っているのは、裁判官や検察官であって弁護人ではない。

逮捕や勾留によって身体を拘束され、有罪判決が宣告されれば前科を背負うことになる。被疑者が立ち向かっているのは、国家権力だ。圧倒的に不利な立場にある被疑者に寄り添える人間は限られている。

「弁護人に求められているのは、真実を暴くことじゃない。被疑者を最後まで守り抜くことだ。だから、弁護人は名探偵にはなり得ないし、なってはいけないんだよ」

刑事弁護の経験が浅い時期に聞いたため実感がわかなかったが、多くの事件と向き合っていく中で、真実義務と誠実義務の板挟み状態に陥ることが何度かあった。

ブラッドフードの成分分析を実施した結果、水瀬の血液が検出されたとする。

捜査機関が見落とした事実を、弁護人は被疑者の意向に反してでも開示するべきか。

誠実義務を優先する考え方によれば、そのような行動は許されない。息子に摂取させるために遺体から血を抜き取った——。非人道的な行為だと非難が集中することは自明であり、裁判においても不利な事情と扱われるだろう。

そのような事情を説明したが、和泉は引き下がらなかった。和泉が真相の解明を望むのは当然のことであり、弁護士倫理の問題は私の個人的な事情にすぎない。

お願いします、と頭を下げられてしまった。

私が成分分析の要求に応じなければ、他の大人を頼るか、自ら民間の鑑定研究施設に問い合わせるかもしれない。和泉の性格を理解しているからこそ、諦めるという選択肢が存在しないこともわかっていた。

他者に任せるくらいなら、私が責任を負うべきだ。

弁護士倫理の問題に悩むのは、結果を確かめてからでも間に合う。何度か鑑定を依頼したことがある研究施設に預かった試料を持ち込んで、成分分析の実施を求めた。

後日、郵送されてきた分析結果には、人血は検出されなかった――、と記載されていた。試料に水瀬の血液は含まれていないことが明らかになった。すぐに和泉に伝えたが、口頭では納得しなかったので、分析結果が記載された用紙のコピーを手渡した。

何のために血を抜き取ったのか。その検討は振り出しに戻ってしまった。

否、一連のやり取りを通じてヒントは与えられていた。

開示証拠に目を通しているうちに、一つの疑問が思考を貫いた。眼を閉じて、その閃きを念入りに検討した。否定する材料を見つけようとしたが、収斂していく問答の中で可能性は依然として残ったままだった。

この結論は、到底受け入れられない。誠実義務に真っ向から反してしまう。

それでもなお、振り払うことができずにいた。

＊

「何年ぶりの再会かな？」

「十八年だよ」

作業着姿でパイプ椅子に座る樫野征木は、十八年の年月を感じさせない風貌で微笑んだ。髪が短くなり、肌が少したるんだくらいだろうか。

「会いに来てくれて嬉しいよ」

「私のことを覚えているんだな」

「当たり前じゃないか」

妹を傷つけたことは忘れたのに――。だが、昔の話を蒸し返しに来たわけではない。

〝魔女の原罪〟を受け取った際、封筒に刑務所の住所が記載されていた。簞笥の奥底にしまった封筒を探し出して刑務所に確認すると、現在も服役していることが判明した。

「仮釈放の予定は？」

「さすがに詳しいね。どうにも品行方正と思われていないみたいでさ」

樫野に宣告されたのは十八年の懲役刑だった。仮釈放が認められれば、刑期の満了前でも社会復帰を果たすことができる。受刑態度、反省の有無、再犯のおそれ、本人の希望……。そういった要素を総合的に勘案して、仮釈放を許可するかが決まる。

「いずれにしても、そろそろ満了だろ」

「うん。あと数カ月の辛抱だ」

生まれた子供が高校を卒業するほどの年月を、樫野はこの刑務所で過ごしたことになる。内省を深める時間は充分すぎるほどあったはずだ。

「外の情報は入ってきてるのか？」

「折り畳まない携帯が普及して、平成が終わったんだろう」

「そういう話じゃない。家族や知り合いの近況を知っているかと訊いたんだ」

「たとえば？」

「和泉静香が起訴されたよ」

「そうか……。それを教えにきてくれたんだね」

樫野は目を細めた。しばらく待ったが、続く言葉はなかった。

「本当に知らなかったのか」

「最近、しつこく面会希望を出してきた記者がいた。断り続けていたら来なくなったけど。親切に教えてくれる人もいないし。佐瀬が弁護人として動いてるのか？」

「ああ。今回は、最後までやり遂げる」

「よろしく頼むよ」

「何の罪を犯したのか、聞いてこないんだな」

「話すつもりで来たんだろう？」

動揺した様子は見て取れない。試されているような視線。目を背けるわけにはいかない。

一週間後に、和泉静香の刑事裁判が開かれる。樫野から得られる情報があると信じて、一日を犠牲にしてでも刑務所に足を運ぶべきだと決断した。

「女子高生の死体遺棄事件だ」

「へえ。どこかで聞いたような罪だ」

「淡泊な反応だな。十八年前は、彼女を解放してほしいと私に頼んできたのに」

「これから死体を捨てに行くと報告に来たなら、全力で止めたさ。だけど、既に罪を犯してしまったなら、僕にできることは何もない。なにせ塀の中にいるんだから」

自身が置かれている状況を強調するように、樫野は両手を広げた。

「死体遺棄としか言ってないのに、どうして捨てたと？」

「経験談で話しただけだよ。他の方法が思い浮かばなかった」

不自然な説明ではない。服役中の樫野が、事件に関わっていたと考えるのは無理がある。私が知りたいのは、十八年前の事件が和泉静香に与えた影響だ。

「遺体を遺棄する前に、血を抜き取っているんだ」

「どうやって？」

私も和泉も、手段よりも動機の解明を優先して考えていた。動機は不純物にすぎないとして、〝理由なき犯罪〟を積み重ねた樫野らしい反応と理解するべきか。

「透析治療用の装置を使ったらしい」

「込み入った事情がありそうだね」

「何か思い当たることは？」

「静香は、大学病院の腎臓内科で働いていた。仕事の話は、お互いにほとんどしていない。腎臓に問題は抱えていなかったし」

「どうして、そんなことをしたんだと思う？」

そう私が問いかけると、樫野は声を出して笑った。

「そんなのわかるわけないじゃないか。佐瀬は、何を求めてここに来たんだ？　僕なら、異常な犯罪の動機を言い当てられるとでも？　残念ながら、一番適していない人間だよ。目的を持って人を傷つけたことなんて、一度もないんだから」

「私たちに、〝魔女の原罪〟を送り付けて来た理由は？」

「懐かしい響きだね。静香に考えてほしかったんだ」

「子供を産ませたくなかったんだろ」

樫野の双眸がわずかに左右に揺らいだ。

「驚いたな。彼女以外に伝わるとは思ってなかったよ」

「十八年の間に、いろいろあったんだ。樫野が書いた文章は、大勢の人生に影響を与えた。自分の子供を信じることができなくなった親もいる。今回の事件も、その延長線上で起きてしまったのかもしれない」

「ああ、そういうことか。宏哉は元気に育ってる？」

「どうして名前を知ってるんだ」

「静香が教えてくれた」

「……いつ？」

和泉が産まれたのは、樫野が刑務所に服役した後だ。

「三ヵ月くらい前だったかな。佐瀬みたいに、突然面会に来た。その話を聞いて、訪ねて来たんじゃないのか」

和泉静香が樫野に接触していた。それも、事件が起きる数ヵ月前に。

「何を話した？」

「元夫婦の密談だ。勘弁してくれよ」

「弁護人として動いていると言っただろう」

「なおさら話せないな」

裁判で不利に働く事情になり得るからか……。和泉静香が歩んだ苦難の人生を考えれば、よほどの理由がない限り、樫野との面会を望んだとは思えない。今日の私と同じように、確かめたいことや、聞きたいことがあったのだろうか。

「和泉静香は、息子の将来を心配していたのかもしれない」

「当然の心配なんじゃないか？」

「少女はただ、生まれながらにして魔女だった。どうして、あんな一文を入れたんだ。出産を望んでいなかったとしても、他の伝え方があったはずだろ」

「静香に余計な重荷を背負わせたくなかった。まだ若かったんだから、子供がほしいなら、他の男との間に作ればよかった。彼女を追い詰める引き金になるとわかっていたんだよ。自分の血を引き継がせてしまったのが、僕の唯一の後悔だ」

「和泉宏哉は、お前と違って正しく育ってる」

「何だ。宏哉のことも知っているのか」

一度も会ったことがないはずなのに、知ったような口で語ったのが赦せなかった。父親や母親が事件を起こさなければ、和泉はまっとうな人生を送れたはずだ。

「十七年間、本当の父親が誰か知らされずに彼は育った。殺人者だったと突然教えられたときの気持ちが想像できるか」

「納得したんじゃないかな。ああ、だから僕は他人と考え方が違うのかって。一緒にいなくても、血が繋がった親だからわかることがある」

「お前の母親は、息子が起こした事件を受け入れられていなかった」

「あの人は、本当の母親じゃないよ」

突然の告白に驚いていると、樫野は言葉を続けた。

「市役所の前に捨てられてた赤ん坊を、両親が引き取ってくれたんだ。ああ……、本当の親と刑務所で再会したなんてオチじゃないよ。顔も名前も知らない。だから、犯罪者かもしれないし、善良な市民かもしれない。子供を捨ててる時点で、善良ってことはないか」

「……本当の親を恨んでるのか？」

「別に何とも思ってないよ。犯罪者の血が存在するかは、個人が勝手に決めればいい。僕はただ、少しでもリスクを減らしたかっただけだ」

和泉静香は、樫野が中絶を望んでいることを理解しながら、それでも出産に踏み切った。

〝魔女の原罪〟やアメリカで過去に起きた事件の存在を認識した上で、息子が正しく育てば疑念は払拭できると信じていたはずだ。

だが、和泉が十七歳を迎える年に、樫野が服役している刑務所を訪れた。

十八年前――。樫野は私に、過去の犯罪のコレクションを妻に届けるよう頼んだ。実家を訪れた私は、内容を確認してその場を去った。

はっきり覚えているわけではないが、コレクションには犯行日が記されていた。

「最初に人の身体を傷つけたのは、いつだ？」

「高校二年生のとき」

「即答できるくらい印象的だったんだな」

「佐瀬の妹のふくらはぎに、アイスピックを突き刺したからね」

「お前――」

口角を持ち上げて樫野は笑った。

「おめでとう、正解だよ。静香は僕に同じ質問をした」

＊

起訴から約一ヵ月後。和泉静香の刑事裁判が、第一回公判期日を迎えた。

逮捕されてから約二ヵ月が経過している。

現代の〝魔女裁判〟として世間の注目を集めてしまったが、裁判所は淡々と手続を進めている。争点が多岐にわたる複雑な事件では、公判期日を開く前に、主張や証拠を整理するための手続が実施されることもある。

そのような手続を経ることなく、すんなりと公判期日が指定されたのは、和泉静香が捜査段階から一貫して罪を認めているからだろう。

おそらく検察官は、和泉静香が取調べで語った内容を基にして、事件のストーリーを組み立ててくる。法廷で被告人が否認に転じたとしても、車のトランクから採取されたDNAや透析装置などの証拠から、有罪判決を導けると考えているはずだ。

直前の接見では、起訴された事実は争わない方針を改めて確認した。

イレギュラーな出来事が起きなければ、初回の期日で審理は全て終了して、次回期日で有罪判決が宣告されるだろう。

前科はないが、遺体の血液を抜き取っているため、犯行内容が悪質であることも否定できない。裁判官の心証次第では、実刑判決も充分考えられる。社会復帰を果たせるように執行猶予判決を求めるのが、基本的な弁護方針になる。

四十席ほどある傍聴席は、全て埋まっている。最前列に陣取っている記者は、手帳やノートを取り出していた。法廷ではパソコンや携帯といった電子機器の使用が認められていない。法廷画がニュースで流れるのは、写真撮影が原則として禁止されているからだ。

不用意な一言を開廷中に口にすれば、記事になって痛烈な非難を招くことになる。

二列目に座っていた和泉淳が、私の視線に気付いて軽く頭を下げた。打ち合わせのときは伸び放題だった無精髭を剃って、スーツも着ている。弁護側の証人として、証言台に立ってもらうことを予定している。刑務所に入らなくても被告人が社会で更生できるかは、家族のサポートが期待できるかにかかっている。

——妻と離婚するつもりはありません。

和泉静香が起訴されて、過去を暴露する記事が公開されても、和泉淳の意思は揺るがなかった。樫野の存在は、結婚前から知っていたようだ。

弁護人席から傍聴席に近づいて、私を見上げている和泉淳に「宏哉くんは、来ていないのですか？」と耳打ちした。

満席に近い傍聴席のどこにも、和泉の姿を見つけられなかった。

「今朝になって行かないと言い出して……」

「理由は話していましたか？」

「いいえ、無理に連れてくるべきではないと判断しました」

「わかりました。後ほどよろしくお願いします」

鏡沢町から裁判所までは車で三十分ほど掛かるので、気が変わって傍聴に来ることはないだろう。できれば、和泉にも裁判を見届けてほしかったのだが。

約二カ月間、和泉は勾留中の母親と言葉を交わしていないし、直接顔も見ていない。

ブラッドフードの分析結果を教えた頃くらいから、家を訪ねても留守にしているか部屋にこもって出てこないことが多くなった。起訴されてからは、新たに報告できる事項もほとんどなく、和泉と話す機会も得られずにいた。

いや——、向き合うのを避けてきたのは私の方かもしれない。

和泉静香と接見を重ねて、ブラッドフードについて和泉の見解を聞き、検察官から開示された証拠に目を通し、服役中の樫野と面会をした。ぼんやりと浮かび上がった疑念は、新しい事実が判明するにつれて、徐々に輪郭が明確になっていった。

血を抜き取り、遺体を遺棄した。

その双方を説明できる犯行動機が見えてきたのだ。

疑念を確信に変える鍵を握っているのは、和泉だった。その確かめ方もわかっていたが、決断を留保したまま今日の期日を迎えた。

私の仮説が正しければ、誠実義務に反する真相を暴いてしまう可能性がある。

ブラッドフードの成分分析のように、結果を確認してから行動を選択するわけにもいかなかった。和泉に怪しまれずに調査を進める方法が思い付かなかったからだ。

検察官の主張を争わずに、有罪判決を受け入れる。それが被告人にとって最善の利益と言えるのであれば、真相解明を優先するのは弁護人のエゴに他ならない。

弁護人は名探偵にはなり得ないし、なってはいけない。

そう何度も自分に言い聞かせた。


関係者が法廷に揃い、裁判官が開廷を告げた。

担当裁判官は三十代後半くらいの女性で、黒色のセルフレームの眼鏡を掛けている。

検察官席には、同じく三十代後半くらいで大柄な体格の男性検察官――、折坂弘樹《おりさかひろき》が腕を組んで座っている。折坂検事とは、証拠開示や請求予定の証拠の確認などで、何度も電話でやり取りをした。明朗な物言いをする検察官という印象を抱いていた。

当事者の中で一番年齢を重ねているのは私だろう。三年ぶりの法廷だが、しどろもどろな弁論を披露するわけにはいかない。

白いブラウスと灰色のスラックスの和泉静香が、俯き気味に証言台に立っている。

裁判官が人定質問を始めた。

「人違いがないか確認していきます。お名前は？」

「和泉静香です」

「生年月日はいつですか？」

名前、生年月日、住居、本籍、職業を順番に確認していった。

「被告人に対する、死体損壊及び死体遺棄被告事件の審理を始めます。まず、検察官に起訴状を朗読してもらいますので、被告人はその場で聞いていてください」

何度も目を通したので内容も覚えてしまった。

公訴事実は二つに分かれており、第一には死体損壊、第二には死体遺棄の起訴事実が、それぞれ記載されている。刑法百九十条は、『死体、遺骨、遺髪又は棺に納めてある物を損壊し、遺棄し、又は領得した者は、三年以下の懲役に処する』と定めており、死体損壊と死体遺棄のいずれも法定刑は三年以下の有期懲役である。

双方の罪を被告人が犯したと認められた場合、合わせて六年という単純な計算ではなく、三年の一・五倍、つまり、四年六月が宣告できる懲役期間の上限となる。

「――罪名及び罰条、死体損壊、死体遺棄。刑法百九十条。以上です」

起訴状の朗読を終えた折坂検事が席に着いた。

黙秘権を告知した後、裁判官は「検察官が読み上げた事実の中で、どこか間違っていることはありますか?」と和泉静香に尋ねた。

「間違いありません」

「いずれの公訴事実も争わない、とお聞きしてよろしいですか?」

「はい。申し訳ありませんでした」和泉静香は頭を下げた。

「弁護人のご意見は?」

「被告人と同様です。各公訴事実については争いません」と私は答えた。

被告人と弁護人が共に起訴された公訴事実を認めた。有罪判決を目指すレールが繋がり、後は検察官が終着点まで裁判官を導けるかにかかっている。

「それでは、証拠調べの手続に移ります。まず、検察官に冒頭陳述をしていただきます。被告人は、弁護人の前の席に座って聞いていてください」

「わかりました」私の方をちらりと見てから、和泉静香は呟いた。

「検察官、お願いします」

「はい」

再び、折坂検事が立ち上がった。

起訴状に記載されるのは、処罰を求める範囲の確定に必要な事項に留まる。どういった事実や証拠に基づいて、有罪の結論を導くのか……、検察官が準備してきたストーリーは、冒頭陳述で初めて披露される。

想定外の主張が飛び出すとすれば冒頭陳述だと考えていたので、身構えながら折坂検事の良く通る声に耳を傾けた。

どこで生まれて、どのような人生を辿ったか。被告人の身上経歴が最初に述べられたが、出生地、最終学歴、職歴など、形式的な事項のみが紹介される。加害者家族としての人生については、一言も触れられなかった。

続いて、本件の犯行に至る経緯が語られていった。

ここで意外だったのは、犯行前日の透析治療について折坂検事が言及しなかったことだ。被告人の穿刺が不十分だった。あるいは、被害者が自ら針を抜こうとした――。そのような抜針事故に触れる素振りもなかった。

確かに、起訴されたのは死体損壊と死体遺棄の事実なので、抜針事故や失血騒動は言わば前日譚にすぎない。だが、この点を明らかにしなければ、犯行動機を説明できないはずだ。

案の定、折坂検事は、「被害者宅の玄関で、死亡している被害者を発見した被告人は、前日の治療が死因に繋がったのではないかと考えて、本件各犯行を決断するに至りました」と中途半端な犯行動機を口にした。

法壇に座る裁判官の表情に変化はないが、この説明では納得しないのではないか。

検察官から開示された和泉静香の供述調書では、前日のクリニックでの出来事もきちんと言及されていた。検察官が見落としたとは思えない。

あえて採用しなかったのか。和泉静香の供述は信用できないと判断した?

犯行当日の一連の行動については、予想通りの内容が述べられた。

車のトランクに被害者の遺体を乗せてクリニックに運び、設定を変更した透析装置を用いて血液を抜き取った。遺体を車のトランクに戻してからクリニックでの業務を終え、ホームセンターでシャベルを購入して帰宅。その日の夜に、自宅を抜け出してセキレイ峠に向かい、遺体を山中に埋めた。

想定外だったのは、前日譚の黙殺……。

意図的な選択なのだとすれば、一つの結論に達している可能性がある。

「——以上の事実を立証するため、証拠等関係カード記載の、甲号証及び乙号証の取調べを請求します」

「弁護人のご意見は?」裁判官に確認された。

私は立ち上がって答えた。

「甲号証、乙号証共に同意します」

「わかりました。全ての証拠を採用するので、検察官は内容を紹介してください」

折坂検事が書証を読み上げるのを聞きながら、しかし――、と考え直す。

起訴状も、請求された書証も、私が最悪の事態として想定していた結論に踏み込む内容にはなっていない。だからこそ、罪状認否で公訴事実を認めたのだ。折坂検事があの可能性に気付いているなら、違う展開を辿っていなければおかしい。

検察官は、主張の概要を固めた上で被告人を起訴する。事後的な主張の変更は制限されており、見切り発車で起訴したとは考えられない。

書証の取調べが終われば、弁護側の立証のターンに移る。和泉淳が今後の指導監督を約束して、被告人質問で和泉静香が反省の言葉を述べる。犯行動機に裁判官が違和感を抱いても、客観的な証拠が揃っている以上、審理の続行という判断には至らないはずだ。

「弁護人の立証は、どのようにされますか？」

裁判官の問いに答えるために、私は再び立ち上がる。

「情状証人として、被告人の配偶者の証人尋問を請求します。その後に被告人質問を実施していただければと」

「検察官のご意見は？」

「証人についてはしかるべく」

ただし――、と折坂検事は続けた。

「情状立証に移る前に、検察官側の証人尋問の実施を希望します」

「どのような関係性の証人ですか？」

心臓が脈打つ。検察官から証人請求がされるという事前の予告はなかった。

「被告人の息子です。被害者の同級生で、共にクリニックで透析治療を受けていました。被告人が本件犯行に至る経緯等について、証人に確認したいと考えています」

和泉が、検察官側の証人として証言台に立つ？

思わず傍聴席に視線を向けたが、そこに和泉の姿はない。

「弁護人のご意見は？」

「ここで初めて聞いたので……、即答はできません」

「承知しています」折坂検事は私の方を見て続けた。「連絡が遅れたのは我々の責任です。次回期日を指定していただき、期日間に意見をうかがえればと考えています」

和泉静香が、私と検察官の顔を交互に見ている。

検察官の意図を読み解かなければ。

「今日の期日で結審予定だったはずです。被告人は罪を認めて争っていません。検察官側の追加の立証が本当に必要なのですか？」

「はい。弁護人としても、犯行動機に疑念が残っているのではないでしょうか。証人尋問でその点も明らかにできると思います」

ピンポイントで狙いを定められた。決断を先延ばしにするべきではない。

「情状証人にも在廷してもらっています。公訴事実に争いがない以上、検察官の証人請求は必要性が認められないと考えます」

弁護側の情状立証は、検察官の立証が終わった後に実施するのが基本的な流れだ。審理を続行するのであれば、証人尋問も延期せざるを得ない。

判断を求めるために裁判官に視線を向けた。

「起訴された事実に鑑みれば、早急な結審を目指す事案ではないでしょう。一方で、裁判官としても証人尋問の実施の必要性に疑義があるので、検察官は立証趣旨などを改めて書面で明らかにしてください」

「承知しました」折坂検事が答える。

「その内容を踏まえて、弁護人は採否の意見を述べてください。在廷いただいている証人の方には申し訳ありませんが、証人尋問は次回以降の期日で実施します」

審理方針の決定権限を有しているのは裁判官だ。これ以上反対しても意味はない。

「わかりました。ですが、一点だけ確認させてください」

着席しようとしている折坂検事に、私は尋ねた。

「証人尋問の実施について、被告人の息子は了承しているのですか？」

「はい。証言台に立つことを、証人は望んでいます」

検察官側の証人として証言する。それは、被告人と対立することを意味している。

この場に和泉がいない理由がようやくわかった。

和泉は、私と同じ疑念を抱き、さらに確信を持った上で――、
母親を法廷で糾弾しようとしている。

透析治療を受けていなければ、僕と杏梨の人生が交わることはなかっただろう。

中学三年生の春にクリニックを訪れた際、治療を終えて帰ろうとしている杏梨を母さんに紹介されて、僕たちは初めて言葉を交わした。

「今度から透析治療を受けることになった、和泉宏哉です。よろしくね」

「水瀬杏梨です。よろしくお願いします」

「いつから治療を受けてるの？」

「一年くらい前です」

「僕たち同じ学年だよ」

「はい、知ってます」

杏梨が僕に敬語を使わないようになったのは、隣同士のベッドで透析が始まってから、三ヵ月以上が経った後だった。四時間の透析を週に三回……。僕が話しかけるだけでは会話が持たず、杏梨は沈黙も気にせず本ばかり読んでいた。

どんな本を読んでいるのか、どこが面白いのか。カーテンで仕切られていたので、口頭で説明を求めるしかなかった。迷惑がられたらやめようと思っていたが、杏梨は無視せず答えてくれた。

同じ本を図書室で借りて、感想を拙い言葉で必死に伝えた。

「水瀬さんは、どんな本が好きなの？」

「世界を広げてくれる本です」

「大人になったら、この街を出て行きたい？」

「ううん。ここが私の生きる世界だから」

同年代で透析治療を受けている友人がほしかったのだと思う。僕より透析歴が長い杏梨に教わりたいことがたくさんあった。

この先、僕の人生はどうなるのか。不安で仕方なかった。

中学一年生の冬。関節痛や気だるさ、発熱といった症状にしばらく苦しんだ後、体温が四十度まで上がって大学病院に担ぎ込まれた。ベッドで点滴治療を受けながら、期末テストまで学校を休めるだろうかと、朦朧とした意識の中で考えていた。

皮膚が黄色くなり、血尿が出た辺りから、記憶が途切れ途切れになっている。現実と夢の世界の区別が曖昧になって、ときおり意味不明な言葉を発していたらしい。

症状が落ち着くまでには、二週間以上掛かった。その間、僕はほとんど寝たきり状態で、医師や看護師が慌ただしく動き回っていたのを覚えている。それまでは大きな病気にかかったこともなかったので、退院できる日は来るのだろうかと不安になっていた。

自力で歩けるくらい体力が回復した頃に、僕の身体に何が起きていたのか、医師から説明を受けた。全身に小さな血栓ができて、臓器に届けなければならない血流が妨げられていたらしい。病名も教えてもらったが、あまりに長かったので忘れてしまった。

かなり珍しい難病と聞いていたが、退院してからは身体の不調を感じることもなかった。学校にも通えたし、以前のように友達と遊ぶこともできた。

しかし、平穏な日々は長く続かなかった。

中学二年生のときに学校で受けた健康診断の結果を母さんに見せたら、詳しく調べる必要があるとクリニックに連れていかれた。尿蛋白が多い。腎臓の機能が低下している。中学生には難しい単語が幾つも飛び出した後に、慢性腎炎だと告げられた。

血栓の病気が完全に治っておらず、腎臓に不調をきたしたという説明だった。

食事のメニューが大幅に変わり、定期的にクリニックに通って検査を受けた。そのような状態が半年ほど続いた後、慢性腎不全と少しだけ長くなった診断名が付いて、人工透析治療を始めなければならなくなった。

手首の動脈と静脈を繋げる手術を受けて、第三の血管ができた。

そして僕は、透析患者の仲間入りを果たした。

物静かで気難しい――。初対面のときに抱いた杏梨の印象は、透析治療を重ねても大きく変わらなかったが、次第に、心配性だったり不器用な一面もときおり見せるようになった。

無関心を装っているだけで、教室の人間関係を注意深く観察している。オカルティックな気配が漂う本を開きながら、クラスメイトの反応を確かめている。

人嫌いなわけではなく、深く関わって傷つくことを恐れていたのではないだろうか。

義父から暴力を振るわれていた過去や、母親が鏡沢町を出ていったことを知って、杏梨が怯えていたものの正体が、少しだけ理解できた気がした。

それでも、血の提供を申し出た理由は、ずっとわからないままだった。

今回の事件が起きる半年ほど前から、杏梨は集会に参加して血を捧げていたという。中学生の柚葉に声をかけて、〝血液の浄化〟の儀式に自ら関わろうとした。

何のメリットもなかったはずなのに……。

同じ時期に義父が刑務所での服役を終えたと、週刊誌に書かれていた。巨額の詐欺事件の首謀者で、騙し取ったお金をどこかに隠していたらしい。そんなことが可能なのかはわからないが、根拠がなければ記事にできないだろう。

母親が杏梨を置いて家を出ていったのは、その数ヵ月後。

元夫とよりを戻すために、娘を見捨てたのだ。すぐに決断したとは限らず、話し合う期間があったのではないか。刑務所での面会に赴いたか、出所後に元夫の住居に足を運んだか。

杏梨は、母親に見捨てられる気配を感じ取ったのかもしれない。

暴力を振るい続けた義父を赦して、もう一度生活を共にする……。何度目かの再スタートを切ることを杏梨は望んだのか。その先に待ち受けているのが不幸だと、杏梨なら見抜けたのではないか。救いの手を差し伸べなかった母親も見限り、生活費だけを受け取って一人で生きていく。

杏梨だからこそ、合理的な選択ができたのではないか。

杏梨は、杏梨なら、杏梨だからこそ――、
そんなのは幻想だ。高校生を買い被りすぎている。子供に期待しすぎている。

寂しかったはずだ。平然と見送ることができたはずがない。このままだと、母親が家を出て行ってしまう。取り残されて、一人切りになってしまう。

どれほど酷い親でも、親は親だ。義父を法廷で庇ってしまったことを後悔していると、柚葉は語っていた。一緒にいるのが当たり前になっていたから、その価値を見誤ったのではないか。失ったら生きていけないと誤解したのではないか。

杏梨も、同じような思考に陥ったのかもしれない。

どうにかして母親を引き止めたい。そう考えたとしたら。

義父が暴力を振るっても、娘を助けようとしなかった。家出や非行に走ったくらいでは、毛玉だらけになったセーターのように、ぞんざいに扱われると悲観していたとしたら。

母親の注意を引くために、透析治療をサボり、怪しげな集会に参加して、何度も手首を切った。見捨てられたら生きていけないと、SOSを発していたのではないか。

だが、母親は家を出て行った。娘の異変に気付かなかったのか。気付いた上で見捨てたのか。母親の本心はわからないし、わかりたくもない。

二カ月もの間、杏梨は一人で生活していた。いつも通り学校に行き、透析治療を定期的にサボりながら、集会で血を捧げていた。母親が街を去ってしまった後も……、自身を傷つけることをやめなかった。

腎臓が機能不全に陥っている杏梨には、生についての選択肢が与えられていた。透析治療を受けない。その消極的な選択を続けるだけで、やがて死が訪れる。

母親を引き止めるための演技は、純粋な自傷行為に形を変えた。

沈黙に包まれた一軒家、〝血液の浄化〟にすがる住民、終着点が見えない透析治療。その全てが、杏梨を絶望に追いやったのではないか。

血塗られた魔女狩りの歴史を調べながら、杏梨は何を考えていたのだろう。重ね合わせたのかもしれない。魔女の烙印を押された被害者と、自身の人生を。

そして杏梨は命を失った。絶望の淵で何が起きたのか。

＊

初回の裁判から戻って来た父さんは、リビングで待っていた僕を見て、泣き出しそうな表情を浮かべた。ネクタイを外さずジャケットも着たまま、僕の隣のソファに腰を下ろした。汗の匂いがする。父さんの顔を直視できなかった。

「お帰り」

「本当に、証言台に立つつもり？」

打ち合わせ通り、検察官は僕を証人として請求したようだ。

「うん。事件について話す証人は、なるべく裁判を傍聴しない方がいいんだって。だから、今日は一緒に行けなかった」

父さんと僕では、証言する内容の質が異なるらしい。

「どうして相談してくれなかったんだ」

「止められるってわかってたから。検察官と話し合って決めた。佐瀬先生も知らなかったと思う。

驚かせちゃったよね」

「検察官は……、私たちの敵なんだよ」

「言いくるめられたわけじゃない。僕から頼んだ」

母さんが起訴される直前に、佐瀬先生からブラッドフードの分析結果を教えてもらった。僕が渡した試料に人の血液は含まれていなかった。

杏梨の遺体から抜き取られた血は、どこに消えたのか？

思い浮かんだ二つの答えのうち、一つは否定された。だが、それだけでは不十分だった。だから僕は、二つの試料のＤＮＡ型鑑定を鑑定研究施設に依頼した。施設の連絡先は、佐瀬先生から受け取った結果用紙に記載されていた。

「静香を疑っているのか？」父さんが僕に訊いた。

「真相を知りたいだけだよ」

このまま裁判が終わったら、その機会は訪れないと思った。

「本当の父親の存在を隠そうと決めたのは私だ。だから、私のことは恨んで構わない。宏哉には、その権利がある」

「あの記事が出る前から、樫野征木のことは知ってた。黙ってた理由も何となくわかる。父さんを恨んでなんかいない。そういう問題じゃないんだ」

「宏哉……」

母さんの過去を暴く記事が出てから、父さんとはほとんど話していなかった。避けていたのは僕の方だ。

試料のＤＮＡ型鑑定、検察官との打ち合わせ、父さんの本心――。訊きたいことがある一方で、伏せていなければいけないことも多くあり、面と向かって言葉を交わしたら自分を押さえつける自信がなかった。

樫野征木との血の繋がりにショックを受けていると、父さんは理解していたはずだ。

「どうして、母さんのためにそこまでできるの？」

「夫婦だからだよ」

「前の夫が樫野征木だと知って結婚したんでしょ」

「私は、彼がどんな人間だったのかを知らない。会ったこともないし、事件の内容を報道で見聞きしただけだ。でも静香とは、事件が起きる前から同じ職場で働いていた。大学病院の腎臓内科で、私は医師で母さんは臨床工学技士……。今と同じ立場だね。彼女自身が過ちを犯したわけじゃないのに、距離を置くなんておかしいと思った」

「他の人は違ったんじゃない？」

門柱の落書き、叩き割られた表札。住民の悪意は、僕や父さんにも向けられた。

「他の医師やスタッフも、彼女を守ろうとしていたよ。関係性さえ築けていれば、世間で流れている噂に惑わされずに済んだ。でも、何も知らない人たちが、静香の実家に押し掛けたり、病院に嫌がらせの電話までかけてきた。事情を知って怯えている患者もいて、いつの間にか退職せざるを得ない空気ができあがってしまった」

「父さんは、どうしたの」

「樫野征木の子供を妊娠していて、産むつもりだと静香に相談された。私も若かったし、放っておけなくてね。病院を辞めて、一緒にこの街に引っ越してきた」

さまざまな葛藤を経て決断に至ったはずだ。自助グループの発足や、その拠点を鏡沢町においた経緯など、多くの行間が省略されていることもわかっている。

それらの説明を一から求めるつもりはない。

「後悔してない？」

「あのときも、今も、してないよ」

「僕を産んだのは、正しい判断だったと思う？」

「当たり前じゃないか」

父さんの優しさが、偽物だと感じたことはない。家族にとって最善の選択を常に考えながら、秩序を保つためにバランスをとり続けてきた。

「僕と母さん。大切なのはどっち？」

「そんなの――」

「いいから、答えて」

父さんは息を吐き「比べられないよ」と呟いた。

違う。父さんの中での優劣は決まっている。だから、これほど長い期間、僕を騙し続けられた。樫野征木の存在を隠しただけではない。僕が真相に辿り着かないように妨害していた。

「僕の身体のことも、父さんは知ってるよね」

「それは……」

父さんが別の職業だったら、母さんが独断で行ったと考える余地もあったかもしれない。でも、医師として接していながら、何も知らなかったはずがない。

「やっぱり、穢れてると思ってたんだ」

「違う。そうじゃない」

「わかった。もういいよ」

今さら何を言われても、僕の気持ちは変わらない。

「……家族のためだったんだ」

「こんなこと僕は望んでいなかった」

僕の肩に触れようとした父さんの手を振り払った。

これ以上、話すことはない。

裁判の行く末を傍聴席で見守っている方が楽だった。それが家族にとっての最善だと、父さんは言うのだろう。現状を受け入れるのが、大人の対応なのかもしれない。

「ごめん。僕は証言台に立つよ」

目を背けることができなくなった。決着をつけなければならない。

杏梨を死に追いやったのは――、僕だ。

＊

証人尋問が実施される第二回公判期日。

裁判所の近くの停留所でバスを降りると、佐瀬先生が木製のベンチに座っていた。ゆっくりと立ち上がり、こちらに近づいて来た。

「やっぱりバスで来たんだね」

「止めてほしいって、父さんに頼まれたんですか」

近くに父さんの姿はない。今朝は、何も話さず僕が先に家を出た。

「それなら、もっと早く説得したよ」佐瀬先生は微笑んで、「一時間後に、今日の裁判が始まる。和泉を誘拐でもしない限り、もう証人尋問は止められない。これから、折坂検事と最後の打ち合わせ?」と僕に訊いた。

「はい。裁判所の控室で」

打ち合わせのために早く来ると予測していても、具体的な時間はわからなかったはずだ。どれくらい前から、ここで待っていたのだろう。

「裁判所までの雑談くらいは付き合ってくれる?」

「わかりました」

歩いて十分ほどの距離がある。打ち合わせは、三十分後の予定だ。雨が降り出しそうな灰色の空を見上げてから、裁判所に向かって歩き始めた。

「緊張してる?」

「昨日は、ぜんぜん眠れませんでした」

「それが普通だよ。証言台の前に立つと、意外と落ち着きを取り戻す人もいる。答えに詰まっても、検察官がフォローしてくれるから大丈夫」

「佐瀬先生からの質問もあるんですよね」

「お手柔らかにね」

こうして横に並んで話していると、グレープフルーツを拾った日のことを思い出す。あのときも、佐瀬先生は優しい言葉を掛けてくれた。

「あの……、すみませんでした。相談もしないで勝手に決めてしまって」

「謝る必要はないよ。弁護士倫理の話を覚えていたんだろう？」

「はい。先生を頼っちゃいけないと思って」

ブラッドフードの成分分析を実施してほしいと頼んだとき、結果次第では情報を公開できない可能性があると告げられた。弁護人は、被告人の利益のために動かなければならない。真相の解明は弁護人の役割ではないとも、先生は言っていた。

「弁護人ではなく、検察官に託すべき証拠だった。和泉の選択は、何も間違っていない」

「こうなることがわかっていたから、弁護士倫理について教えてくれたんですか？」

「さすがに買い被りすぎだよ」佐瀬先生は苦笑した。「検察官が取調べを請求する証拠は、事前に弁護人に開示されるんだ。ＤＮＡ型鑑定の結果も見せてもらった」

「先生が調べてくれた鑑定研究施設に、追加分析を依頼しました」

「勝手に私の名前を使ったのも知ってるよ」

「……すみません」

「うん。それは、ちゃんと謝るべきだ」冗談めいた口調で言ってから、「検査費用も安くなかったと思うけど、どうしたの？」と訊かれた。

「お年玉貯金を使い果たしました」

「それほど確信していたんだね」

「外れていてほしかったです」

僕の推論が合っているかを確認する方法は、幾つか思い付いた。ＤＮＡ型鑑定とは別に、消極的な行動を選択することで、時間を掛けて変化を見定めた。

結果はいずれも、一つの結論を指し示していた。

「あの証拠が検察官の手に渡った以上、すんなり裁判を終わらせることはできなくなった。裁判官もすぐに事情を察するはずだ」

「記者は、大騒ぎするでしょうね」

「既にレールは切り替わった。和泉が証言しなくても、別の手段で検察官は立証を試みると思う。苦しい状況に追いやられることも、和泉ならわかっているだろう。充分頑張ったし、役割も果たしたよ。残りの後始末は、大人に押し付けてもいいんじゃないか?」

「ありがとうございます。先生の言う通りだと思います。でも……、僕が終わらせないといけないんです」

裁判所が見えてきた。

交差点の信号で立ち止まり、佐瀬先生の言葉を待った。

「検察官の遮蔽の提案も断ったと聞いた。どういう措置なのか説明を受けたよね。証言台の周りや通路に障害物を置いて、傍聴人や被告人から証人が見えないようにする。周囲からの精神的な圧迫を受けずに証言してもらうための措置だ。被告人の息子で、被害者の同級生の高校生が証人なんだ。それくらいの配慮は普通のことだよ」

折坂検事からも同じような説明を受けた。いや、説明というよりも説得に近かった。

「周りを囲ったら、僕も法廷の様子が見えなくなりますよね。きちんと見届けたいんです。何も見逃したくないんです」

信号が青に変わる。他の通行人が横断歩道を渡り始めた。

「私が静香さんを説得できていれば、こんな辛い役割を和泉に押しつけずに済んだ」

「今日の証人尋問は、母さんも法廷で聞いているんですよね」

「うん。私の前に座っている」

「やっぱり、僕は母さんを赦せません」

「……行こうか」

横断歩道を渡った。佐瀬先生が拳を握っている。もう引き返せない。

これから僕は、親子の罪を暴く。

＊

二カ月ぶりに見た母さんは、もともと小さかった顔がさらにやつれて、白髪も目立った。化粧のせいかもしれないが、一気に老け込んだように見える。悪意を持って特徴を捉えれば、魔女のイメージに合致する法廷画に仕上げることもできるだろう。

細い腕に手錠を嵌めたまま長椅子に座る母さんの表情は、裁判官が法廷に入ってくるまでほとんど変化しなかった。虚空を見つめるように静止している。

「証人は、証言台の前に立ってください」

傍聴席との境目にある木の柵を押すと軋む音が鳴り、教室の倍以上の広さがある法廷が、驚くほど静まり返っていることに気付いた。中学校の卒業証書を受け取ったときのように、僕の動きを大勢が視線で追っている。

裁判官、折坂検事、佐瀬先生、傍聴人――。母さんだけが顔を伏せている。

「お名前は、何と言いますか？」

高い位置に座っている女性の裁判官が、柔らかい声で僕に訊いた。

「和泉宏哉です」

「被告人に対する死体損壊、死体遺棄事件について、これからあなたに証言をしていただきます。証人尋問を始める前に、嘘を言わないという宣誓をしてください」

手渡された宣誓書を読み上げた。

「良心に従って真実を述べ、何事も隠さず、偽りを述べないことを誓います」

「今、宣誓していただいたとおり、正直に証言してください。嘘の証言をすると、偽証罪になり、あなた自身が処罰されることがあります」

「わかりました」

「それでは、お座りください。検察官、質問をどうぞ」

「はい」折坂検事が立ち上がる。

今日に向けて、折坂検事とは何度も検察庁で打ち合わせを重ねてきた。どんな順番で何を訊かれるのか。質問内容は、ほとんど覚えている。

「証人は、被告人の息子ですね」

「はい、そうです」

「証人と被害者の関係性を教えてください」

「杏梨は、高校の同級生で、同じ部活に所属していました。初めて話したのは、中学三年生の春です。両親が働いているクリニックで、母に紹介されました」

「被害者は、その頃からクリニックに通っていたのですか？」

「はい。透析治療を受けていました。僕は、その少し前に慢性腎不全と診断されて、杏梨と同じスケジュールで治療を開始しました」

「被害者と最後に話したときのことを覚えていますか」

「今回の事件が起きる前日の水曜日に、クリニックで透析治療を受けました。僕と杏梨は、隣同士のベッドを使っていました」

一問一答形式で、訊かれたことにだけ短く答えていく。

「どれくらいの時間、治療を受けたのですか？」

「午後五時から午後九時までの四時間です」

「そのときの出来事で、記憶に残っていることはありますか？」

「透析を開始してすぐに、僕は眠ってしまいました。目が覚めたときには返血まで終了していて、杏梨もベッドにいませんでした」

「物音や話し声が聞こえて、目が覚めたりはしませんでしたか」

「いえ、気が付きませんでした」

「その日の透析治療について、被告人から何か確認されたことはありますか」

「翌日の午前中に、杏梨が学校に来ているかを確認するメッセージが届きました。その日から無断欠席が始まったので、来ていないと返信しました」

貧血気味だったから気になったと、母さんは言っていた。

「わかりました。それでは、証人の家族について次に質問していきます。答えにくいこともあると思いますが、お訊きして構いませんか？」

「問題ありません」

「先ほど、両親がクリニックで働いていると答えていましたが、臨床工学技士として働いていた母親が被告人、医師兼経営者の父親が証人請求されている和泉淳さん……、ということで間違いありませんか」

「はい」

「それぞれの親と血は繋がっているのでしょうか」

「母とは繋がっていますが、父とは繋がっていません」

「実父がどなたかはご存じですか」

傍聴席がざわついた。答えを知っている人たちが反応したのだろう。

そこで裁判官が、「検察官。今回の起訴事実との関係で、証人の家族関係について深掘りする必要があるのですか」と割って入った。

「犯行動機を明らかにするには不可欠な質問だと考えています」

折坂検事が答えると、「弁護人のご意見は？」と佐瀬先生に話が振られた。

「現時点では、異議を述べるつもりはありません」

「わかりました。続けてください」

わずかに間をあけてから、折坂検事は同じ質問を口にした。

「改めてお聞きします。実父がどなたかはご存じですか」

「十八年前に女子高生を殺害して山中に遺棄した――、樫野征木です」

「その方が実父だと知ったのはいつですか」

「今回の事件が起きた後です。実父が逮捕されたときに母は既に妊娠していて、今の父と結婚して鏡沢町に引っ越してきたそうです。僕はずっと、父と血が繋がっていると思っていました」

一気に話し過ぎたかもしれない。落ち着こうと思って、一つ息を吐く。

「十七年もの間、両親は実父の存在を証人に伏せていたわけですよね。どういった経緯で、認識するに至ったのでしょうか」

「警察が訪ねてくる少し前に、透析治療のマニュアルを母から受け取りました。それまではクリニックで治療を受けていたのですが、事件の影響で学校にも行けない状況だったので、在宅透析に切り替えてもらいました」

「在宅透析用のマニュアルを被告人が作成したということですね」

前置きが長かったのか、折坂検事は話題を誘導した。

「はい。ファイルの中に冊子が挟まっていて、両親の名前も顔も知らずに育った少女が、母親と同じように罪を犯す半生が描かれていました。母がその冊子を僕に渡した理由を探っていくうちに、樫野征木の存在を知りました」

「少し整理しましょう――」

折坂検事の発言を遮ったのは、「黙れ！」という怒声だった。

反射的に振り向くと、傍聴席の最後列で男性が立ち上がっていた。父さんくらいの年齢。鏡沢町で見掛けたことがある。傍聴席が再びざわついた。

「余計なことを喋るな！」

男性はさらに続けようとしたが、裁判官が鋭い声で制止した。

「席についてください。次に同様の発言をした場合は、退廷命令を出します」

そう通告すると、男性は舌打ちをして座った。

鏡沢町に住む加害者家族かもしれない。彼らが恐れているのは、街の秘密を法廷で暴露されることだろう。僕が〝魔女の原罪〟に言及したので牽制したのではないか。

これは僕たち家族の問題だ。他の住人を巻き込むつもりはない。自助グループの存在や集会については触れないと、あらかじめ決めていた。

「証人、大丈夫ですか」

裁判官に訊かれて視線を上げた。

「大丈夫です」

「では続けてください」

咳払いをしてから折坂検事は尋問を再開した。

「その冊子と実父の間に、どのような繋がりがあったのですか」

「冊子の内容を十八年前に手記として発表したのが、樫野征木です。〝魔女の原罪〟というタイトルが付けられていました」

折坂検事は裁判官の方を向いて、「供述明確化のために、証人に書証を示してもいいでしょうか。弁護人に対しては、事前に開示済みの書証です」と発言した。

佐瀬先生も立ち上がり、「内容は確認済みです。証人に提示することについても異論はありません」と言った。

裁判官の許可を受けた折坂検事は、証言台に近づいて見慣れた黒い表紙の冊子を置いた。法廷のモニターに、少女の半生を描いた文章が映し出される。

「この冊子が、先ほどから証人が言及しているものですか」

「はい」

確認を終えた後、折坂検事は元の場所に戻った。

「被告人から受け取った冊子を調べて、実父や十八年前の事件に辿り着いたわけですね」

「そうです」

「実父の存在を知った後、証人はどのようなことを考えましたか」

抽象的な質問だが、どういった回答が求められているかはわかっている。

先ほどの傍聴人の怒声によって、むしろ気持ちを落ち着かせることができた。

「母は、僕の血を恐れているのではないかと考えました」

自助グループの中で、母さんは保守派に属していると柚葉は言っていた。だが、子供の成長を見守るべきという主張とは相容れない行動をとっていた。

「理由を教えてください」

「その冊子を読んでから、これまでの自分の人生を振り返りました。実父の存在以外に隠し事があってもおかしくないと思ったからです。和泉家では、豚の血を使ったブラッドフードが、週に何度も食卓に並びました」

「豚の血液を食材に用いた料理ということですか？」

「はい。ブーダンノワールやチーイリチャーなど、さまざまなレシピがあります」

「続けてください」

「僕の健康に配慮した食材だと思い込んでいましたが、豚の血は透析患者にとって好ましくない食材だそうです。健康のためではなく、僕の中に流れる犯罪者の血を薄めようとしたのかもしれない。そう考えました」

「突飛な発想のようにも聞こえますが、補足できることはありますか？」

集会で豚の血が用いられていたのが一番の理由だが、そこに言及するわけにはいかない。それに、理解や共感が得られるとは最初から考えていない。

「豚の血にはリンが多く含まれていて、透析患者には天敵と言っていいくらいの食材です。それを頻繁に摂取させていたのですから、健康より優先するものが母の中にはあったのだとまず考えました。ただ、透析でも除去できないほどリンが体内に溜まると、骨がもろくなったり、手足が壊死することもあることが調べてわかりました。そのような事態まで母が受け入れていたとは、さすがに信じられませんでした」

「先ほどの回答と矛盾していませんか？」

答えは決まっているが、呼吸を整えるほどの間をあけた。

リンは、魚や肉など多くの食材に含まれている。人体に必要不可欠な成分で、摂り過ぎた場合も腎臓が正常に機能していれば、体外に排出されるらしい。一方で、腎臓が機能不全に陥っている透析患者は、意識的にリンの摂取量を制限しなくてはならない。

「母は、僕がリンを摂取しても問題がないことを知っていました」

「どういう意味ですか？」

「僕の腎臓は正常に機能していますか？」

長椅子で俯いている母さんは、肩をぴくりと震わせた。傍聴席の父さんは、どんな表情を浮かべているだろう。

「中学三年生から透析治療を受けていると、最初に言いましたよね」

血栓の病気から回復した約半年後に、僕は母さんにクリニックに連れていかれた。

「はい。慢性腎不全と診断されて、血管を繋げる手術を受けて、二年以上透析治療を続けてきました。ですが、診断も、手術も、透析治療も、全て両親が働くクリニックで行われたことです。二人が嘘をついていたら、僕には見抜けません」

血液透析のエキスパートの両親と、透析患者の一人息子。できすぎた家族構成だと思っていたが、偶然ではなく遺伝の巡り合わせという理由を聞かされて納得した。父さんも腎移植を受けるまでは透析治療を受けていたと……。

だが、僕と父さんは血が繋がっていない。

遺伝によって腎臓の苦難が引き継がれるはずがなかった。

「豚の血を用いた料理が食卓に並んでいたことだけが、そのように考える理由ですか？」

「腎不全の自覚症状が、ほとんどありませんでした。杏梨とは違って、僕は尿が出ない無尿にもなっていません。体調を崩すのも、透析治療を受けた後くらいです。血液を循環させることで身体に負担が掛かっているだけで、腎臓の状態とは必ずしも関係ないそうです」

どこかで疑うことはできたのかもしれない。腎不全の初期症状や進行について、ネットで調べるべきだったのだろうか。別の病院で再検査を受けるべきだったのだろうか。

「他にも何かありますか？」

「確信は持てなかったので、自分の身体を使って確かめることにしました。母が勾留されてから二カ月以上が経っていますが、その間一度も透析治療を受けていません」

在宅透析に切り替わったため、透析のスケジュールは比較的自由に組めるようになった。透析装置をリビングから自分の部屋に移動させたこともあって、父さんは僕が時間を見つけて実施していると思い込んでいた。

だが、母さんが勾留されてから、僕は一度も針を腕に刺さなかった。両親の嘘を明らかにするために、一週間、一カ月とただ待ち続けた。

身体に水が溜まって、むくんだり血圧が上がったり、心機能が低下する。毒素も溜まって、不眠から意識障害までさまざまな症状が出る……。

透析治療を中止すれば、腎不全の症状が身体に現れるはずだった。

「体調に変化は？」

「まったくありませんでした」

「証人から連絡をいただいた後、私も大学病院に同行して腎臓の精密検査を受けましたね」

「はい。何ら異常は見られないという結果でした」

折坂検事は、裁判官の許可を得て、精密検査の結果が記載された用紙を証言台に置いた。僕の認識と合致していることを確認してから、質問を重ねた。

「被告人は、腎臓が正常に機能している証人に対して、二年もの間、透析治療を実施していたことになります。その理由に心当たりはありますか」

「透析治療は血液を人工的に浄化する治療で――、血液浄化療法とも呼ばれています」

　その名称に、特段の意味を見いだしたことはなかった。

「犯罪者の血を薄めようとしたのかもしれない、と先ほど言っていましたね」

「僕の体内に、老廃物や不要な水分は溜まっていません。医学的に見れば、無意味な透析治療が繰り返されていただけです。でも、母には別の目的がありました。体内の血液を透析回路に循環させることで、穢れた父親の血を浄化しようとしていたのだと思います」

　調子が悪いときは、透析治療が終わっても立ち上がれないことがあった。透析さえ続ければ、普通の生活が送れると母さんは言っていた。どれくらいの時間を無駄にしたのだろう。

「証人は、第一回公判期日の二日前に、血液のＤＮＡ型鑑定結果が記載された用紙を持って検察庁を訪れましたね」

「はい」

「検査に用いた試料は、どなたの血液ですか」

「僕と杏梨の血液です」

「いつ、どのように採血したのですか」

「僕の血液は、母が勾留された頃に採血しました。在宅透析では、定期的に血液検査を行う必要があるので、採血用のキットが家に保管してありました」

「被害者の血液は？」

「生前の血液が付着しているガーゼを譲ってもらいました」

「どなたからですか」

「それは答えられません」

回答を拒絶することも、事前に折坂検事から了承を得ている。

検査に用いたのは、柚葉がお守り袋の中に入れていたガーゼだ。初めて集会に参加した杏梨の手首をガーゼで止血したと、涼介の家で教えてくれた。

僕の考えを隠すことなく伝えて、真相を解明するにはDNA型鑑定を実施する必要があると頼んだ。試料は返ってこない可能性もあったが、柚葉はお守り袋から取り出したガーゼを僕に託した。真相を知るためですと、僕を睨むように見つめていた。

「なぜ、DNA型鑑定を実施したのですか」

「結果を照らし合わせれば、真相がわかると思ったからです」

「真相とは？」

「杏梨と受けた最後の透析治療で、何が起きたのかです」

母さんは、杏梨が返血用の針を抜こうとして失血が起きたと主張し続けてきた。あの日、クリニックで何が起きたのか――。それが最後まで残った謎だった。

「治療中はほとんど眠っていたという話でしたね」

「約四時間、一度も目が覚めませんでした。あのときを除いて、それほど長い時間眠り続けたことはありません」

点滴で麻酔を注入して、僕を眠らせたのかもしれない。

「DNA型鑑定の結果を教えてください」

「二つの試料のＤＮＡ型は部分的に一致している。そう記載されていました」

専門的な知識はなかったが、その意味を僕はすぐに理解した。

「血縁関係が認められたということですか？」

「違います。僕の試料には、杏梨の試料のＤＮＡ型が含まれていました。ですが……、その逆はなかったそうです。僕の血液にだけ杏梨の血液が混ざっていたんです」

ざわめきすら聞こえない。何十人もいる法廷に沈黙が落ちる。

「その原因に心当たりはありますか」

「大量の輸血を受けると、数ヵ月の間、血液提供者のＤＮＡ型パターンが混在する可能性があるそうです」

「輸血を受けたことがあるのですか？」

「僕が受けていたのは、透析治療だけです」

「透析治療中に、証人に気付かれることなく輸血を行ったと？」

僕が眠っている間に、隣のベッドで透析治療を行っている杏梨の血を抜き取って、僕の体内に輸血する……。確かに、それでも同様の結果になるかもしれない。

「それだと、杏梨の血が一方的に失われてしまいます。二十日以上経ってから採血した僕の血液にも、杏梨のＤＮＡ型が残っていました。かなりの量の血を注入したはずです」

失血によって杏梨が命を落とすことを母が受け入れていたのなら、その真相もあり得るのかもしれない。しかし、僕は異なる結論を導いた。

「証人は、どのように考えているのですか」

「透析治療は、脱血用の針と返血用の針を腕に刺して、血液を体外で循環させます。僕たちは、隣同士のベッドで治療を受けていました。脱血した僕の血を杏梨に返血して……、脱血した杏梨の血を僕に返血する。僕と杏梨の血液を交換したのだと思います」

透析装置を用いた血液の交換……。

二人の血液が、チューブを通じて循環させられた。

「被害者の試料には、証人のDNA型は含まれていないというお話でしたね」

「僕が鑑定に出した試料は、事件後の僕の血液と、生前の杏梨の血液です。試料を採取した時期が揃っていれば、結果は変わったはずです」

「事件前日の透析治療によって、血液のDNA型パターンが混在したと？」

「僕は、そう考えています」

クリニックから押収された透析装置は、脱血時に予期せぬ動作を検知してもポンプが停止しないように、設定が変更されていたらしい。

杏梨の遺体から血液を抜き取るために、設定を変えたとは限らない。僕たちの血液を交換するために準備した特殊な透析装置を、遺体から血液を抜き取る際にも再利用した……。つまり、脱血と返血のセットを崩すための設定変更だったのではないか。

そして、僕たちの血液を交換したことで杏梨が死亡したなら、遺体から血液を抜き取った理由も説明がつく。

DNA型鑑定を恐れて、証拠を隠滅しようとしたと——。

「試料の提供者は明かせないということなので、遺体の口内粘膜を採取してDNA型鑑定を再実施しました。その結果も、証人は把握されていますか？」

「はい。結果は変わらなかったと聞いています」

「供述明確化のために、ＤＮＡ型鑑定に関する書証を示してもいいでしょうか。弁護人には事前に開示しています」

裁判官の許可を得た後に、三件のＤＮＡ型鑑定の結果をまとめた報告書がモニターに表示され、その内容を検察官が説明していった。

検察官がＤＮＡ型鑑定に用いたのは遺体の口内粘膜なので、血液の交換が行われたとしてもＤＮＡ型は影響を受けていない。この結果からわかることは、事件後の僕の血液に杏梨のＤＮＡ型が含まれていた事実に留まる。

少なくとも、僕の体内に杏梨の血液が大量に注入された。事件前日の透析治療を除いて、その機会はなかったはずだ。それなら、杏梨の体内にも……。

「ありがとうございます」

折坂検事は、僕に向かって言葉を続けた。

「証人尋問は事実を聴取するための手続です。今回の証言によって、多くの事実を明らかにすることができたと考えています。証人が証言台に立ってくださったおかげです。これらの事実を踏まえた法的な評価や結論は、我々が責任をもって主張していきます。検察官からの質問は以上になりますが、最後に何か話したいことはありますか？」

検察官側の証人として証言台に立ち、彼らに有利な事実を明らかにしていった。

母さんを罰するための裁判に加担したことになる。

達成感などない。鏡沢町の事情を把握していて、事件前後の母さんの行動を傍で見続け、杏梨と共に透析治療を受けてきた。疑いを抱くきっかけが散りばめられていた。証拠となり得る資料が手元に揃っていた。

真相に一番近い場所にいたのが、僕だっただけだ。

僕が家族の〝最善〟を受け入れていれば、裁判は既に終わっていた。

どうすれば良かったのだろう。

母さんや杏梨に、僕は何を伝えればいいのだろう。

「あのとき、僕と杏梨の血が交換されたなら……、僕だけが無事だったことになります。僕の血が体内に入った杏梨は死亡して、杏梨の血が体内に入った僕は生き延びた。他人の血液を大量に取り入れることで何が起きるのか、僕には想像することしかできません。ですが、母がどう理解したのかはわかります」

長椅子に座る母さんに視線を向ける。

「僕の血が杏梨を殺した。そう思ったんでしょ?」

佐瀬先生が首を左右に振った。だが、母さんは動かない。否定してくれない。

父親が犯罪者じゃなかったら――、僕の血が穢れていなければ、杏梨は死なずに済んだ？

ふざけるな。そんなわけないだろう。

杏梨を殺したのは、母さんだ。

「僕は、母のしたことが絶対に赦せません。杏梨には、何の罪もなかったはずです。でも、僕が不安を払拭できていたら、こんなことにはならなかったのかもしれません。十七年間で母を安心させることができなかった僕にも、責任はあるのだと思います」

立ち上がり、僕を見つめている裁判官に向かって頭を下げた。

「母を、正しく罰してください」

これが唯一の、今の僕にできる償いだ。

⚖

証人尋問は、請求者が主尋問を行った後、他方の当事者に反対尋問の機会が与えられて、最後に裁判官が補足の質問をする。

私は、反対尋問で和泉を追及すべき立場にあった。

傍聴人の好奇や嫌悪に満ちた視線に晒されても怯まず、検察官の質問に適切な答えを返し続けながら、母親の罪を暴いて適切な処罰を求めた。感情をあらわにすることもなく、最後には自らにも責任があるとまで口にした。

正しく罰してくださいと、裁判官に向かって頭を下げたのだ。

証言台に駆け寄って、和泉も被害者だと伝えたかった。残酷な役割を背負わせてしまったことを謝りたかった。素晴らしい証言だったと讃えたかった。

それでも、弁護人には被告人を守る義務がある。証人が被告人にとって不利な証言をしたのなら、裁判官の心証を覆すために全力で反対尋問に臨むべきだ。和泉の証言には、証拠に基づかない推測や意見が含まれていた。おそらく、鏡沢町の住人を巻き込むことを嫌って、あえて加害者家族の秘密には触れなかったのだろう。

そういった配慮にすら付け込んで、和泉を切り崩していく。それが弁護人の役割であり、証人尋問の実施に異議を述べなかった時点で、こうなることも覚悟していた。

和泉に幻滅されたとしても、妥協することは許されない。

だが――、

「もう結構です」

反対尋問を開始してすぐに、和泉静香が振り返り、私に向かってそう言った。

「どういう意味ですか？」

「これ以上、宏哉には何も訊かないでください」

証言台に座っている和泉は、眉を寄せて母親の後頭部をまっすぐ見つめている。

「ここで打ち切ったら、改めて尋問する機会は与えられませんよ」

反対尋問権を放棄したと裁判官は判断するはずだ。

「構いません。もう結構です」

そう繰り返してから、和泉静香は正面を向いた。

このまま尋問が終了すれば、和泉の証言は信用性が認められると判断されるだろう。一時の感情に流されて、不合理な行動を選択している。休廷を求めて、考え直すよう説得する。そうするべきだと頭では理解していた。

「被告人から、証人に何か訊きたいことはありますか」

和泉静香に問い掛けたが、返答はなかった。

「――弁護人からは以上です」

「本当によろしいのですか」裁判官に確認された。

「被告人の意向を優先します」

「わかりました」

和泉の心情を気遣って反対尋問の打ち切りを求めたとは思えなかった。引き返す機会は、これまでに何度もあったはずだ。全てが手遅れになってから、和泉の目も見ずに投げやりに罪を受け入れるなんて……、あまりに都合が良すぎる。

次回期日では、被告人質問が実施される。そこでも沈黙を貫くつもりなのか。

最後まで、息子の想いを踏みにじるつもりなのか。


閉廷後、検察官と共に法廷を出て行った和泉を見送ってから、裁判所内に設置されている接見室に向かった。被告人と接見がしたいと、事前に裁判所の職員に話を通していた。

まず、複雑に入り組んだ裁判の現状を整理する必要があった。

検察官は今回の事件を、死体損壊と死体遺棄……、すなわち、死後の犯罪に限って起訴した。

勾留期間が満了した時点では、最後の透析治療で何が起きたのかは闇に包まれていた。だから、〝水瀬の死〟それ自体を公訴事実に含めることができなかった。

警察や検察が捜査段階で手を抜いたわけではないだろう。

血液の交換という突飛な発想に至るには、和泉静香の血液に対する異常な執着を見抜く必要があった。元配偶者が樫野であることは警察も把握していたはずだが、〝魔女の原罪〟や集会の存在は、参加者が一丸となって隠し通そうとしていた。

転入者を疎ましく思っていた住人――カッテが、自助グループについて警察に明かしたとしても、血液を摂取させる集会の実態は、参加者とごく一部の人間だけが共有していた。

想定を覆す証拠を検察庁に持ち込んだのが、和泉だった。

DNA型鑑定結果によって、和泉の体内に被害者の血液が取り込まれていたことが明らかになった。さらに、和泉の腎臓が正常に機能している事実も判明して、クリニックでの透析治療に疑いの目が向けられた。

あとは、違和感を繋ぎ合わせていくだけの作業だったのではないか。

「検察官は、被害者の死の責任も静香さんに問うつもりです。血液の交換によって命を落としたと認定されれば、傷害致死罪が成立する可能性があります」

「……そうですか」

穿刺や採血といった患者の身体を傷つける医療行為に傷害罪が成立しないのは、専門的な知識や技能を有する医療従事者が、患者の同意に基づいて実施しているからだ。

透析治療が行われる認識しかない患者の血液を交換する行為には、同意を得ていない以上傷害罪が成立するだろう。その結果、水瀬が命を落としたと認められた場合は、傷害致死罪の責任を問われることになる。

傷害致死罪の法定刑は三年以上の有期懲役だ。三年以下の有期懲役が定められている死体損壊や死体遺棄よりも、ずっと重い犯罪とみなされている。

執行猶予は認められず、実刑判決が宣告される可能性が高い。

命の重みが、刑罰の軽重に直結している。

「今回の裁判で問われているのは、死体損壊と死体遺棄の罪です。公訴事実に含まれていない傷害致死罪で、有罪判決を宣告することはできません。おそらく検察官は、再捜査が終わり次第、改めて静香さんを起訴しようとしています」

「難しいことは、よくわかりません」

「血液交換の事実を認めるのか、この時点で決めておくべきです」

傷害致死の成否が、今後の展開を左右する分岐点となる。ＤＮＡ型鑑定結果が、有力な証拠であることは間違いない。しかし、水瀬の血液が混入した時期が完璧に特定されたわけではない。

今回の事件とは無関係だと主張する余地は、わずかに残されている。

「宏哉が話したとおりです」

「全て認めるのですか」

「はい」

水瀬が返血用の針を抜こうとして失血が起きたというのは、真っ赤な嘘だった。抜針事故などではなく、和泉の血を取り込んだことで水瀬は死亡したのだ。

「何があったのか、詳しく教えてください」

「ですから、宏哉が話したとおりです」

投げやりな口調と表情で、和泉静香は言った。

「あなたは何に怯えていたのか。どうして水瀬さんの血を選んだのか。なぜあのタイミングだったのか。明らかになっていない疑問は多く残っています」

「理解してもらえるとは思っていません」

「医療従事者として、二人の血液を交換する危険性は認識していたはずです。宏哉くんは、自分の血が水瀬さんを殺したと言ったのですよ」

「……………」

司法解剖の結果を確認しなければ、詳細な死因はわからない。いや、死亡してから約十日が経過した後に、血を抜き取られた遺体が土中から掘り起こされたのだ。遺体の状況はかなり悪かったはずなので、死因を特定できなかった可能性も充分考えられる。

血液の交換は、体外への抽出と体内への注入に細分化することができる。

他者の血液の注入は輸血と似ているが、医学的に承認された方法で実施したわけではないため、予期せぬ事態を招来したのかもしれない。

和泉は生き残り、水瀬は死亡した――。それは結果論にすぎない。

「宏哉くんに真実を伝えるべきです」

「今さら何を話しても、宏哉は私を赦さないでしょう」

「先ほどの証人尋問を聞いて、あなたは何も感じなかったのですか。宏哉くんは……、残酷な真相に傷つきながら、それでも目を背けず証言台に立ったんですよ。適切な処罰を求めることが、水瀬さんへの償いであり、息子としての責務でもあると考えたからです。どうして、彼の想いを汲み取ってあげないのですか」

息子に裏切られたと思っているのか。真意に気付いていないはずがないのに。

赦せるはずがないだろう。大切な友人の命を奪われたのだ。十七年間の人生を否定されたのだ。

両親に裏切られ、家族という拠り所を失ったのだ。

「そろそろ戻ってもいいでしょうか。先生にご迷惑はおかけしません」

　アクリル板で仕切られていなかったら、彼女の肩を摑んでいたかもしれない。

「静香さんの答えを聞かせていただけないのであれば、積み残された疑問について、私なりの解釈を宏哉くんに伝えるつもりです」

「これは……、親子の問題です」

「私を止める方法は、的外れな妄想だと反論して納得させるしかありません。席を立たず、耳を傾けるべきだと思いますが」

　身体を拘束されているため、私と和泉の接触を阻むことはできない。

「どうして放っておいてくれないのですか」

「私は、静香さんの弁護人ですが、宏哉くんの担任教師でもあったからです。生徒のために動くのは当然のことでしょう」

「事件も、私のことも……、忘れてほしいんです」

「それは宏哉くんが決めることです」

　教職は既に辞したが、教え子が赤の他人になるわけではない。それに、母親の弁護をしてほしいと最初に依頼してきたのは和泉だった。

　被告人の意向を無視して弁護活動に及ぶことは許されない。その一方で、漫然と言いなりになるだけでは弁護士が関わる意味がなく、職務をまっとうしたとは到底言えない。

「手短にお願いします」

弁護人は、名探偵になってはいけない——。

だが、被告人の利益の追求に繋がるなら、推理であっても披露するべきだ。

「DNA型鑑定を実施した生前の水瀬さんの血液には、宏哉くんのDNA型が含まれていませんでした。四時間も眠り続けたのは初めてだと証言していましたし、二人の血液の交換は、あの日が最初で最後の試みだったはずです」

証人尋問のときのように、和泉静香は俯いて座っている。

「なぜ、あの日を実行日にしたのか。二人の事情……、いや、三人の事情が絡み合った結果だと、私は考えています。宏哉くんと水瀬さんの年齢と関係性、そして、樫野征木の刑期。間違っていますか？」

反応は返ってこなかったので、私は言葉を続けた。

「今回の事件が起きる数ヵ月前に、樫野が服役している刑務所に行ったそうですね。面会に来てくれたと、嬉しそうに話していましたよ。殺人罪と死体遺棄罪で有罪判決を宣告されてから、今年で十八年。宣告刑も十八年の有期懲役でした。刑期が満了する直前に、あなたは樫野と面会したことになる」

仮釈放が認められていたら、その時点で出所している可能性もあった。社会復帰を果たしているかを確認するのも、目的の一つだったのではないか。

「出所しても、鏡沢町の住居を樫野が調べる方法はなかったでしょう。ですが、刑務所の中にいたときでさえ、樫野は〝魔女の原罪〟をばら撒くことで、あなたと間接的に意思疎通を図ろうとした。再び思いもよらない方法で、居場所を突き止められるかもしれない。それに実父の存在を知った宏哉くんが、自ら接触してしまう危険性もあった」

「何を仰りたいのですか」

ようやく口を開いたが表情に変化はない。

「樫野の話術や人望を集める能力は、私も身をもって体感しています。学生の頃は優等生、社会人になってからは良き教師として、逮捕されるまで社会に溶け込んでいました。養親すら本性を見抜けなかった。樫野と言葉を交わして、何を思いましたか？　私は、昔のままだと、怖くなりました。出所した樫野と宏哉くんが出会うことを、あなたは恐れたのではありませんか」

刑務所を訪れた和泉静香と何を話したのか、樫野は私に教えようとしなかった。

面会の終了間際に、私が一つの質問をするまでは。

「最初に人を傷つけたのはいつか、そう樫野に尋ねたと聞きました。十八年前――、樫野の犯罪コレクションが警察の手に渡りましたが、その前にあなたも目を通したはずです。犯行日時が記されて、時系列ごとに整理されていた。その中でもっとも古いのが、樫野が高校二年生のときの犯行でした」

被害者に選ばれたのは、中学三年生の私の妹だった。犯行時期も被害者も、樫野は覚えていた。その上で、妻との伝言役に私を利用しようとしたのだ。

「それまでにも、窃盗や器物損壊といった犯罪は繰り返していたようです。ただ……、人の身体を傷つけるようになったのは、高校二年生からだった。それ以降、樫野は三十件以上の傷害事件を積み重ねて、女子高生を殺害するに至った。高校二年生が人生の転換点だった――。そう解釈することもできるかもしれません」

実際、和泉静香は刑務所を訪れて、私と同じ質問を樫野に向けている。当時の記憶の正しさを確かめたかったのだろう。

「樫野が出所するタイミングで、宏哉くんは高校二年生を迎えていた。そこに繋がりを見いだしてしまったのではありませんか？　このままだと、二人の人生が結び付きかねない。父親と同じ人生を辿ってしまうかもしれない。そう不安になったのではありませんか？」

「ただの偶然だと仰りたいのでしょうね」

今さら彼女の考えを否定したところで、時間を巻き戻せるわけではない。

最悪の事態に至る前に、誰かが止めなければならなかった。

「宏哉くんが中学三年生の頃から、透析治療を続けていた。ブラッドフードも食卓に並べていた。ですが、自助グループの過激派の考え方や集会の内容に、あなたは反対していました。被害者の血を摂取させる一線は越えずに、踏み止まっていた。その信念を曲げるきっかけになったのが、樫野の刑期、宏哉くんの年齢、そして、水瀬さんの境遇――」

再び和泉静香は俯いて黙り込んだ。

「彼女は集会に参加して血を提供していた。久保柚葉さんと同じように被害者の血が流れていたからです。久保さんと水瀬さんには、さまざまな違いがあった。自ら血の提供を名乗り出たか、透析治療を受けているか……、さらに、学年も異なっていた。久保さんは高校一年生。水瀬さんは高校二年生だった」

「……………」

「樫野が犯した最大の罪は、女子高生の殺害遺棄事件。被害者は、高校二年生の十七歳でした。

加害者家族としての苦しみは、あの事件から始まったはずです。過去を清算して、樫野の呪縛を断ち切るために、水瀬さんの血にすがったのではありませんか」

全ての元凶である樫野征木の出所。

人生の転換点となり得る年齢に達した和泉宏哉。

十八年前の被害者と同じ年齢で手首を切った水瀬杏梨。

加害者、加害者の息子、被害者――。三人の人生が、同じ年に交わった。こじつけであることは言うまでもない。水瀬に関しては、共通点を探す方が難しい。

それでも和泉静香は、偶然に意味を見いだしてしまったのではないか。

「宏哉の証言を聞きながら、そこまで考えたのですか」

「冷凍保存されていたブラッドフードを成分分析してほしいと、起訴される前に宏哉くんに頼まれました。水瀬さんの血が料理に使われていることを疑ったようです」

「宏哉が？」

「人血は検出されませんでしたが、透析装置を使った血液交換の可能性に辿り着きました」

透析装置の設定変更、遺体から抜き取られた血液、土中から発見された遺体。血液交換を前提に加えれば、それらを一本の線で結び付けることができた。

「それだけで……」

「逮捕される直前に、在宅透析のマニュアルを作って宏哉くんに渡したそうですね。治療を中止すれば、腎臓が正常に機能していることに気付いてしまうかもしれない。だから、自宅で透析を続けられる環境を急いで整えた」

「疑っていたのに、これまでの接見で一度も触れなかったのですか」

「血液のDNA型鑑定も、腎臓の状態も、宏哉くんの協力を得ないと結果を確かめることができません。これまでの人生を否定しかねない事実が、一つの質問で明らかになる可能性があった。私の独断で詮索すべきことではないと判断しました」

「私に確認しなかったのは……」

「弁護人として、あなたの主張を信じようと決めていたからです。血液交換の事実を認めるのかと、先ほど私は尋ねました。最後まで争うという答えが返ってきたら、この話をするつもりもありませんでした」

和泉静香は、血液交換の事実も認めた。ならば、傷害致死罪が成立することを前提に、少しでも有利な判決が宣告されるよう働きかけるのが、弁護人の責務だ。そのためには、犯行に至る背景事情も含めて事情を訊き出さなければならない。

「ほとんど先生が仰ったとおりです」

躊躇うように視線を左右に動かしてから、和泉静香は続けた。

「――水瀬さんを巻き込むつもりは、なかったんです。宏哉が、彼女を大切に想っていることも知っていました。透析治療を……、血液浄化療法を続けて、高校二年生が何事もなく終わることを願っていました」

「何があったのですか」

「他の住民から、水瀬さんが集会に参加していると教えられたんです。クリニックに来ない日があったり、手首の傷跡も気付いていたので、そんな自傷行為は止めるように説得しました。でも、聞く耳を持ってくれなくて……。母親との関係で、自暴自棄に陥っていたのだと思います」

「服役していた義父が、その頃に出所したそうですね」

死刑が宣告されない限り、社会復帰を果たす日はやがて訪れる。

「はい。義父と頻繁に会っている母親を止めたくて、集会に参加していたようです。手首の傷跡を見せたら、汚いと言われて、しばらく帰ってこなかったと。数日おき、数週間おき、だんだん期間が長くなったと話していました」

そして、そのまま一人……、家に取り残されたのか。

「静香さんが相談に乗っていたのですか」

「透析治療を始める前のわずかな時間でしたが。宏哉には話さないでほしいと頼まれていました。私以外には打ち明けず、母親が家に帰ってくるのを待っていたようです。ですが、一ヵ月経っても母親から連絡はなく、水瀬さんはその間も集会に参加していました」

「何のために？」

「母親に見捨てられたことを、頭では理解していたのだと思います。歪んだ血の要求であっても、集会では存在を認められて、むしろ求められていた。そこに彼女は……、居場所を見いだしてしまっていました」

「担任なのに、私はまったく気付けませんでした」

手首を切って血を流さなければ、生を実感できなかったのか――。

「集会への参加を止めないなら、母親が家を出て行ったことを警察や役所に通報すると伝えました。強い言葉で説得すれば考え直してくれると思ったんです。でも水瀬さんは、邪魔をするなら針を抜くと言ってきました」

「えっ？」

「透析治療中に針を抜いて血を流す。死ぬのは怖くないと……。ただの脅しで、実行に移すつもりはなかったのかもしれません」

抜針事故による失血という嘘は、そこから思い付いたのだろうか。

「……続けてください」

「樫野のことは、水瀬さんも知っていました。それに、ブラッドフードについても、宏哉が雑談で話していたようです。私の得意料理だと、宏哉は信じていたので」

「集会に参加していた水瀬さんは、本当の目的を見抜いた」

豚の血が何に用いられているのかを、水瀬は理解していた。

「本当は、被害者の血が欲しいのではないか。そう水瀬さんに訊かれました」

「宏哉くんの腎臓の状態も……、彼女は気付いていたんですか」

「そこまではわかりません。ブラッドフードと集会の違いは、被害者の血が混ぜられているかどうかです。集会への参加を見逃す代わりに、透析治療で血を抜き取っても構わないと、水瀬さんに提案されました」

「そんな――」

母親が家を出て行った事実と、水瀬の手首に刻まれた傷跡から、極限まで追い詰められていたことがうかがえる。和泉静香が話している内容が、保身のための嘘だとは決めつけられない。

共に透析治療を受けてきた和泉に、血を分け与えようとしたのか。

「樫野の出所時期と、宏哉の年齢。二つの事情で私が焦っていたのは、先生が仰ったとおりです。そこに水瀬さんの提案が重なって、今回の犯行を計画してしまいました」

単純に血を抜き取るより、互いの血を交換した方が、より多くの血液を循環できる。息子に流れる血を、一度の血液交換で浄化しようとした。

「水瀬さんにも伝えたのですか」

「はい。血液を交換させてほしいと頼みました。夫や宏哉に気付かれないように、透析装置などの準備を進めて、あの日に実行に移しました。血液の適合性も確かめて、終わった後も異常は見受けられなかったのですが、時間差で溶血性の副作用が発生したようです」

「溶血性の副作用？」

「赤血球の膜が破壊されて溶血反応が起き、赤血球の内容物を放出しながら連鎖的に溶血が進むと、死に至ることもあります。輸血でも稀に起きる副作用です」

「それが帰宅後に起きたと？」

「他に考えられませんでした」

血液交換による浄化……。その効果を、医療従事者が本気で信じたというのか。

動揺しながら、和泉静香の弁解が法的に持つ意味を検討していた。

被害者が身体を傷つけることに同意していた場合、その同意が社会的に相当なものと判断されれば、傷害罪は成立しないと考えられている。だが、今回は死亡結果が生じているし、血液の交換という内容からしても、傷害致死の成立は否定できないだろう。

「翌日、自宅で水瀬さんの遺体を見つけたのですね」

「溶血性の副作用が死因なら、血液検査で全て見抜かれてしまうと思いました。だから、遺体の血を抜き取ってセキレイ峠に埋めました。少しでも発見を遅らせるためです」

「抜き取った血は？」

「下水に流してしまったので……、残っていません」

そこで和泉静香は、一つ息を吐いて私を見た。

「他に隠していることはありません」

「犯行が発覚すれば、宏哉くんに隠していた秘密も明らかになる。本当に恐れていたのは、そちらだったのではありませんか？」

沈黙してから、「わかりません」と呟くように和泉静香は答えた。

血液の交換、樫野の呪縛、加害者と被害者の血液——。犯行を認めて自首すれば、芋づる式に過去が暴かれてしまう。息子に血の繋がりを突き付けてしまう。

「マニュアルに〝魔女の原罪〟を入れたのはなぜですか」

「任意同行を求められる前に、何度か警察の方がクリニックに来て話を聞かれました。逮捕されるのは時間の問題だと思い、樫野の存在は宏哉に隠しきれないと覚悟しました。あの子は頭が良いから、誰かに知らされるくらいなら、自分で辿り着いてほしいと思ったんです。必死に隠そうとしていたのに、矛盾していることはわかっています」

実際、和泉は週刊誌で暴露される前に、母親や鏡沢町の秘密を調べ切っていた。

〝魔女の原罪〟というヒントを与えられたことで、塞ぎ込まずに動き回り、集めた破片を繋ぎ合わせて、事件の真相の大部分を解き明かした。

「その信頼を、どうしてもっと早く……」

和泉静香の手が震えているのが見えて、言葉に詰まってしまった。

「私は、宏哉と向き合うことを避けてきました」

「樫野の出所も、高校二年生という年齢も、宏哉くん自身の問題ではなかった。私は担任として傍で見てきましたが、道を踏み外す予兆なんてまったく感じられませんでしたよ。動物や弱者をいたぶるようなことがありましたか？　他人の痛みや苦しみに、無頓着でしたか？　自分の目で見たものを自分の頭で解釈して、日々成長していました」

ときに危うい行動をとることはあったかもしれない。下級生の集団無視に介入したり、校長に直談判したことも知っている。だが、そこには信念や正義が存在していた。危険な思想などは、断じて持ち合わせていなかった。

「宏哉の将来を台無しにしてしまいました」

「先ほど話してくださった水瀬さんとのやり取りを、私は信じます。ですが、犯行が正当化される余地がないこともわかっていますよね」

「……はい」

「副作用を引き起こしたからではありません。彼女が血液の交換を了承していたとしても……、望んでいたとしても、あなたは説得して止めなくてはいけなかった。母親に見捨てられて弱っていることも気付いていましたよね。生きてさえいれば、立ち直れるチャンスはあった。本当に、残念でなりません」

水瀬が、死を受け入れていたとは思えない。

絶望しながら、それでも透析治療を完全に中止しなかったのは、生きる気力までは失っていなかったからではないか。集会に参加して、魔女狩りの歴史を調べながら、現実と向き合う術を探っていたのではないか。

「毎日……、夢で見るんです。玄関で遺体を発見したとき、クリニックで血を抜き取ったとき、シャベルで土を掘ったとき。場面が何度も切り替わって……」

「罪を償う方法を一緒に考えましょう」

涙をこらえるように下を向いた和泉静香に、私は訊いた。

「血液交換に踏み切ってしまった理由はわかりました。ですが……、宏哉くんの透析治療を始めたきっかけは何だったのですか？ グループが分裂して、過激派が血液の浄化を主張するようになっても、子供たちの成長を見守るべきだと訴えていたのですよね」

「私たちは、シンボルのように扱われてきました」

表情を失った顔つきで、和泉静香は続けた。

「自助グループを作ったときも、メンバーを集め始めてからも、対外的に援助を求めるときも。樫野の事件は広く知られていたので、私が代表者として話すことが多くありました。嫌がらせや誹謗中傷の内容、どんな苦痛を味わったか。何度も、消し去りたい過去をプレゼンのように披露してきました。安心して暮らせる居場所を手に入れるには、誰かが矢面に立つ必要がある。そう自分を納得させるしかありませんでした」

久保美月も、和泉静香のエピソードを聞いて転居を決断したと話していた。

「加害者家族の中でも、私たちは異端視されていました。〝魔女の原罪〟の解釈でグループが対立したとき、和泉家を追い出すべきだと主張した人も多くいました。メンバーをまとめる役割は果たせなくなっていて、むしろ秩序を乱す邪魔者だと思われていたんです」

「出自を知らない宏哉くんが、道を踏み外すことなく血の呪縛を断ち切れるか。住民の多くが、そこに希望を見いだしていたのでは……？」

「宏哉が非行に走った途端、希望は絶望に変わります。日々の言動に一喜一憂するくらいなら、街から追い出して、結果を確認しない方がいい。過激派の声が大きくなるほど、私たちの立場は危うくなっていきました」

「それで、どうなったのですか？」

タイムリミットを設けた、と和泉静香は言った。

「樫野征木が最初に人を傷つけた年齢――。高校二年生が終わるまでに、非行の予兆を示すような問題を起こすか。その結果次第で、猶予期間を延長するか決めることになりました」

「猶予期間……」

非行の予兆という曖昧な判断を、客観的に行えたとは到底思えない。

「中学一年生の冬に、宏哉は大きな病気にかかって、大学病院に入院しました。後天性の血栓性血小板減少性紫斑病。ご存じですか？」

私は首を横に振った。漢字に変換できないほど長い病名だった。

「血栓によって末梢の細血管が閉塞して、それぞれの臓器に届くべき血流が妨げられる指定難病です。治療を受けなければ、九割以上の患者が死亡する疾患でもあります。詳細な発症のメカニズムは解明されていません。宏哉も、突然高熱を出して、危険な状態になりました」

「宏哉くんが、そんな病気に……」

詳細な症状は把握できなかったが、血栓や血流といった単語は聞き逃さなかった。

「昔は、不治の病と認識されていましたが、有効な治療法が見つかったことで、劇的に生存率が向上したそうです。その治療法が、血漿交換でした」

「血漿交換？」

「身体から血液を抜いて、固体成分の血球と液体成分の血漿に分離した上で、血漿だけを健常なものに入れ替えて戻す。血液透析と同様に、血液浄化療法の一つです」

「血液透析を開始する前にも、血液浄化療法を受けていたということですか？」

中学三年生の春から、和泉は透析治療を受けていた。その一年以上前に、指定難病に罹患して血漿交換を実施したという。それも、難病の治療方法として。

「はい。血漿交換を連日で二週間以上行って、少しずつ宏哉は回復していきました」

「その病気が、今回の件と何か関係しているのですか」

「治療を見守っているうちに、身体だけではなく心も……、血液浄化療法によって清めることができるのではないかと、私は考えました。血漿交換が、唯一の治療法だったんです。血液を入れ替えなければ、宏哉の命は助かりませんでした。だから、非科学的だと頭ではわかっていても、樫野の血と結びつけてしまいました」

「そんな……。宏哉くんの病気は、治ったのですか」

「症状が落ち着いて、寛解と判断されました。ですが、一部の症例では再発に至ると、医師からは説明を受けていました。再発する恐怖に怯えるくらいなら、私たちのクリニックで血液透析を行って様子を見たい。ちょうど同じ時期に、過激派から猶予期間の話を持ち出されて、どうにかしなくてはいけないと焦っていました」

過激派が集会で実施していた血の儀式。和泉が罹患した難病と血漿交換による回復。住民から漂い始めた排除の気配。負の要素が、全てが噛み合ってしまったのか。

「それで、透析治療やブラッドフードを？」

「はい。夫には猛反対されました。三年間だけ、私の我儘を聞いてほしい。何カ月も説得して、高校二年生で終わらせることを条件に受け入れてくれました。高校三年生になったら、腎移植のドナーが見つかったことにして、透析治療も打ち切るつもりでした」

血栓の病気が再発することはなく、無意味な血液透析が二年以上続いた。期限を迎える最後の一年に、今回の事件が起きた。考え得る限り最悪の状況で、和泉は両親の裏切りを知ってしまった。

「そこまでして……、あの街にこだわらなくてはいけなかったのですか」

「やっと見つかった居場所だったんです。住民から異端視されていても、十八年前に向けられた視線に比べればマシだった。十五年かけて環境を整えてきたのに、今さら追い出されたら、生きていける気がしませんでした」

他の親族と縁を切り、元の住民には過去を偽り、子供にも真実を告げなかった。幾つもの嘘を積み重ねて、疑心暗鬼に陥りながら生活を共にしていた。

まやかしの居場所であったはずだ。それでも、しがみつくしかなかったのか。

「まだ、宏哉くんの将来が信じられませんか？」

「証言台に立つことで何が起きるのか、宏哉ならきちんと理解していたはずです。私の罪が重くなるだけでは済まない。記者が殺到して、住民の嫌がらせが悪化して、インターネットでの誹謗中傷も続く。黙っていても、誰かに責められることはなかったのに……。宏哉自身が、その決着を受け入れることができなかったのでしょう。先ほどの証人尋問を聞いて、立派に育ってくれたと——、そう思いました」

気付くのが、あまりに遅すぎた。

樫野征木の影に囚われて、息子の成長を見守ることができなかった。

「なぜ、証人尋問の打ち切りを求めたのですか」

「検察官の質問が終わったとき、宏哉の緊張の糸が切れたように見えました。最低な母親ですが、十七年間一緒に生きてきたので……」

「反対尋問を続ければ崩れてしまうと思ったのですか」

「はい。宏哉は、最後までやり遂げたかったのかもしれませんが」

それすらも独善的な判断だったのではないか。和泉の本心を確認するべきだったのではないか。彼女は、息子の〝最善〟を常に考え続けていた。どこで愛情が歪んでしまったのか。誰かが疑心の芽を摘むことはできなかったのか。

「罪を犯した母親とどう向き合うのかは、宏哉くんが決めるべきことです。どんな決断をしても、私は彼の意思を尊重したいと考えています。この先、裁判の傍聴を続けるのかもわかりません。宏哉くんに、何か伝えたいことはありますか?」

長い沈黙が流れた後、和泉静香は口を開き、震えた声を漏らした。

「信じてあげられなくて……、ごめんなさい」

それ以上、言葉は続かなかった。


「僕は、この街が嫌いだよ」

子供を信じようとしない大人も、大人を疑おうとしない子供も。

見て見ぬふりをする教師も、対話を拒絶する住民も。

息苦しい空気も、寂れた雰囲気も。

「杏梨は、どう想ってた？」

返答はないと、わかっていながら。

「何も知らされないまま生きてきたおかげで、先入観を持たずに街を眺めることができた。この街の秘密を知った上で振り返っても、曖昧だった違和感の正体が浮かび上がるだけで、本質は変わらなかった」

法律を絶対視して違反者をつるし上げる鏡高のルールは、やっぱりおかしかった。

カッテと転入者の対立は、やっぱり下らなかった。

「周りの空気を読んで、うまく立ち回ってきたつもりだった。でも、腫れ物扱いされていただけだったんだね。それでも対等に接してくれた人はいた。今回の事件が起きてからも、佐瀬先生や涼介は気にかけてくれた。この場所も、涼介に教えてもらったんだ」

　吹き込んだ風が、草木の匂いを運んできた。

鏡高の裏側から入って二十分以上歩いた先――。車が通れるような道ではなかった。母さんは、どうやって遺体を運んだのだろう。背負って歩いたのかもしれない。

雑草と砂利。名前も知らない鮮やかな色の花が、ところどころに咲いている。

斜面を少し降りたところで、花束が視界に入った。テレビで見る事故現場の献花のような数ではない。全部で五束。既に枯れているものもあった。

花屋で買ってきたユリの花束を置いた。

どんな花が好きなのかも、僕は知らなかった。

「来るのが遅くなってごめん」

　ここに杏梨の遺骨が埋まっているわけではない。けれど、クリニックでも杏梨の自宅でもなく、別れを告げるのはこの場所だと思った。

「母さんが罪を認めたんだ。僕たちの血を交換したことも、遺体の血を抜き取ったことも、遺体を埋めたことも……。刑務所に入るのはほぼ間違いない」

　接見で母さんが何を話したのか、佐瀬先生から細かく教えてもらった。

　血液の交換を決断するまでの出来事も含めて。

「シャントをリストカットしたらどうなるか。そう訊かれたことがあったよね。母親が家を出て行って、一番辛い時期だったんじゃないかな。ちゃんと考えてから答えればよかった。透析治療をサボってた理由も、しつこく追及すればよかった」

　杏梨から血の提供を申し出たと、母さんは話しているらしい。嘘かどうかはわからない。仮に事実だったとしても、母さんのしたことは赦せない。

杏梨の血を取り込んだことで、僕のDNA型パターンは一時的に変化した。時間が経つに従って、その影響は少しずつ薄れていく。

僕の中に流れる両親の血は、一生消えることはない。

「もっと話したかったよ」

――魔女と魔法使いの違いを知ってる？

杏梨との問答を何度も振り返った。魔法使いは、魔法で何をなしたかによって善悪が決する。しかし魔女は、魔女とみなされた時点で悪であることが確定する。

「善悪を自分で決められるのかも、一つの違いだと思うんだ。どんな魔法を使うのか、それによって人を救うのか傷つけるのか……、魔法使いは、自分の意思で生き方を決められる。魔女は、何もしていなくても忌み嫌われて、理由もなく居場所を奪われる」

魔女を生み出したのは、周囲の人間の身勝手な恐怖や憎悪だ。どんな生き方を選んでも、魔女であるという事実だけで悪だと決めつけられる。

「魔女狩りで殺された人の中には、少数ではあるけど男性もいたらしいね。彼らも、女性と同じように〝魔女〟と呼ばれた。この街で犯罪者の血を継ぐ子供は、性別を問わず恐れられてきた。まるで魔女のように扱われてきた」

杏梨は、魔女狩りの歴史を調べていた。その成果の一部を僕に教えてくれた。

血塗られた歴史に救いはなかった。

「社会科準備室で杏梨と入れ違いになったとき、何を話していたのか、少しだけ佐瀬先生に教えてもらったんだ。中世の魔女狩りがどうして終焉を迎えたのかを、質問したんだろう？　専門外で困ったって苦笑してたよ」

　裁判の手続の厳格化。理不尽な拷問に対する批判。哲学や自然科学の発達……。さまざまな要因が重なった結果らしい。魔法や奇跡にすがらなくても、生きていけるようになったのだろう。膨大な数の被害者と引き換えに、魔女は存在を赦された。

「杏梨は、この街の魔女狩りも終わらせようとしたんじゃないか？」

　僕たちには――、否、腎不全を患っていた杏梨には、生についての選択肢が与えられていた。透析治療を受けなければ、やがて死が訪れる。だからこそ、生きる理由を見いだす必要があった。母親が家を出て行った後も集会で血を提供し続けたのは、絶望の淵に立たされて、自傷行為として手首を切ったのだと思っていた。

　だが、本気で死を望んでいたなら、透析治療を中止すればよかった。

　治療を続けながら血の提供を続けたのは、時間を稼ぐためだったのではないか。

　鏡沢町の見せかけの平穏は、集会によって保たれていた。杏梨と柚葉だけが、被害者の血を提供することができた。一人で重荷を抱え込んできた柚葉も、精神的に追い詰められていた。二人が一緒に逃げたら、拠り所を失った集団が暴走してしまう可能性があった。

「集会の中止を求めても、彼らは聞く耳を持たなかったと思う。だけど、自分の血を犠牲にして内部から訴え続ければ、いつかは声が届くかもしれない。魔女狩りが終わる日が訪れるかもしれない。……都合よく考えすぎかな」

　僕に対する血の提供を申し出たのも、母さんが十七歳に拘っていることを知って、やはり時間を稼ごうとした。そう理由をこじつけることもできる。

「こんな推測に意味はないってわかってる。僕も生きる理由がほしいんだ。何ができるんだろうって、ずっと考えてた」

自分が加害者家族だと認識していない唯一の子供。

〝魔女の原罪〟の間違いを証明することを期待されていた。

「その役割は、もう果たせなくなった」

父さんも母さんも、他の住人も、僕の将来に対して不安だけを抱いている。

生きる理由は、自分で探さなければいけない。

「でもね、今も僕は特別な存在だって気付いたんだよ。自助グループは、加害者本人を鏡沢町に受け入れなかった。だから、どちらかの親が犯罪者の子供しか、この街には住んでいない……。新たに罪を犯さない限りは」

父親は、殺人罪と死体遺棄罪を犯した。

母親は、傷害致死罪、死体損壊罪、死体遺棄罪を犯した。

どちらも、命を奪う罪を犯している。

「二人の犯罪者の血が、僕の中には流れている。そんな僕がまともな大人になったら、遺伝なんて言い訳は成り立たない。僕だけが、歪んだ秩序をひっくり返すことができる」

目的を達するまでの見通しさえ立っていない。

父さんと向き合わなければならない。街や学校での居場所を取り戻さなければならない。住民からの信頼を勝ち取らなければならない。

果てしない道のりだ。まだ母さんの裁判も終わっていないのに。

「街を出て新しい人生を歩むのも一つの選択だって、佐瀬先生が言ってくれた。高校を卒業したら、先生の事務所で働かないかって……。でも、ここで逃げ出したら、後ろめたさを抱えたまま生きることになると思うんだ」

胸を張って前を向くために、もう少しだけ足掻いてみたい。

恥ずべきことは何もしていないのだから。

親が犯罪者であっても、僕が犯した罪ではないのだから。

どんな大人になるのかは、これからの生き方次第で決まる。

「ここで見守っていてくれないかな」

鏡沢町の行方を、僕の将来を。

見下ろした先には、鏡沢高校の校舎と、見慣れた街並みが広がっている。

出会い、思い出、絶望。十七年間の全てが詰まっている。

生まれたときから、魔女の烙印を押されていた。

大人は怯えて、子供は諦めている。

ようやく、なすべきことが見つかった。

魔女の呪縛を解き放つために――、
僕は、この街で生きていく。

参考文献

『魔女狩り』森島恒雄　岩波新書
『魔女狩りの社会史―ヨーロッパの内なる悪霊』ノーマン・コーン　山本通訳　岩波モダンクラシックス
『魔女狩り』ジャン＝ミシェル・サルマン　池上俊一監修　富樫瓔子訳　創元社
『魔女にされた女性たち―近世初期ドイツにおける魔女裁判』イングリット・アーレント＝シュルテ
野口芳子、小山真理子訳　勁草書房
『魔女裁判―魔術と民衆のドイツ史』牟田和男　吉川弘文館
『図説　魔女狩り』黒川正剛　河出書房新社
『レジデントのための血液透析患者マネジメント』門川俊明　医学書院
『誰も教えてくれなかった　血液透析の進めかた教えます』長澤将　宮崎真理子監修　羊土社
『新・透析バンザイ』バンザイ　NSC透析元気倶楽部
『マンガで学ぶ透析療法』佐藤良和　中外医学社
『病態生理から合併症までまるっとわかる！　腎臓・透析療法・透析患者の体イラスト図鑑』
友雅司編著　メディカ出版
『動画と写真でまるわかり！　血液透析』偕行会グループ監修　田岡正宏編　学研プラス
『加害者家族』鈴木伸元　幻冬舎新書
『少年事件加害者家族支援の理論と実践―家族の回復と少年の更生に向けて』阿部恭子編著　現代人文社
『暴力の解剖学―神経犯罪学への招待』エイドリアン・レイン　高橋洋訳　紀伊國屋書店

本書は書き下ろしです。

五十嵐律人（いがらし・りつと）

一九九〇年岩手県生まれ。東北大学法学部卒業。弁護士（ベリーベスト法律事務所、第一東京弁護士会）。『法廷遊戯』で第六二回メフィスト賞を受賞しデビュー。著書に『不可逆少年』『原因において自由な物語』『六法推理』『幻告』がある。

魔《ま》女《じょ》の原《げん》罪《ざい》

二〇二三年四月三十日　第一刷発行

著　者　五十嵐律人《いがらしりつと》
発行者　花田朋子
発行所　株式会社 文藝春秋
〒一〇二-八〇〇八
東京都千代田区紀尾井町三-二三
電話　〇三-三二六五-一二一一

印刷所　精興社
製本所　加藤製本
DTP組版　言語社

ISBN 978-4-16-391688-0